且将新火试新茶

——澳洲生活札记

施梦尝 著

东南大学出版社
SOUTHEAST UNIVERSITY PRESS
·南京·

图书在版编目（CIP）数据

且将新火试新茶：澳洲生活札记 ／ 施梦尝著. —
南京：东南大学出版社,2017.9
　ISBN 978 - 7 - 5641 - 7196 - 4

　Ⅰ.①且… Ⅱ.①施… Ⅲ.随笔-作品集-中国-
当代 Ⅳ.①I276.1

中国版本图书馆 CIP 数据核字（2017）第 125030 号

且将新火试新茶——澳洲生活札记

出版发行	东南大学出版社
出 版 人	江建中
社　　址	南京市四牌楼 2 号
邮　　编	210096
网　　址	http://www.seupress.com
经　　销	江苏省新华书店
印　　刷	南京玉河印刷厂
开　　本	787 mm×1092 mm　1/32
印　　张	10.75
字　　数	180 千字
版　　次	2017 年 9 月第 1 版
印　　次	2017 年 9 月第 1 次印刷
书　　号	ISBN 978 - 7 - 5641 - 7196 - 4
定　　价	36.00 元

＊ 本社图书若有印装质量问题,请直接与营销部联系,电话:025 - 83791830。

P序言一
reface 1

施梦尝女士《且将新火试新茶——澳洲生活札记》的书稿发到我邮箱里已经有好些日子了,一直没去收看,一来是忙,把她要我作序这事儿几乎全忘了,二来我与施梦尝女士并不认识,是因为老朋友的介绍,她才将书稿发给我的。老朋友告诉我说,作者在澳洲工作和生活,平时喜欢写点东西,日积月累,有了一定的体量,想集起来出本书。这样的介绍让我对作者的文字存了一份疑惑,这类写作我见得太多了,一般文字大都平平,所以就没太往心里去。如果不是老朋友一再催促,说不定真的就丢一边儿了。

等到我今天打开这份书稿,说实话还真是让我狠狠地吃了一惊。从文字中可以看出,施梦尝女士是一个对生活很投入的人,也是一个生活得很认真的人。一般写海外见闻,大部分还都是些旅游观光的走笔,不外乎自然风景、人文景观、习俗风情、饮食娱乐等等，信马由缰，浮光掠影。但施梦尝女士的生活札记写的就是澳洲的生活，是澳洲人的生活，也是外国人在澳洲的生活。所谓生活，就是一个人在一个地方长期生存时的经历，他可能遇到的问题，以及解决这些问题的途径、遭遇、经验和教训。从作者发给我的简单的介绍中得知，施梦尝女士是一个有资质的翻译，她不但拥有自己的生活，更重要的是她一直在帮助别人生活。由于这个特殊的工作，所以作者对澳洲的生活介入就很深、很细，可以说是无所不包。我们可以想象，一个人如果因为语言不通，那么他在一个陌生的地方可以说是寸步难行。在日常生活中，一个人如果要和别人打交道，都必须借助语言。所以施梦尝女士在澳洲，上到政府官员，下到平民百姓，各式人等她都有接触。她要帮人打官司，帮人看病，帮人购物，帮人讨薪。就是在这些大大小小各式各样的生活（也是工作）中，澳洲许许多多的方面被施梦尝女士层层打开，它的法律、医疗、教育，包括日常生活中的衣食住行。许多看似普普通通，说不上嘴的生活小事，如果说语言不通，如果说对当地的风俗规矩不知道，都可能困难重重，让你一筹莫展、狼狈不堪。因此，这本书不仅仅让我们全面地了解了澳洲，对外国人来说，它可以说是一本"澳洲生活指南"。

书稿中许多的介绍和描写都引起了我浓厚的兴趣,留下了很深的印象。比如澳洲的法律生活。可以看出来,澳洲是一个文明程度很高的国家,也是一个法治社会。在澳洲工作和生活,你对当地的法律掌握得越深入,你就会越自由,越自如。各国的法律是不一样的,澳洲的法律也有它的特点,这样的特点是建立在澳洲的人文传统和社会习俗基础上的,是建立在澳洲人的道德理念上的。有些事情在别的国家可能很大,但在澳洲却不是我们想象中的那么重要,而有的事情在别的国家不过是鸡毛蒜皮,但在澳洲却可能比天还大。比如施梦尝女士告诉我们,像在商场、超市的顺手牵羊,在澳洲就是一种很严重的罪。在超市里面小偷小摸在我们这里以说是司空见惯,但在澳洲就有可能入罪,而且会留下案底。可能你就是拿了一支牙膏之类的小零碎,但从此就是有犯罪记录的人了。又比如——不知道我理解得对不对——从施梦尝女士的叙述来看,我觉得在澳洲看个病好像非常麻烦,不是有了病到医院挂个号就能看到医生,做个肠镜要等一年多,除了急诊,即使要开个刀,也要成月地等。这对要去澳洲生活的人来说,建议好好考虑考虑。但是澳洲的教育值得我们学习的地方似乎很多。那儿好像没有我们这儿严峻的应试教育,也不用为教育的均衡化操心，从学前教育，到幼儿园、中小学，教育都很宽松自由，可以说是以人为本，以儿童为本。在施梦尝女士的笔下，澳洲小学生的教室就是个儿童乐园。老师们看重的是孩子心理的健康、好习惯的养成以及如何与人相处、如何合作等等。所以，澳洲教育对孩子们的评价也就别具一格。施梦尝女士详细地介绍了澳洲学生的成绩报告单，我们特别看重的文化课在他们的成绩报告单中所占的比例超乎想象的少，而性格、心理、行为、实践，却占了相当的比例。他们有许多教育理念确实值得我们好好思考和借鉴，比如"示弱"教育。我们的传统都是教育孩子要如何坚强，是培养强者的教育，但是在澳洲却有一个示弱教育，要学会承认自己不行，承认自己有差距，承认自己的弱者位置，从而放松自己，解脱自己，想哭就哭。仔细想想，不管是儿童还是成人，给自己减压，调松学习、事业和生活之弦，在现代社会确实是越来越重要了。

　　施梦尝女士将她的经验和心得分享给国内的读者，这是件十分好的事情。从小里说，她的作品可以让每一个有可能去澳洲的人未雨绸缪，而从大里说，这实际上是在做实实在在的中西文化交流。这样的书，现在已经不是很多了。大家可能都有一种错觉，现在有了电视，有了互联网，天边就在眼前，再加上交通发达,抬脚就可以走出国门,不需要通过这些文字来介绍了。其实,这些是不能相互替代的。施梦尝女士的这些文字是她个人的切身感受,是她在长期了解目的国之后的认识和体会,这种在自己切身感受和个人视角的基础上通过深入思考而形成的文字,对我们了解别国的文化大有助益。个人的个性化的视角什么时候都是不可替代的,而文字则比任何媒介都更自由、生动而深入。在过去,这样的作品是很多的,从鸦片战争开始,国门被打开,中国有了自己的外交,并渐次有了各种人群的海外游历,许多人走出了国门,看到完全不同于华夏的文化,于是就有了许多海外见闻的文字,包括像瞿秋白、徐志摩、朱自清、陈西滢等等著名的现代作家也都写出了在他们的创作中非常重要的此类作品,不但成为中国人了解别国的窗口,也是比较文化的重要成果。这一传统应该继续保持下去。

　　我是第一次读到施梦尝女士的文字,不知道她还有没有其他作品。现在海外华人的写作非常活跃,已经成了整个华文写作的重要组成部分,施梦尝女士有没有加入到这个日渐庞大的文学群体中?因为我是第一次接触到施梦尝女士的文字,所以也没有把她作为海外华人作家来看待。也许正因为如此,这本书稿不仅在内容上吸引了我,它的文字表达也让我吃惊。我猜想施梦尝女士在写这些文字的时候,并没有把它看作是文学作品,也没有把自己当个什么作家,只不过把它看成是生活的记录,自己怎样生活,就怎样写作,她不去考虑什么写作的技巧,这反而使她的写作显得生动、有趣、质朴而真实,绝无骄柔造作,一点文艺腔也没有。看到每天微信上、晚报上那么多的"心灵鸡汤",再看看施梦尝女士这种清新而结实的文字,真是有一种如对友人、如坐春风的感觉。

　　希望施梦尝女士能够把这样的风格保持下去,认真生活,轻松写作。

　　　　　　　　　　　　汪　政　2017 年 8 月　于南京

（江苏省作家协会党组成员、书记处书记、

副主席,江苏省文艺评论家协会主席）

P序言二
reface 2

　　我和施梦尝是大学同学，"我居北海君南海"；当我困于南京七月下旬的酷热之中的时候，施梦尝同学正在享受南澳洲的清凉呢！不过，她的这本随笔集成了我此刻的消暑良方。在交通工具发达、即时通讯便捷的时代，"天涯若比邻"不再是古典想象。最近几年，每年她都会回南京，我们都会举行同学聚会，听她轻轻浅浅地描述她在澳洲的生活；我们在微信上也有互动，看她图文并茂的生活即景、感悟。不过，这些都是"只言片语"，言不尽意、语有不详，这本随笔集才比较全方位地展示了她的澳洲生活。而且，"此中有人"，作者的形象"跃然纸上"；我甚至可以说，我认识施梦尝二十余年，才开始有点了解她了。

　　对于即将前往澳洲的人来说，这本随笔集具有"指南"的功能，"澳洲人文""生活琐细"两部分涉及了澳洲的风物、人情、法律、教育、医疗等方方面面。作者以亲历者的身份娓娓道来,可感可信,而不是干巴巴的条文。这里盛产高品质的葡萄酒、水产品,这里到处都是玫瑰;不过,澳洲吸引人之处不止于此。这是一个多元文化共存的社会,这里有中国人、意大利人、希腊人、英格兰人,爱尔兰人……,大家和睦相处,没有种族歧视,更没有种族冲突。这里的人淳朴、善良,是一个充满善意的社会,所谓"赠人玫瑰,手有余香",南澳洲真是不愧"玫瑰之州"的别名,如《善意的社会是人文的社会》所记录的生活点滴、《种上一株蓝花楹吧》中和邻居老太的来往。这里的医院及医生"仁心仁术",处处体现了人文关怀,如《对待生命的态度》《澳洲牙医所使用的语言》。我印象最深刻的是《细腻——与生俱来的人文》一文,描述作者的儿子在学校发生了意外,然后送到医院就诊;作者"移步换景",从老师到护士、医生,从学校到救护车、病房,每个人、每个环节、每个场合都体现了细腻的关怀。这种宽容的文化、充满的善意、人文的关怀正是澳洲最吸引人的地方。在这里,残疾人、弱势群体也可以活得有尊严,如《澳洲残疾人的体面生活》《澳洲——一个关注弱势群体的社会》《受害者代言人》;在这里,法律不是冷冰冰的,法外有情,如《法律不外乎人情》系列;在这里,幼儿教育、小学教育倒是真正践行了中国儒家的"成人"教育,培养孩子的友爱、仁慈、互助、尊重之心,如《5岁的孩子在幼儿园里学些什么》《予施的幼儿园生活》《解读澳洲小学的成绩报告单》。

施梦尝的主业是翻译,工作中接触了各个行业、各种人物,这给她增加了深入了解澳洲的机会,也让她能够重新审视母语,比较、反思不同文化。诗人北岛漂流异国的时候,曾说中文是他"惟一的行李";施梦尝的这部随笔恰是她旅居国外时候,运用母语写作的结集。在语言的交流、文化的碰撞中,中文系科班出身的她更深切感受到了"汉语的魅力";她的中国文化情结也不减反增,拳拳之心溢于字里行间。《遭遇台湾国语》则谈到了台湾对于中国传统文化的传承,她提到翻译台湾结婚证一段,不由让我莞尔:"看此日桃花灼灼,宜室宜家。卜他年瓜瓞绵绵,尔昌尔炽。谨以白头之约,书向鸿笺。好将红叶之盟,载明鸳谱。"我记得我有一次在席间碰到一位台湾友人,他介绍自己名字中的"宜":"我是'宜室宜家'的'宜'",说得非常自然;而在座的内地客人仍然有点茫然,因为这个词语对我们来说已经比较生僻。当然,更因为具有了"他者"的视野,她也能够理性反思中国,比如《话说称谓》就由称谓谈到中国的等级制度。施梦尝接触了很多留学生,留学生的现状让她对国内的教育有了很多的思考,如在《出国留学,你准备好了吗?》《你愿意你的孩子是那个被打的还是打人的?》等文章当中,有缺乏自制力、沉湎赌博的学生,也有不善于和他人沟通、以自我为中心的学生;这些留学生身上的问题,都映现了国内教育的缺失,让人深思。

随笔集中最轻松、有趣的是"童真童趣"部分,因为我家有小女,我在读这些文字的时候更能会心。施梦尝简笔寥寥,大儿嘉予的独立自主、小儿予施的"暖男"形象就让人不忘。清代的龚自珍曾经寻寻觅觅"童心",童心可贵而易失,施梦尝就希望孩子"永远不要长大"。当然,她也有纠结的地方,那就是两个儿子颠颠倒倒的中文,如《玩朋友》《我和中文有个误会》;这让学中文的她多少有点"情何以堪"啊!

大学毕业之后,我株守校园,而施梦尝周游列国,相聚、交谈的机会不多;这本随笔集弥补了这个缺憾。她喜爱旅行、花草、美食、美酒、美景。岁月的历练让她更加优雅、从容,更加懂得生活、享受生活,如《什么样的生活都可以美丽》《人生,真的是一种态度》等篇。她是一个翻译,具有相当的职业素养,但"翻译"并不是冷漠无情的"工具";她很容易动情,常常流露出柔情、慈爱、悲悯,如《对待生命的态度》:"一旁身形高大,足有一米九的儿科医生正把那个小小的婴儿小心地托在手上仔细检查,我凝视着这幅奇异而温暖的画面,眼睛不由自主地湿润了。"又比如《一个上了报纸头条的男孩》记述了一位深度烧伤但心态乐观的台湾男孩:"面对这样一个充满阳光的年轻生命,我觉得我的任何同情和眼泪都是多余的,我只承诺他,如果不嫌弃我的手艺比不上他的妈妈,我愿意经常给他做一些中餐送来。"不过,她虽"柔"却不"弱",《警惕巴厘岛街头的街头钱庄》里,遭遇玩弄小伎俩的钱庄老板,她敢于只身上门维权。《和律师针锋相对》里,面对嚣张的律师,她决不退缩,为中国翻译赢取尊严。日常生活中,她是贤妻良母,懂得"经营婚姻";虽然工作繁忙,但是也常常"洗手做羹汤",为儿子们做"couscous"(《拥抱多元文化》)、烧鱼的时候在菜里加上了最重要的一个佐料:爱(《经营婚姻》)。

施梦尝的文笔如同她平常的语调,轻轻浅浅,有着女性特有的感性、细腻,又不乏幽默之笔;阅读这些性灵文字真是"如晤故人"。我也向她由衷地表达了我的羡慕,羡慕她的闲情逸致;她本无意为文,只是记录生活的点滴、"碎碎念"。我们却往往终日忙碌,无暇驻足、无心品味;我应该算是职业文人了,却是性灵汩没、文字无趣。我欣赏她的文字,更欣赏她的生活态度。是为序。

俞香顺　2017 年 8 月　于南京

（南京师范大学新闻与传播学院教授）

P序言三
reface 3

　　细细阅读施梦尝的随笔,我深深地被她细致的观察力与细腻的文笔所感染,一边阅读,脑海里一边浮现出澳洲性情温驯、憨态可掬的考拉(树袋熊)以及鸭嘴兽、袋鼠等可爱的珍稀动物,宽广的海湾和沙滩,优良的天然浴场,滑水、冲浪等水上运动;海边有众多的古代和现代建筑,浑然一体,相映成趣。然而,最震撼国内读者的是国人去澳洲求学、打工、投资、旅游、移民、家庭婚姻、孩子的教育以及与之息息相关的一些法律事务。作者从南京移居澳洲十多年,现在是南澳地区家喻户晓的翻译学者。作为一名肩负着沟通、知识传播和文化交流责任的翻译,她具备深厚的专业知识、广泛的兴趣、宽广的知识面。作者的新闻敏感性与判别能力及优美的文笔给读者展示了一幅幅关于澳洲意味深长、别有风味的人文画卷。

　　——澳洲是一个法制健全的国家,低犯罪率是以高昂的犯罪成本换来的。但是,这里又是"讲法律又讲情理"的国家。"在我看来,澳洲法院基本上是一个讲理的地方。你没有理,请再好的律师都不一定管用"。

——办案不要走错法院。处理民事纠纷、交通违章的一般去地方法院,即 Magistrates Court;离婚及相关的子女抚养权和财产分割问题去联邦家庭法院;偷窃、人身伤害、危险驾驶等刑事案件,则根据涉案金额或赔偿金额的数目由地方法院决定是否移交至地区法院或高等法院;而贩毒则由联邦法院受理。除此之外,澳洲还有一些特别法庭,如移民/难民复审仲裁庭,租赁复审仲裁庭等。也有一些有趣的案子,比如几个租房的学生因欠下高额电费被房东告上法庭,可最后房东败诉……

——超市不可"顺手牵羊"。说起来有意思,澳洲的零售业都免不了要遭遇 "shoplifting"(顺手牵羊)。但殊不知在澳洲顺手牵羊一旦被捉,就是要去警察局作笔录,取 DNA,上法庭,然后罚款或强制参加数百小时的社区劳动;更重要的是,会留案底,因为顺手牵羊就算犯罪。有了案底,以后再填写任何表格时在"有无犯罪记录"一栏里就不能再写"否"了。

——"老千"也犯法。2005 年有几名中国游客在黄金海岸一间赌场玩百家乐时出老千,以换牌方式赢取 75 万澳元,被识破后均被逮捕,分别判处入狱三至四年。

——"儿童不宜"地方重罚。在澳洲,如果有未成年人进入赌场是要被重罚的……

——法律大于"面子"。中国人凡事爱争个是非曲直,合乎道义在很多人心目中要高于法律的约束,但事实上,如法官所说,很多事不是你的错,但却依然是你必须面对和解决的问题,道理只能让人心安,但实际问题还需要我们用理性的态度和思维去真实地应对……

——"可怜天下父母心"。国际留学生赌博上瘾的比例竟高达 6.7%,以澳洲 50 万留学生为基数,意味着至少有 3 万 5 千名学生终日混迹赌场。其中,包括中国留学生在内的亚裔留学生更容易受赌博问题的困扰。

中国传统观念在与国际接轨中的"摩擦与冲突":

——澳洲人,他们把学习成绩看得并不重,却把孩子培养得彬彬有礼,懂得关心,习惯分享,善于运动。

——一位来自中国的祖父在管教孙子时,经常说,如果你不用功读书,长大就只能当清洁工。当地社工明确告诉老人,在澳洲不可以向孩子灌输任何可能引发歧视的的思想,这是不被容忍的,在这个人人平等的社会,清洁工也是一个值得每个人尊重的职业。

——违规停车被罚。一位刚到澳洲的新移民因为不懂英文,把一次次寄来的违停催缴单也未加理会地堆在信箱里,连拆都没拆,以致于罚单累积到几千元之多而最终被告上法庭,法官听了他的陈词之后,发现他所说的是实情,就下令他把最初违章停车的罚单交了即可销案。

……

得知山下路,须问过路人。

随笔属于散文,"文学是人学"早已属于老生常谈。但随笔篇幅普遍都很短小,能写出陌生人的独特境遇,真实的人和真实的事,却并非易事。特别是亲历社会方方面面的人,不论是官员、绅士,还是普通人士,各个鲜活,有血有肉。更难能可贵的是作者为新进入澳洲人士遇到的一些难题给出解决办法。这些随笔文章,读起来耐人寻味,咀嚼起来亦可"解渴"。这部小集子既如轻盈的舞步绰约多姿,又有那种沉甸甸的实用力量。

"休对故人思故国,且将新火试新茶。"好一个"且将新火试新茶"!作者引用苏轼的这句诗作为书名,便能感知到身处异国他乡的她依然心系祖国的情思。全书对中澳两国的文化差异,虽未评价,但国内读者读后不免会反躬自省。从字里行间里也能觉察出作者的用心良苦。

我们经常在报刊上看到"新移民"这个词。"新移民"不是法律概念,是国内借用国际通用说法而约定俗成的称谓。在全球经济一体化的今天,经济活动已超越国界,通过对外贸易、资本流动、技术转移、提供服务、相互依存、相互联系而形成全球范围的有机经济整体。面向现代化,面向世界,面向未来,走出国门了解世界,这也许就是中国年轻人"胸怀祖国,放眼世界"的"中国梦"!

关兰友　2017 年 8 月　于南京

(原《江海侨声》杂志社长、主编)

F前 言
Foreword

　　我在 2004 年的一个冬天以留学生的身份来到澳洲悉尼，带着两岁的儿子和 11 件行李，住在一个汽车旅馆。当时的感觉是，天很蓝，空气清冷，满街的咖啡香，而我，一个人也不认识。这么多年过去，我在澳洲读完了书，从事我喜爱的工作，有了自己的房子，生了第二个儿子。这个国家，天始终蓝得明快，冬天虽然不会到零下，可是从广漠旷野吹来的风仍然可以刺骨，清晨街头的咖啡香令人总想深吸一口气。

　　我喜爱我生活的这个国度，尽管我时时怀念家乡，怀念家乡的腊梅和桂花以及各种常出现于梦中的小吃、街头的熙熙攘攘、亲朋好友和那份陌生的熟悉。我现在生活的南澳城市阿德莱德，它尽管是全球第五大宜居城市，可它终究不是我的家乡，虽然我熟悉它的大街小巷、街头的气息、商铺食肆，那种熟悉的陌生依然挥之不去。

之所以陆陆续续记载下我在澳洲生活的片段和感怀,有两个原因:一是,我在初来澳洲的时候,几乎对这里一无所知,包括这里的文化、习俗、人们的思维方式,还有被当地人视为常识的法律法规。所以,我想把这么些年的经历和体会,记录下来,给那些希望对这个国家有一些"旅游指南"之外了解的人们一个我所见到、体验、生活着的真实的澳洲。第二个原因是,尽管这个国家常常被外来移民诟病为性子慢、效率低,这却是我所经历过的最友善和最温暖的国度。我在医院动一个小手术,需要打局部麻醉,医生打针之前提醒我说,会比较疼,护士立刻走到我身边,伸出她的手给我,轻声说,"你如果愿意,就抓着我的手。"我依言抓住她的手,那种自然而然流露出来的温暖让人接受起来是那样的理所当然,以至于我忘了说"谢谢"。我还喜欢阿德莱德的一种老式公交车,它的专门下客的后门不是自动开启的,需要手动去推开,而且手一松就会弹回来。所以,最先下车的那个人总是在下车后还拉着门把手,让后面的下来,直到有人接替撑着门,才会把手松开。这么多年,哪怕是人人都行色匆匆的早晚高峰,我都没有见过一个人自己下了车就不管不顾松开手,让门弹在后面乘客的身上。我见过戴着耳钉双臂布满纹身的少年耐心地为后面的老人扶着门,也见过一身职业装的年轻女孩含笑拉着门等待拖着买菜推车的家庭主妇。这对澳洲人来说,或许是司空见惯的礼貌和举手之劳,可是每每见着,我都会心生感动,或许就是因为这份感动,让我得以继续留在这个有些冷清、有些寂寞、有些遗憾、有些思乡的南半球一隅吧。

施梦尝

2017 年 7 月　于南澳阿德莱德

目　录

001/　　第一篇　澳洲人文

003/　　有感于阿德莱德动物园的熊猫

004/　　最冷的冬天是阿德莱德的夏天

005/　　拥抱多元文化

007/　　天鹅湖

008/　　予施的幼儿园生活

010/　　医院里的指路条

012/　　在澳洲看病

016/　　停车之痛

018/　　每个人的字典

019/　　善意的社会是人文的社会

021/　　受害者代言人

025/ 澳洲的学前教育

028/ 澳洲小学的教室

029/ 顺手牵羊即是罪

032/ 澳洲大选的选票是如何统计的

035/ 澳洲人的腼腆与奔放——体验阿德莱德农展会

038/ 太平绅士

040/ 种上一株蓝花楹吧

042/ 品醉澳大利亚

046/ 澳洲式敬礼

048/ 澳洲的赌场

053/ 澳洲的体育精神

055/ 打开孩子的心扉

058/ 澳洲,一个关注弱势群体的社会

061/ 玫瑰之州

063/ 撞车之后

066/ 在澳洲过万圣节

069/ 你有什么理由不快乐?

071/ 什么样的教育才算成功

074/ 你到了 74 岁打算怎样生活

077/ 恐龙生日会

080/ 解读澳洲小学的成绩报告单

082/ 我所见到的澳洲富豪

084/ 澳洲的寄养家庭

087/ 看澳洲工人如何讨薪

090/ 澳洲人都去哪儿了？

092/ 澳洲是个小世界

094/ 流淌在你心里的河流

095/ 商婚

096/ 如果这也是婚姻

100/ 法律不外乎人情(一)

104/ 法律不外乎人情(二)

107/ 法律不外乎人情(三)

110/ 法律不外乎人情(四)

114/ 法律不外乎人情(五)

116/ 出国留学,你准备好了吗？

120/ 澳洲幼儿园的"示弱"教育

123/ 对待生命的态度

126/ 澳洲牙医所使用的语言

129/　我所认识的澳洲人(一)

131/　我所认识的澳洲人(二)

136/　我所认识的澳洲人(三)

139/　我所认识的澳洲人(四)

143/　我所认识的澳洲人(五)

144/　温情片段

145/　不是你的错,但依然是你的问题

147/　澳洲水管工

148/　为了我们可持续的海洋

149/　一匹名叫戴花的马

150/　三十五年前的阿德莱德

151/　5岁的孩子在澳洲小学里学些什么

153/　自由的教育和选择教育的自由

154/　澳洲残疾人的体面生活

157/　在悉尼打工

160/　细腻——与生俱来的人文

164/　澳洲的监狱文化

169/　第二篇　生活琐细

171/　暴雨

172/　警惕巴厘岛的街头钱庄

175/　崩溃——在迪拜考驾照

179/　经营婚姻

180/　说爱

181/　永远的邓丽君

182/　领悟

183/　冬阴功

184/　灿烂千阳

185/　偷得浮生半日闲

185/　万岁七零后

187/　与孩子说话

188/　和澳洲长大的中国孩子谈《红楼梦》

189/　孩子常常是我们的老师

190/　这就是生活

190/　和各国警察打交道

197/　　第三篇　翻译趣事

199/　　幸福

200/　　梦想

203/　　见证幸福

205/　　翻译趣话

206/　　遭遇台湾"国语"

208/　　寻找恩师林伟洪（Wai-Hung LAM）

209/　　方言中国

211/　　新的正常

214/　　汉语的魅力

217/　　翻译＝工具？

220/　　话说称谓

223/　　缩写之惑

225/　　什么样的生活都可以美丽

227/　　迷失在地址里

230/　　人生,真的是一种态度

234/　　你愿意你的孩子是那个被打的还是打人的?

237/　　这个社会并不完美

240/ 一个上了报纸头条的男孩

243/ 一篇无法发到微信上的文字

248/ 冷面热心女医生

252/ 格雷的婚礼

253/ 因为爱情

257/ 澳洲华人世界的租房纠纷

259/ 偶遇

260/ Vince 的婚礼

261/ 和律师针锋相对

264/ 你的世界我无法理解,就像你也不理解我的世界

268/ 我的非洲同行

270/ 时间,真的不算什么

273/　　第四篇　　童真童趣

275/ 童稚趣语

276/ 小儿趣事

277/ 麦琪

278/ 一场由盐水鸭引发的对话

279/ 予施看世界

280/ 童真

281/ 永远不要长大

282/ 痛并快乐着

283/ 开心语录

284/ 遭遇零零后和壹零后

285/ 喜羊羊的一家

286/ 孩子是吾师

288/ 糖果的魅力

290/ 嘉予的弓箭生意

291/ 不要和陌生人说话,宝贝!

293/ 跟着孩子去旅行

296/ 善良

298/ 策划一场蚂蚁的外太空之旅

300/ 我的儿子是奇葩

301/ 100 岁的母亲节

303/ 玩朋友

304/ 我和中文有个误会

307/ **后记**

第一篇
澳洲人文

有感于阿德莱德动物园的熊猫

俗话说,人离乡贱,物离乡贵,这就是我每次来到阿德莱德动物园,置身于翠竹环绕、小桥流水的熊猫馆时的感受。这座造价几百万澳元,设施堪比五星级酒店的熊猫馆为两只熊猫提供了各 600 平方米的户外活动空间,池塘、瀑布、假山应有尽有,有 5 000 多株植物和 900 吨岩石供其攀爬,还有一块温度可以降至 12 摄氏度的水冷石供其避暑。看着皮毛润泽,一副养尊处优神气的福妮和网网,不由想起一篇题为《南京动物园的熊猫脏得像狗》的报道,看来确实有命运这回事,不由得你不信。若以人类的物质需求和价值标准来看,肯定会有"同猫不同命"的感触。可谁知熊猫们又是怎么想的呢？身为南半球仅有的两只熊猫,福妮和网网孤独是不言而喻的;听惯了抑扬顿挫的四川话,却冷不丁听到满耳不知所云的澳洲英语,那种困惑、惶恐以及说不清道不明的乡愁又如何排解;更不要说每天朝夕相对的是一个既未一见倾心又无法日久生情的唯一异性,其中的郁闷又怎一个"愁"字了得。

最冷的冬天是阿德莱德的夏天

喜欢观星的儿子常抱怨南半球的星太少,看不到满天繁星,可是在北半球长大的我见到的满天繁星也只存在于儿时夏夜纳凉的遥远记忆——在那个电视机很少,没有空调,不知光污染为何物的年代。其实我想说的是,我们跨越了一条赤道、半个地球所来到的这个国度,要适应的岂止是夏夜疏疏朗朗的星空？那个让我魂牵梦萦的杏花春雨的江南不会在冬季大雨滂沱,我那以火炉著称的故乡在酷暑季节最多令你感觉像蒸桑拿,而不是这里好像十个太阳照在你皮肤上的灼热火辣。最不可思议的是没有明显的季节感,只要西风一起,一夜间气温从 40℃ 降到 20℃ 不在话下。海明威说过,最冷的冬天是旧金山的夏天。没去过旧金山的我一直不理解为什么,直到前年圣诞节前的一个 candle night,穿了厚毛衣的我在阿德莱德那个盛夏的傍晚依然冻得瑟瑟发抖,我才真切地体会到海明威的精妙。

拥抱多元文化

小儿子一岁半刚上幼儿园的时候,每天放学时我问他中午吃了什么饭,他永远回答我"couscous"(古斯米:一种用肉、蔬菜和蒸粗麦粉做成的食物),我立刻想到曾在三毛的书里读到过,这是一种北非人喜欢的传统主食,但具体什么样子没见过,更没尝过。于是问大儿子,"Ben,你知道 couscous 是什么吗?"岂料一向自诩对澳洲的各种食物比我们有更多了解的他困惑地抬起头来"不知道,学校餐厅没有。"随即忿忿不平地说,"真羡慕予施,他可以天天吃。"我忍不住笑了,"非洲食物能好吃到哪里去?"心里却有个疑问,这个我们排了大半年队才得以入学的本区最好的幼儿园怎么会天天吃同样的东西呢?会不会是予施特别喜欢吃才这么回答我,或者就是他刚学会说话不久,这个词比较容易发音?于是委婉地问幼儿园老师,"请问孩子们的午餐经常是 couscous 吗?"老师笑了,"营养师每星期都准备一周五天不同的菜单给我们,couscous大概一周会有一次。不过予施很喜欢,每次都差不多能吃至少一碗。"我这才恍然大悟。看来澳洲的多元文化意识真的是从婴幼儿时期就开始培养了。难怪我有时看到他们的印度裔老师瓦莎教那些话还说不清楚的幼儿唱一些印度童谣,而孩子们似乎都很喜欢这种活泼欢快、节奏感极强的异域音乐。不过在我看来一直没有什么唱歌天赋的予施可能只有滥竽充数的份儿了。想不到有一天接孩子时,瓦莎笑眯眯地同我说,"你知道吗,今天予施走过来拍拍我,叫了我一声'莎瓦',顺便说一句他一向把我名字反过来念,然后就开始唱一支我教给他们的印度歌,唱得一本正经,我们几个老师都笑翻天了。"

在澳洲经常可以听到"拥抱多元文化"这样的说法,总感觉是政治上的一种宣传,可此时我具体地体会到了这句话于我的意义,那就是我的儿子沐浴着澳洲的阳光,吃着非洲的食品,唱着印度的歌谣,身上却流着龙的传人的血液。

回到家里我含笑地问大儿子,"Ben,知道couscous是什么吗?"他敏感地看着我,"怎么? 他们又吃了?"我被他的反应逗乐了,"不是,妈妈今天晚餐给你做。"

天鹅湖

昨晚有幸看到了澳大利亚芭蕾舞团的经典剧目《天鹅湖》,堪称完美精湛的演出,连不是芭蕾舞迷的我也看得如痴如醉。白天鹅的纯洁哀婉,黑天鹅的狂野魅惑,四小天鹅的活泼灵动及无与伦比的和谐,布景的亦真亦幻无不令人激动欣喜;而且极尽轻盈飘逸的舞步和阿德莱德交响乐团或热烈或舒缓的悠扬演奏融合得天衣无缝,令人叹为观止。演出期间座无虚席的观众区鸦雀无声,而每个段落结束后迫不及待的掌声却一次比一次持久热烈,谢幕时我好奇地看了一下时间,掌声竟长达四分钟之久。

中间休息时,无论是酒吧还是化妆间,看到的女性都精心装扮,精致的面容,炫目的首饰,华丽的披肩,手上都拿着小巧的晚装包,仿佛她们才是今晚的主角。我庆幸穿了一件漂亮的大衣,但匆匆出门时拿的一个休闲手袋却和这个场合不太搭调。我不禁要想,可能每个女人的潜意识里都渴望成为一个芭蕾舞娘,因为那种芭蕾舞娘所独有的高贵优雅、窈窕轻灵不正是每个女人所梦寐以求的女性美的极致吗?

予施的幼儿园生活

朋友们好奇为什么予施每天上学这么开心,我的理解是,在安全、关爱的环境中尽可能给孩子最大限度的自由,他的幼儿园就做到了。

幼儿园里有一个很大的后院,有沙坑、海盗船、吊床和一座小亭子,还有一个微型的农场,养了公鸡、荷兰猪和几只白兔。天气好的日子,孩子们在外面自由地奔跑、追逐,或在沙坑里做 sand cake,或围着围裙在画板上涂鸦,总有几个老师在附近密切地注视着。刮风下雨的日子,孩子们分成几个小组,围坐在室内读故事书,用橡皮泥做手工,唱歌,或真材实料地用面粉、黄油做点心,男孩子则更喜欢和男老师 Lee 一起拼装火车轨道。

予施有四五个固定的好朋友,他告诉我,他要玩 Deen,Oscar, Cohen, Suzhao 和 Mathew,我很欣慰他有这么些朋友心甘情愿地每天被他玩。有一次他的铁杆朋友 Deen 突然和新来的 Oscar 成了朋友,冷落了予施,予施大哭。老师告诉我,"予施今天心碎了",我担心地问,"那他吃了午饭没有?"老师笑着说,"哭完之后,吃了两碗饭。而且下午他主动和 Oscar 交了朋友,三个人一直玩在一起。"真是一个拿得起放得下的孩子,而且对形势认得这么清楚。看到不平之事,予施首先会介入,如果不奏效就 tell off(报告)。一次他意识到 Ignatius 找到了一辆消防车玩具,就用手上的卡车去交换,谈判破裂后就找到老师 Sam 说,"Please tell Ignatius to share, 5 minutes, then Yushi's turn."(请让 Ignatius 和我分享,他玩 5 分钟,然后就轮到予施了。)结果他如愿以偿。

予施最看不惯班上一个长得像洋娃娃似的金发碧眼的伊莎贝拉,因为这个小姑娘野性十足,经常不穿鞋袜光着脚在外面跑,爱干净的予施总想着制止她这么做,未果。于是有一天放学时他指着手上一圈细细的牙印告诉我,"伊莎贝拉咬的。"我立刻问他,"你哭了没有?"他勇敢地摇摇头,"没有,予施咬伊莎贝拉 tummy(肚子)的。"我大吃一惊,想不通这么高难度的位置他是怎么咬到的。

曾给予施最喜欢的老师 Sam 看过一段自己录的予施打电

话给他的好朋友 Maggie 的搞笑视频,Sam 笑得前仰后合。结果前天放学时 Sam 故作神秘地同我说,"你知道吗,今天我和 Maggie 通了电话!""啊?"我不明所以,因为 Maggie 不是这个幼儿园的,Sam 也从未见过她。Sam 笑着说,"予施今天拿了一个玩具积木,假装是电话放在耳边,然后嘴里发出"ring,ring"的电话铃声,跟我说,Sam,我的电话响了! 我就说,那你快接啊! 他假装按了一下接听键,回过头小声对我说,"It's Maggie, you want to talk to her? (是麦琪,你要和她说话吗?)",于是我就接过电话说,"Hello Maggie!"今天下午 Maggie 一共打来三次电话,我有幸和她说了两次话。我开心地笑了,真希望自己能从小再活一遍,当然,如果我亲爱的妈妈不介意的话。

医院里的指路条

因为一个明天要切除胆囊的病人需要签手术同意书,我匆匆忙忙赶到皇家阿德莱德医院。虽然这所医院我一周至少来两三次,但方向感不好的我还是不太记得有些科室的位置,着急的时候更是成了路盲。今天要去的是病房,只记得上次就绕昏了头,于是干脆先到了问询处问明方向,刚报出 S5 病区,里面的义工迅速撕下一张便条,划掉一行字之后递给我(那行字是指引去别的病区的路线)。我按照上面的指示,不费任何周折到达了病房。心里不禁感慨这种细节上的周到给人带来的方便。这种指路条基本上本市的大医院都有,而且细化至你去不同的部门,就得到一张不同的规范指路条,省去了很多口舌,而且避免了言语有时可能引起的意思含糊,问路者也不需要记住复杂的路线。

经常听刚来的人们抱怨澳洲人办事效率低下,我倒觉得不可一概而论。从问路这件事来说,确实能以最短的时间为访客提供最有效的帮助。一次去伊丽莎白医院的眼科,一位眼底病变的老人需要在右眼球上打针以控制水肿,护士看过病历后就走过来在他的右眼皮上贴了一个小小的黄色笑脸贴纸。我这才注意到等待打针的病人,其中基本为老人,每个人的左眼或右眼皮上都贴了这么一个笑脸。看着那一张张褶皱的脸上的稚气笑脸图案,我不由地微笑了,多么聪明可爱的做法,既避免了给错误的眼睛打针,又避免了一次次询问,要知道有的老年病人根本搞不清楚自己到底哪只眼睛需要治疗。一转身又看到治疗室门上令人莞尔的绿色独眼外星人的图片,再听着医生护士们善意地称呼老人们"Young Man"(年轻人)或"Young Lady"(年轻的女士),而显然被这样宠惯了的老人们一副当之无愧的泰然表情,我的笑意更深了;环视四周,除了护士们穿着色彩温馨的制服,男医生清一色的西装革履,女医生一律的衣着时尚,丝袜高跟鞋。所有的细节都刻意让你忘了这是令人生畏的医院,但又丝毫没有给医院的服务意识或医护人员的专业素养打上一丝一毫的折扣。成天在医院里见证病痛,甚至生老病死,不免真诚地希望每一个人,认识的还是不认识的,都能远离医院。但是,有这样完善的医疗体系和人性化的服务做保障,即便进了医院,人们也知道,他们将得到的是最妥帖的照顾。

在澳洲看病

写此文是受国内想移民澳洲的亲朋好友之托,把我所了解的澳洲医院体系说给有需要的朋友知道,谨供参考。

在澳洲做翻译最常去的地方就是医院了,所以来澳洲以后才发现中国和澳洲在医疗理念和诊断过程上的差异。具体一点说,我的感觉是,中国医生更多是凭经验诊断,而澳洲更依赖客观的各项检查,再有经验的澳洲医生都不会不经过他认为必要的一系列检查就轻易地凭经验下结论,换言之,他们相信仪器多过他们自己的判断。经常碰到资历不太深的年轻医生,通常叫做 registrar,即在训专科医生,在问诊过后通常要请教指导他们的资深医生(他们称之为老板的),才可以做出诊断或确定治疗方案。要知道,这样的在训专科医生都是上过 5~6 年的医学院,当过一年的实习医生和一年的住院医生才得到的头衔,而且要当了 4~6 年的在训专科医生才能称为正式的专科医生,即 Consultant。但即便是独当一面的成熟医生,遇到自己拿不准的问题都会告诉病人说,要征求另一个医生的看法,他们称之为"seek second opinion"。很多病人都会抱怨在公立医院就诊等候时间长,其中一部分原因就在于此。

　　澳洲医生问的问题也相当的具体和细化,例如疼痛,他们一定要让你量化,即 0 度是不痛,10 度是极度痛,相当于分娩之痛,那么你的痛是几度的,初来看病的中国人往往要想很久才不确定地给出一个数字,因为不习惯这种在澳洲司空见惯的问法。对于慢性病病人,医生一般每次要问起目前所服用的药物和剂量,不少中国病人既不记得药名,也不把药带来,所以我常常听到这样的回答,"那个小的白色药一天一粒,另外一个粉色的椭圆形的,一天三次,一次一粒。"我如实翻译完之后再看医生的眼睛,瞪得比药丸还大。

心理医生也是澳洲人经常要见的,不过心理医生并不是医生,曾不止一次听见病人尊敬地称呼心理医生为 Doctor,然后对方就会认真地说,"我是心理医生,不是 doctor。"后来才发现,心理医生没有处方权,受过的专业训练和医生不同,所以不能算是医生,心理疾病领域里精神科医生才是医生,是有处方权的。

还有一个很有趣的职业是职业治疗师,又称作职能治疗师,通常是提供生理或心理障碍方面的职能治疗。走进职业治疗师的房间,感觉又像车间,又像厨房,炉子、各种大小的锅还有锅铲,同时还有缝纫机和其他很多机器。亲眼目睹过才知道,这些设备都不是虚设的。上次一个手臂骨折的病人,需要一块刚好包住她手臂的塑胶以避免骨头错位,职业治疗师就一次次在锅里煮那块事先裁好的塑胶,煮软之后再反复试戴定型。还有一个手指被机器切断的伤者需要一个由特定布料做的指套以帮助保暖,促进血液循环,职业治疗师就立刻化身为裁缝,量大小,画线,剪裁,缝纫,并细心地缝制了两个,供他替换。

　　相信很多人都已经知道在澳洲看病是不可以直接去医院挂号的,除非是看急诊。所以有了病都是要先找家庭医生,家庭医生看不了的才推荐去看公立医院或私立医院的专科,公立医院轮候期较长,从几个月到四五年的都有,私立医院倒是不需要等,可费用高,除非有私人保险,否则一般人支付不起。顺便插一句,因为曾在家提起过家庭医生的工作性质,即小病看不死,大病治不了,而年薪有三四十万之多,所以又想赚钱又怕担责任的大儿子嘉予就特别想成为一名家庭医生。

　　话说回来,如果已经打算在澳洲常住,那么办一份私人保险还是有必要的。曾给一位脑垂体长了良性肿瘤的患者翻译过,因为没有私人保险,就等待在公立医院进行手术切除,等几个月之后终于轮到她了,肿瘤已经大到必须连脑垂体一起切除,以至于她今后需要终身服用激素。在这里也不能责怪澳洲的医疗体系,因为是全民医保,那各大医院的手术室自然是排得满满的,而且有一个分轻重缓急的优先原则。例如上次老公让家庭医生推荐做一个常规的肠镜检查,医生初步评估为不属于高危人群,就排在了 1 年以后,之后又连续收到医院的两封信,分别又延后了两个月,也就是说已经排在了 2014 年的 2 月,我也没往心里去,等再次收到皇家医院的信,还没打开我就已经有点恼了，以为又改期了，结果怎么着？日期同上次一样，一天都没挪后，但把手术时间从 14:00 延至 14:05，这些死脑筋的澳洲人啊，就晚 5 分钟也值得发一封信，要知道我每次给做肠镜的病人翻译，前面的至少一个小时都是在等待，但是这就是他们办事的方式，等归等，但程序上一丝不苟。

澳洲医生的分工很细，尽管在成为专科医生之前都受过多年的全面训练并在各个部门都积累了一定的临床经验，但他们绝对不会越俎代庖。上周一个病人在伊丽莎白医院看乳房专科，看完之后就问医生，她最近觉得卵巢部位疼痛是怎么回事，结果医生真诚地说，"我说不好，我只负责上半身，下半身的问题你还是找妇科医生比较好。"

停车之痛

早就听讲阿德莱德医院有"疯狂星期二"之说，因为不知为何总是在周二这天忙得不可开交。因此尽量避免在星期二接医院的工作。这次一不小心疏忽了，等到了医院停车场，看见满场无头苍蝇般转悠的近 20 辆车才猛然想起，来错日子了。跟着这些车在停车场转来转去，眼看加入的车越来越多，停着的车却没有离开的迹象,好不容易开走一辆车,我却离得那么远。我又不敢像一些天不怕地不怕的司机敢把车停在明令禁停的草坪上。不由想起以前一个经常乘火车出行的朋友同我说的话,再拥挤的火车上,只要你能一节节的车厢找过去,都能找到座位。那为什么我在停车场一圈圈绕下来,却看不到一个车位?茫然地打着方向盘,竟然不由自主想到了我们在迪拜时认识的一个博学而激进的巴勒斯坦朋友奥马尔,他在停车场上刚看好一个车位就被一个半路杀进来的当地人抢了先机,奥马尔一不做二不休立刻开车把那辆车顶了出去,并大声说了句"我已失去了我的国家,我不能再失去我的车位!"每当我为找不到车位而烦恼的时候就忍不住想起这个勇气可嘉的朋友,并庆幸自己背后有着一个可以时时想念的国家。和伊丽莎白医院相比,皇家医院的停车更令人头痛,前者不管怎么说还有停车场,后者地处市中心,最近的停车场都要步行至少 10 分钟,而且还往往都停满了。记得我刚转为南澳驾照的时候,停车水平还很烂,一次在医院附近好不容易看到一个付费的车位,却发现旁边的车停得很偏,刚好压线。虽然我当时开的是小巧的三菱 Mirage,但自知之明告诉我停进去相当困难。苦于没有别的选择,我费了九牛二虎之力才把车停下了,再一看,线看不到了,因为占了右边车的部分位置。管不了那么多的我快速离开了。工作完回来的时候,远远看见挡风玻璃上贴着一张纸,心里一惊,难道超时被罚了?走近一看,不是罚单,是一张从日记本上撕下来的纸,纸上用愤怒的字迹写着"白痴,你停车一定要占两个车位吗?!"再一看,天哪,旁边那辆车紧紧贴着我的车,我的门都打不开,只好从副驾驶位上车。正发愁怎么能顺利倒出去,一对路过的老夫妻一眼看出我的窘境,马上走过来指挥我倒车,等我笨拙地终于把车倒回马路上,手心已经全是汗了。

每个人的字典

沿着阿德莱德的母亲河——托伦斯河的河边散步,一块不规则形状的金属铭牌吸引了我的注意,仔细一看,上面刻了一句话"The limits of my language mean the limits of my world."(粗译为:我的语言有多么丰富,我的世界就有多么广阔。源出于出生于奥地利的英国哲学家维根斯坦)。这么一句简单却饱含哲理的话带给人很多思考,可以这么理解,即每个人所认知的世界都是由他所能掌控的语言范围来界定的;也就是说,每个人的心里都有一部自己版本的字典,里面的词汇和词义的诠释都是各不相同的。这就是为什么对有的人来说是司空见惯,对另一些人来说却是忍无可忍,因为他们的字典里"公平"的定义不同;为什么会有"甲之熊掌,乙之砒霜",因为他们的字典里的"价值"大相径庭;有的笑话让某些人捧腹,却让另一些人无动于衷,因为他们的字典里"幽默"作不同解。所谓"酒逢知己"指的大概就是引为知己的两个人用的很可能是同一版本或类似版本的字典;而"话不投机"也可以简单地比作"中华大字典"遭遇了"小学生标准字典"。

善意的社会是人文的社会

中国有句话叫做"日行一善",我时常要刻意提醒自己这么做。但在澳洲生活久了我发现,澳洲的主流社会正是这么做的,而且做的像呼吸一样自然。我每天遇到的几乎每一个人,认识的不认识的,都会用一种自然而然的善意让你感到,What a wonderful world!(多么美好的世界!)

我在停车场漫无目的地乱转时,经常有拿着车钥匙的人示意我跟着他走,把车开走前还不忘给我一个灿烂的笑容,这就是善意。

一次早上匆匆出门,上了公车才发现钱包没拿,身无分文,尴尬地向司机解释,司机宽厚地一笑,挥挥手就让我进去坐下,没有一句责备或不满,这就是善意。

到了工作的法庭,因为上午下午的案子都要我翻译,中午只能在附近买午餐,身上没带钱,又不能饿肚子,只好厚着脸皮向素昧平生的前台接待借钱,刚说明来意,她立刻拿出钱包,递给我二十澳元,我不好意思地说,十块就够了,她俏皮地一笑,"亲爱的,饭后你可能需要买一杯咖啡。"这就是善意。

临时接了工作出门,想起嘉予没带钥匙,又没空给他送去,于是打电话给学校,办公室的老师让我留言,说会转达给他。嘉予放学后我看见书包里一张折得整整齐齐的纸条,里面用清秀的字迹写着,"妈妈让你放学自己回家,钥匙在门边的蓝色小花盆里。"和我的原话一字不差。这就是善意。

在医院工作完了,正准备签字,才发现发票留在车里,而停车的地方在一公里开外,于是为难地和前台的主管商量该怎么办,她立刻安慰我,没关系,给你的中介打个电话,让他们把发票发传真给我们,我马上给你签字。然后不厌其烦地去了两趟传真室,拿到了传来的空白发票后满脸笑容地递给我。

这就是善意。

因为停车耽误了,等赶到需要翻译的职业介绍所已经迟到了 10 分钟,却被告知,客户因为听不懂,已经于 5 分钟前离开了。这就意味着我这份工作没做,不光拿不到钱,中介还会不满。看到我懊恼的样子,那位年纪较大的工作人员让我坐下,从电脑里找出一个手机号给我,"这是客户的电话,你试试打给他,看他能不能回来。"我立刻拨打电话,接电话的是客户的女儿,说她不和父亲在一起,父亲也没有手机。挂了电话,我告了辞,正要离开,他叫住我,你还没让我签字呢?我惊讶地回头,"可是我什么都没做啊?"他狡黠地一笑,"你不是帮我打了个电话给他吗?"我笑了,不是为了这几十块钱,是为了这份善良和善意。

当这个社会的绝大多数人都秉着善意、信任、与人方便的原则和其他人相处,和谐社会又怎是个遥不可及的梦呢?

受害者代言人

中介派我去位于阿德莱德市中心 North Terrace 的著名酒店式公寓 Oaks Embassy Apartment Hotel 为阿德莱德受害者权

益保护局局长迈克尔做翻译,并言明让我在大堂等。时间过了十分钟才看见头发花白、身形挺拔的迈克尔和一位身材修长气质优雅的女士匆匆赶来,连连和我说对不起。看着他们两个一身考究的打扮,我心里一阵疑惑,到底是要见什么人呢?又看见迈克尔手上一个厚厚的黄色信封,我不禁猜测,难道是重要的物证?和他们一起坐电梯来到走廊尽头的一个房间,刚一敲门,门就开了,一对中国的中年夫妻含笑地引我们进去,然后介绍说他们是吉吉的父母,显然是第一次和他们见面的迈克尔笑着连连点头,介绍说旁边的女士是他的同事莎拉,并打开信封说,"这是给你们的一点小礼物。"原来里面是一条土著人手绘的毛巾和一盒本地产的巧克力。随即又关切地问起吉吉在医院的情况。虽然一头雾水,我依然掩饰着满心好奇如实地翻译着,迈克尔这才转向我揭开谜底,"吉吉是中国留学生,三周前一起谋杀未遂案的受害者,重伤,在医院治疗,是我们安排她的父母从中国来照顾她,所以他们要求和我见个面。"噢,我震惊而难过地看了一眼那对老实的父母,正在想他们是哪里人。迈克尔已经问了这个问题,原来是来自湖北武汉从事汽修工作的。当迈克尔问他们是不是自己的生意时,憨厚的父亲不好意思地说,给别人打工。迈克尔立刻说,"和我一样,我也是为别人打工。"一直没开口的莎拉也连忙举手说,"还有我,我也是。"吉吉的父亲笑了,"你们是为政府工作,不一样。"迈克尔沉吟了一下说,"也对,不过不完全是,我是监督政府的,我是由总督指派的 ombudsman(监察专员),在总检察长的部门负责受害者权益的,如果执法部门或警察对受害人不公正,我就要出面调查。"我们三人听了肃然起敬,吉吉的父亲说,"在你找到我们之前,中国大使馆的一秘就让我们和你联系。"迈克尔一下坐直了,"真的?他们竟然知道我的存在,难不成是听到过我在联合国大会的发言吗?"他的玩笑让气氛一下轻松起来。吉吉的父亲称赞他风趣,迈克尔立刻像个老朋友似的拍拍他肩膀,"我太太常说,我的幽默感会给我带来麻烦。你也是当丈夫的,你懂我的意思。"话音一落,连始终一脸焦虑神色的吉吉妈妈都忍不住笑开了。当知道吉吉是独生女的时候,迈克尔表现得不可思议,"我不了解中国的这个政策,我是家中九个孩子中的长子,我太太家里五个孩子,她也是老大。"吉吉的妈妈睁大了惊讶的眼睛,然后悲伤地说,"现在才知道只有一个孩子是多么不好,出了事就是百分之百。"迈克尔眼神中满是理解和同情,半天没说话。然后开口问道,"你们以前来过南澳吗?"他们两个点点头,

"来过两次,看到这里很美丽,很安全,我们就放心让女儿在这里读书了。"迈克尔有些惭愧地低下头,"现在,你的这个理想被粉碎了吧?发生了这样的事。"谁知吉吉爸爸诚恳地说,"通过这件事,我们看到了澳洲政府的慷慨和人道。"没想到听到这样的回答,迈克尔和莎拉立刻动容了,眼神中同时流露出释然和感激。当问他们住在这里习不习惯时,吉吉妈妈连连说,"太习惯了,像自己家一样,谢谢你的安排。"迈克尔说,"我只是打了电话给这个酒店的业主,他是受害者支持协会的成员,于是立刻同意安排一套房间给你们免费住,他的酒店每年有一些这样的额度给需要帮助的人,今年的额度全给了你们。"

得知吉吉爸爸周六要回中国,他立刻从包里拿出一张出租车票,嘱咐道,这样你就不用付车钱了。接着又体贴地问,"请问你们需要一些现金帮助吗?"吉吉妈妈不好意思地点点头,他立刻说,"冒昧问一句,先给你两百澳元这个周末用够不够?"看到对方点头,他温暖地一笑,"我明天就叫人送来,"然后有点尴尬地说,"因为我身上从来没放过这么多钱。"

临走时,吉吉父母希望迈克尔能和吉吉就读的南澳大学商量一下,因为她手伤得很重,不能写字,又要继续住两个月的医院,希望把剩下的三门选修课通过网上授课的形式完成,这样好赶上明年三月的毕业典礼。迈克尔安慰他们说,"学校应该可以安排口试的,不用担心,并且保证会尽快和学校沟通。"回到大堂,迈克尔才告诉我,"我和学校都知道吉吉明年三月毕不了业,因为她有一门功课没通过,但是她自己还不知道,我们也隐瞒了她的父母,因为不想他们再有更多压力。"我有点惊讶了,因为素来知道澳洲人的直来直去,连患绝症的病人医院都坚持要告诉患者本人,哪怕病人是十来岁的孩子都要求这么做,因为向病人隐瞒病情是违法的。可为了受害者和家人的心情,他们竟然一反常规,想得如此周到。

任何一个社会都不能避免犯罪,但如何对待受害者,为弱势群体争取权益和福祉,给不幸的人带去关注和尊重却是文明的一个标志。

澳洲的学前教育

下午接予施的时候,他的老师 Sam 拉住我说,予施是个非常温柔的孩子。噢? 我感兴趣地期待她往下说。Sam 说道,今天有个叫做玛莎的小女孩摔倒了,一直在哭,予施走过来,轻轻地摸摸她的脸,拉拉她的头发,问道"Are you all right, Marsha?"(你还好吗?)玛莎听了,委屈地更大声哭起来,予施只好走开。过了几分钟,予施走回来,再次问,"Are you OK?"玛莎又大哭。予施于是安静地在她旁边坐下,轻轻地抚摸她的手臂,直到玛莎恢复平静。

过了一会儿,他们玩钓鱼的游戏,每人一个玩具钓竿,但因为孩子多,阿妮米亚没有,于是站在一旁,难过得快哭了。老师安慰她,等别的孩子玩过了,就轮到你了。于是她只好走开。过了五分钟,予施找到 Sam,问她阿妮米亚在哪里,Sam 指了指旁边的沙坑,予施走过去,对她说,"Here is the fishing rod, it's your turn now, Anemia."(给你钓鱼竿,现在轮到你了,阿妮米亚。)

Sam 意犹未尽地说,只要班上来了新的孩子,予施总是拉着他的好朋友 Deen 一起去和那个孩子玩,直到他/她适应了新环境,找到新朋友,予施才离开。而且,如果有大孩子去抢婴儿室的玩具,予施一定会据理力争,把玩具拿回来,说"This is for the babies."(这是给小宝宝玩的。)

听到这里,我的心里充满温柔的感动和自豪。18 个月就来到幼儿园的予施耳濡目染了其他孩子和老师的关爱态度,学会了分享,学会了凡事讲究次序,学会了吃完饭把盘子清理干净放回厨房,学会了打扰了别人要说"Excuse me.",从别人那里得到任何东西自然而然地说"Thank you."。学会了在小伙伴伤心时过去给一个拥抱,学会了放学时和每个人道别,并在看到同伴父母来接时第一时间准确地拿上他的书包给他们送去。我经常听到刚来澳洲的年轻父母们抱怨澳洲的幼儿园不教孩子东西,但是从我的两个孩子(嘉予没在澳洲上幼儿园)身上我看到了,澳洲幼儿园教的是比单纯的知识更重要的,即怎样成为一个受欢迎的、尊重他人也被他人尊重的社会人。我以前也像许许多多望子成龙的中国父母一样,认为只要孩子读书出色,其他都是次要的,于是才有了今天学业出众而性格比较自我,较少为他人着想的嘉予。但我只要一咳嗽甚至打个喷嚏,比他小八岁的予施就会停下手上的任何事情过来拍拍我的后背;我去扔垃圾时,他会主动把门打开,然后站在门外等我过去;嘉予惹我生气的时候他会过来小声说"妈妈,不生气。"每当此时,我就觉得,能让孩子成为一个善良、热情、开朗、懂得爱和关怀、富有同情心的人,这是比培养出一个冷漠的律师或高傲的医生来说更成功的教育。

澳洲小学的教室

参加了予施的家长会后参观了一下他们二年级的教室，感觉里面的每一样东西都让我无限好奇。柜子里有专门教孩子们系鞋带的纸板做的鞋子，码放整齐的澳洲学生字典，按照每个孩子阅读水平分类的读物（每天由孩子自己换取新的读物）。白板上贴着孩子们本周做手工时团队合作的照片，在白板的另一边贴着各种职务和对应的孩子的名字，与我们小时候枯燥的"值日生"头衔相比，他们的听起来更加高大上而且社会化，有"信使"（负责拿通知、信件和接教室里的电话）、"老师助理"（发放作业）、"照明协调员"（负责电灯开关），还有"设备经理"，我就不理解了，结果予施给我举了个例子：比如老师会说，设备经理，你能把尺子递给我吗？

班上一共22个孩子，分坐四张桌子，每个孩子做了什么值得嘉许的事情，就会得到"钱"，金额从50到1 000澳币的游戏钱，每周挣钱最多的那桌孩子有权选择一个奖品，而玩iPad半个小时是大多数孩子都会选择的奖品。

教室里还贴着一些金句，连大人看了都觉得深受启发，如

"成功的人给我激励","可以有不同意见,但不可以刻薄",
"如果生活是一局游戏,难道我们不是同一条船上的吗?"

　　看了这些,我只想,再上一回小学。

顺手牵羊即是罪

　　有一个斐济的老太太是老公店里的忠实客户,虽然很少
买东西,即便买也是钱包之类的小玩意,但退休拿养老金的她
逛购物中心已成了每天必做的功课,再和生意清淡的店主聊
聊天,一天的时光很快就打发了。老公对找他聊天的客户从
来都心甘情愿地奉上两只耳朵,再陪上一个鼓励的微笑,于是
有很多平时没人说话的祖母级的客户都乐意来找他聊聊天,
有时顺便买点东西,我就打趣他是"老年妇女之友"。可是最
近几个月却一直没见到斐济老太太的身影,老公说,没听她说
要去旅游,上次见到她看上去身体也很好,不太可能突然生
病,莫非是……我们俩对看一眼,心领神会,被购物中心禁足
了? 这时老公突然想起来,说上次确实听见她在附近一个店
里与人发生争执,没多久保安也来了,看来真有这个可能。

　　说起来有意思,澳洲的零售业都免不了要遭遇"shoplifting"（顺手牵羊）。而且据统计，顺手牵羊在零售业的各项损失中占的比例高达40%。顺手牵羊者来自社会各个阶层，有职业的，有的则纯属个人爱好。顺手牵羊者大都抱有侥幸心理，但殊不知在澳洲顺手牵羊一旦被捉，就是要去警察局做笔录，取DNA，上法庭，然后罚款或强制参加数百小时的社区劳动；更重要的是，会留案底，因为顺手牵羊（即金额在150澳元以下的店内偷窃）就算犯罪。有了案底，以后再填写任何表格时在有无犯罪记录一栏里就不能再写否了。只有在极少的情况下，比如说涉及金额很小，加之认罪态度好、年纪小而且是初犯，法官才可能网开一面，同意不留案底。因此，在澳洲顺手牵羊的犯罪成本相当高，遗憾的是，很多人在事发之前都以为不过是小事，退还物品或补上钱款就可以了结，结果才发现远远没这么简单。

认罪态度也很重要，如果在监控录像、人证（各大超市均有伪装成客户的保安人员巡视）等确凿证据面前还和警察顶着干，就有可能使得指控升级为"偷窃"。而且，除非有很好的理由，比如医生证明你得了健忘症或精神错乱，否则还是乖乖承认有罪是上策，因为如果不认罪，那么就要走到审判这一步，不仅耗时长，承担高额的庭费和律师费，还因为控方证据确凿,败诉可能性极大,到时就有可能坐牢。

我曾给好几个有这样"遭遇"的中国人翻译过,其实涉及的金额都很小,只有十来块澳元。有一个人是在 Coles 拿了几包口香糖塞在衣袖里没付钱,结果除了罚了几百块之外,还被 Coles 所在的整个购物中心禁足,不得再次进入,一旦发现,对方就有权报警抓他。还有一个从中国来探亲的男子,在唐人街的肉铺买了一块猪肉,十几块钱,初来乍到的他换算成人民币之后吓坏了,看着没人注意就把肉拿出去了,结果被带到警察局,两个警官给他录口供,取 DNA,这样的阵仗差点让他心脏病犯了,不停地要求服用随身带的药,结果警局的医生因为无法确定药的成分,不让他服用,但向他保证如果发生紧急情况会第一时间叫救护车。在警察局被盘问了近三个小时之后他被告知一周后要上法庭,而且还给他一张地图,标明唐人街中央市场所毗邻的三条街道是他必须禁足的区域。我惊讶得都说不出话来,再看看那个男人,标准的欲哭无泪。

可能有的人会认为这里的法律太过离谱,小题大做,但换个角度来看,在一个法制健全的国家,低犯罪率是以高昂的犯罪成本换来的。

澳洲大选的选票是如何统计的

路过一位澳洲朋友的公司,本打算问个好就走,谁知他兴致勃勃地告诉我说,上个周六打了一份临时工,挣了 377 澳元(未扣税的),还代缴养老金。因为他的工作很稳定,收入也不错,正奇怪什么样的临时工作值得他牺牲宝贵的一天周末,他已经迫不及待地告诉我,"我在投票站帮了一天忙,从早 7:30 到晚上 9:45。""噢? 我也来了兴趣,你参加点票了?""是啊,我们投票站 10 个人,一共点了大约 12 000 张选票,手工点的。""怎么知道选票的数目呢?""你记得在投票箱旁边有个工作人员,每个人投票之后,他按一下手中的小东西,发出'click'的声音,这就是计数的。"

"那么那张长长的白色选票是怎么统计的? 有没有人选择填写 1 ~ 73,把自己所选的 73 个议员都列出来的?(这张选票有两种填法:1. 从 50 个政党里选出一个;2. 选出 73 名议员,按照你心目中的优先顺序排列。)"我很好奇。他作不堪回首状痛苦地点点头,"有,大约 5% 的人是这样选的,我恨不得把他们掐死!"真想不到一向随和的他竟也会有这种疯狂的想法,我忍不住大笑,可见手工计票是多么繁琐!"和悉尼相比,我们还算幸运的,他们要选 109 个议席。从 1 到第 109!你设想一下,我们要把选了同样的人为 1 号议员的选票放成一摞,一个个以此类推。"我听着头都大了,"那你们在点票时会不会觉得紧张,有压力? 毕竟关系重大,不能出错的。""这倒不会,我们在开始工作之前,主管就强调,让我们放轻松,没有任何负担和压力,把今天当做有趣的一天来过。任何人任何时候觉得自己无法应付,随时找主管谈,他会耐心开解你,或者安排其他事给你做。比如我,因为《工作程序指南》周五晚上才收到,比其他人晚了几天,没时间好好阅读,第二天早上就很紧张,结果主管说,没关系,你先负责维持秩序,安排选民去各个投票间,我不会让你一开始就核对人名的,等你看了别人怎么做,适应了,我再安排较复杂的工作给你。我马上就不那么紧张了。"我了解地点点头,核对人名确实很费时费眼力,记得当我报出姓氏的时候,接待我的一位老人用放大镜和尺子在厚厚一本印满了密密麻麻细小字迹的选民登记簿上一行行查找,费了半天工夫才找到 S,立刻抬起头安慰我说,"马上就找到你了!"我仔细一看,才是 se,离 shi,还差得远呢!

　　"那如果你登记的是这个区的选民,投票时却正好去了另外一个区,名册上没有你的名字怎么办?"我想到一个实际的问题。"那没关系,可以在投票站通过 Absentee voting(缺席投票)的方式,即不在所登记选区的投票站投票。实际上,用这种方式还可以避免排队,因为人少。"

"来投票的人绝大多数都很友善,很兴奋,但也有少数粗鲁,不讲道理的。有一个老太太一进来就说,呵,这个地方这么乱七八糟的,我希望你们这些人拿不到工资才好!她丈夫也在一旁应和着。""那你说什么了没有?"我觉得好笑,"我当做没听见,然后我把他们分到两个隔得最远的投票间,一边礼貌地说,夫人,你去这间,先生,请到那间去。那个女人不满地瞪着我,奇怪为什么别的一家人可以安排在一起,他们两个却要分开。我心里想,因为你们两个需要各自冷静一下。"说完,他像个恶作剧得逞的孩子一样开心地大笑起来。过了一会儿,又神色严肃地小声说,"我真搞不懂,竟然还有人给性爱党和大麻党投票,不明白这样的党能给澳洲带来什么?上次选举的时候,澳洲只有 42 个党,今年增加到 50 个,下次不知道还会增加什么荒唐的党呢!还有,就是发现这个体系也有漏洞:你只要报出你的姓名和地址,无须查对证件就可以投票,所以有的人可以去不同的投票站,报上家人的名字,替他们投票。"我当时也意识到这个问题,还以为是我那个投票站的工作人员疏忽了呢,原来竟还是普遍现象。看来再合理的制度在实施的过程中都难免会打折扣,希望下届选举的时候这样的问题能够避免发生吧。"那你们统计选票花了多长时间?""噢,从下午 6:00 到晚上 9:45。准 6 点,我们接到电话,要我们关闭投票站,锁上门,关闭手机,开始计票。不许和外界联系,不许拍下自己工作的样子发到 facebook 上。对了,你如果有兴趣,明年三月州大选之前,可以申请这样的工作,对澳洲选举多一点了解,还可以挣点额外的收入。"他诚恳地建议,我笑着告诉他,我会考虑,因为这样的经历的确很有意思。

澳洲人的腼腆与奔放——体验阿德莱德农展会

如果用一句话形容已有 173 年历史的阿德莱德农展会,那就是"Everything old is new again."(每样都是旧东西却每次给你新感觉。)自从 2007 年来到南澳之后,我每年都会带孩子去这个一年一度的 Royal Adelaide Show,尽管去之前就知道会看到些什么,每次还都能乘兴而去、尽兴而返。因为在一个阿德莱德难得一见的喧闹、眼花缭乱、摩肩接踵的场合,你会完全地放松自己,像个孩子一样度过随意任性的一天,和孩子一起看小猪赛跑、小猪跳水,跟着拉拉队长为分配给自己这队的小猪呐喊助威;陪孩子一起乘坐颠簸的托马斯小火车,聚精会神地玩海绵宝宝的钓鱼游戏,或踏上一段 4D 的 4 驱车冒险旅程,最后,在琳琅满目的 showbag(展会礼品包)大厅里,和孩子一起挑选一个他们心仪已久的 showbag,并在回去的火车上惊喜地在包里找到各种各样令人雀跃的可爱小玩意。这样的机会,一年也就一次。

更有意思的是,我还在同一天里见到了澳洲人腼腆质朴和奔放不羁的一面,有趣而难忘。

在一个摆满了各种澳洲自产苹果的展位上出售一澳元一只的 Apple slinky,就是用特制的切苹果机把苹果去核并切成看似一片片,但又连在一起的螺旋弹簧状,很多孩子都一脸新奇地拿在手上吃。因为觉得有趣,我挑了一只富士苹果请那位面有风霜之色的摊主加工,并问他我可不可以在他操作的时候拍张相片。那个高大健壮的农夫模样的男人脸一下子红了,一边憨厚地笑着点头,一边把身后一个帅气的大男孩推过来说,"你照他吧!"然后赶紧退到我的相机到达不了的角度。看着那个男孩子垂着眼睛熟练地操作着机器,微扬的嘴角上腼腆的笑意和掩饰不住的快乐,典型的就是一个质朴自然、不事张扬的澳洲人。

在小猪赛跑的表演即将开始的时候,舞台上突然来了一位留着长鬓角、扎着金色腰带的"猫王",在热力四射的音乐中满场舞动,然后突然停下来招手示意一个十几岁的男孩随着他的音乐做出弹吉他的姿势。出乎大家的意料之外,那个男孩毫不迟疑地站起来,跟着音乐的节奏做出抱吉他弹唱的动作,酷得要命,和"猫王"配合得天衣无缝。之后"猫王"又随便点了三个男人上台,要他们和着"Viva Las Vegas"的欢快音乐跳舞,本以为这几个看上去有点笨拙的男人会扭捏害羞,谁料音乐一起,他们跳得一个比一个奔放,花样百出,动作虽不规范,但看起来无比快乐而和谐,观众的热情立刻被点燃了,全场跟着旋律唱起"Viva Las Vegas"。High 到极点的"猫王"转着舞步来到前排一个穿着大花连衣裙的身材微胖的中年女子面前,优雅地伸出一只手,那个女子立刻轻快地起身,在他带引下轻盈地转了一个圈,全场掌声雷动。我心里一阵触动,作为中国人我们一向活在太多的束缚、顾虑、自觉不完美和别人挑剔的眼光中,至少我自己是这样,看着生性快乐的澳洲人能随时随地放开自己,和着音乐载歌载舞,不禁感慨,何时我们也能够这样释放我们活得太累的心灵?

太平绅士

因为要找(太平绅士)公证一些文件,我来到当地的市议会,还没走进的办公室就听到一个异常低沉的声音在说话,那声音奇怪得好像是从腹腔而非声带发出的,我第一个想到的就是《天龙八部》里的段延庆,莫非这就是传说中的腹语?满怀好奇地等前一个客户离开,我走进了他的办公室,是一个看上去七十多岁,样子非常整洁的老人,他和气地抬头看我一眼,接过我手上的文件仔细地对比原件和复印件,一共就四页纸,他来来回回看了有 10 分钟,然后才盖章,一笔一画地签上他的名字,每个动作都很慢。因为我的车停在一个不太对劲的位置,不知道会不会被抄牌,看着他不紧不慢的样子,我开始着急起来,又不能表现出来,因为澳洲的太平绅士都是免费服务大众的。看着他手上密布的老人斑和桌上大半杯显然已经凉掉的咖啡,我心里有点自责,决定开口说些什么,谁知一开口我竟然问出的是"请问你的喉咙做过手术吗?"我吃惊地捂住嘴,却发现他已经抬起头看着我,眼中隐隐有着笑意。他点点头,用一只手捂住喉咙上的纱布,用共鸣声很大的声音回答我,"是,我13年前患了喉癌,喉被切除了,现在我是用人工喉在和你说话。"我震惊得不会回答,只是怔怔地盯着他的喉咙,他拿开喉咙上的纱布,我的心一阵狂跳,在喉头的位置竟然是一个圆圆的直径约2厘米的洞。他用手指头堵住那个洞继续对我说,"我装的这个人工喉只有半英寸长,就在这里面,通过震动发出声音。我说话的时候需要堵住气流,否则你看,我就发不出声音。"他把手拿开,继续说话,但这时我只看到他的嘴一张一合,一点声音都听不见。我问他,"你手术之后需要学习怎么发声对吗?"他用手捂住喉咙说,"是,我用了六个月的时间才学会用我的新喉咙说话。我这种病比较不常见,但是你刚刚看到的和我说话的女士,她的父亲正好也是这种情况,于是她问了我一些问题。"这是怎样一种常人难以想象的病痛和磨难?可是他如果不说,看了他那份淡定自若的神情,我最多以为他刚动了扁桃腺的手术。他把文件整理好递给我,好脾气地说,"等急了吧,我看你刚才一直在看表,原谅我这个老头子老眼昏花,写字又慢,赶紧走吧。你如果对我的喉咙感兴趣,每周二、三、五的11点到3点我都在这里,我很愿意回答你的问题。"我又窘又难过,慌乱间又问了一句不得体的话,"你多大了?"他不以为忤,"刚过了75岁的生日。"这时一个工作人员甜甜地笑着走进来,端了一个托盘,上面一杯热的黑咖啡和几块饼干,说实话,在澳洲的工作场所,再高职位的人都是自己动手泡咖啡,但看到这一幕,我知道,这杯咖啡后面是对顽强生命的一份敬意,因为这位太平绅士是一位不折不扣的绅士。

种上一株蓝花楹吧

拜前任房主所赐,我们家的后院有一棵黄桃树(Yellow peach),一棵油桃(又称玫瑰桃)树(Nectarine),一棵李子树(Plum),前院有一棵葡萄树,一棵高大的无花果(Fig)树,拐角的菜地里还有两株柠檬。每年夏季成熟的黄桃密密地挂满枝头,每一个足有半斤重,鲜甜多汁,而且果子越结越高,需要站在梯子上才能摘到,而长得最高的,就是爬上梯子也望尘莫及,只能便宜附近的鸟儿了。油桃虽然个头不大,但颜色艳丽犹如玫瑰,很有光泽,入口细腻香甜,与黄桃各有千秋。李子还没结过果子,但开出了月白色的李子花,和粉嘟嘟的桃花相映成趣。每年桃子成熟的时候因为吃不完,我们都会摘下来送给朋友和邻居,澳洲人很愿意用它们做成蜜色的桃子酱,装在精致的玻璃瓶里看上去流光溢彩,很是诱人。

　　后院的邻居是一个独居的澳洲老太太,住了三年多,我一向只闻其声不见其人,由于两家隔着高高的篱笆,我们又不从后面出入的缘故。老公因为经常爬上梯子摘桃子,倒是偶尔能看见她,并有说有笑地聊两句,还时不时把桃子装在袋子里从篱笆上递过去;如果她不在家,就挂在篱笆上。第二天过去一看,桃子已经拿走了,袋子却还是满的,里面是她们家自产的苹果和柠檬。

　　看了她给的柠檬,黄澄澄的,个又大又饱满,我就替我们家的柠檬惭愧,颜色深的像橘子不说,而且圆圆皱皱的像刚出生的婴儿。幸好味道还是柠檬的味道,所以家里没有正常柠檬的时候还可以用它来应个急,尽管也结了满树,不过羞于送人。

　　葡萄品种倒是不错,深紫色的,形状浑圆,小小的一粒粒很饱满,味道清甜,果香浓郁,因为从没在超市见过这样的品种,而去葡萄酒庄参观时倒尝过类似的一种叫做佳美(Gamay)的葡萄,于是在心里就认定了它是佳美。

　　除了这些果树,前院还有一棵高高的棕榈树和一棵枝繁叶茂的无名树,因为连自称见多识广的嘉予也叫不出名字,只是肯定地说不是橡树,不是桉树,也不是橡胶树。菜园旁有一棵柳树和一种原产澳洲的红千层,俗称"瓶刷子树",因为样子像极了一个瓶刷,而且因为颜色是红的,嘉予小时候叫它作"狐狸尾巴",我觉得很形象。

一棵院子里有了这么多树,但却没有我梦寐以求的 Jacaranda,中文叫做蓝花楹,是一种紫葳科的植物。澳洲一本园艺杂志说,如果你的院子里只能种一棵树,那么就一定要是Jacaranda。阿德莱德一到春天,两侧种着蓝花楹的路上,远远看去就像一片紫雾。因为它在开花期不长叶子,所以是满树纯净的淡紫色,犹如长在天边的熏衣草。下过雨之后,地上瞬间铺满了深深浅浅的紫色花瓣,再衬着水盈盈的蓝天,树梢上亮晶晶的雨滴,此情此景能勾起你所有的浪漫情怀。

既然我的家不能成为"十二棵橡树",那么至少让我拥有一棵蓝花楹吧,一种有着美丽名字的美丽的树,一个给予你美丽心情的美丽生命。种上一株蓝花楹吧!

品醉澳大利亚

因为工作关系,有幸参加了澳洲有史以来最大的葡萄酒论坛"品醉澳大利亚"(Savour Australia 2013)。全澳有两百多家酒庄参加,充分体现了澳洲葡萄酒的品质和多样化。菜单由被誉为南澳餐饮业传奇的名厨兼美食作家 Maggie Beer 设计。南澳洲州长讲话时提到了一个有趣的细节,他于 20 年前光顾 Maggie 位于巴罗萨谷的 Pheasant 农场餐厅时,看见 Maggie 扎着一条围裙,脸上一副着急的表情,正在餐厅门口驱赶着一群挡住客人来路的鹅,那个温馨场面让他至今难忘。之前对这位大家交口称赞的名厨一无所知的我看到端上来的第一道菜,立刻被折服了。这是一道用林肯港(南澳著名的海鲜产地)的无鳔石首鱼(Kingfish)做的生鱼片,配上了日本咸酸李子沙拉,细香葱和巴罗萨谷的初榨橄榄油,色香味绝佳。

这个论坛的主题就是葡萄酒与美食的搭配,因此晚宴上每一道菜都由号称澳洲葡萄酒大师的保罗·亨利精心选出,每道菜都配有两至三种不同的酒,如鱼片配的是克莱尔山谷的珍藏版雷司令(Riesling),羊排和羊肩肉配的是麦克拉伦谷的西拉(Shiraz),鸡肉配的是阿德莱德山的霞多丽(Chardonnay)和麦克拉伦谷的桑乔维塞(Sanjiovese,一种意大利风格的红酒),连最后的甜品,Maggi 亲手制作的香草和接骨木花风味的冰淇淋都配上了金黄色的陈年波特酒(Towny),这种葡萄酒和美食相得益彰的搭配令人叹为观止。

南澳的葡萄酒和优质食品是当地人的骄傲,更是本地的产业支柱,每 5 个人里就有一个从事葡萄酒或食品行业。而我在席间遇到的澳洲人不是酒庄老板就是酿酒师,谈起葡萄酒整个人都会发光一样。坐在我对面的本恩是 Tidwell 酒庄的老板,不但拥有一个面积为 0.5 平方公里的葡萄园,还有一个占地 1 200 公顷的农场,养了 1 万只绵羊和 600 头奶牛,而葡萄园和农场一起只雇佣了六个人,看着我惊讶的样子,他赶紧补充说,"我还有四只得力的牧羊犬。"

我的右手边坐着来自上海的一位酒商,听我们在聊着葡萄酒的中文译名,本恩很有兴趣地插进来问我们,"Cabernet Sauvignon(赤霞珠)中文叫什么?"我想了想回答他,"Red glowing pearl."他兴奋地扬起眉毛,"这么美的名字!我要记下来。"然后立刻拿出手机输入起来。我乘机告诉他,"我最喜欢的译名是 Sauvign on Blanc,中文翻译作长相思,missing each other forever(长久的思念)。"他专注的脸上瞬间有一丝不易察觉的感动。我知道对他们这些视葡萄酒为灵魂的人,一个恰如其分的美丽名字所带来的吸引和震撼。上海的酒商兴致勃勃地说,"你知道 Penfolds 红酒在中国为什么卖得好吗?因为中文名字叫奔富,Running towards fortune!多好的口彩,中国人当然喜欢。"本恩听了哈哈大笑。

　　上到第三道菜的时候,庭院里熊熊的炭火旁边推来了一个酒桶,然后一个西装革履的高大男子用一根胶管把桶里的红酒灌进一个个敞口瓶中。坐在我旁边的 Gemtree(宝石树)酒庄的 CEO 安德鲁自豪地对我说,这就是我们酒庄的出品,2010 年的 Shiraz(西拉),已经在法国橡木桶中陈酿了三年,是时候拿出来了。如果时间再长,果香就会减淡,而橡木的味道就会过浓。"怎么我们这桌没有送这款酒呢?"我好奇地问,旁边一个风度翩翩的老人插话了,"我们喝不到的,这酒被他们拿去腐败去了。"话音刚落,一桌人都笑了起来,安德鲁在老人肩膀上轻轻打了一拳,对我说,"你别介意,这是马克,他的酒庄就在我对面,我们是朋友兼敌人,敌人加朋友。"侍应生就在此时拿来了装在敞口瓶中的宝石树 Shiraz,深石榴红的颜色,抿一口,一阵淡淡的李子、覆盆子和巧克力香气,细致而温和的丹宁,真是一款不可多得的酒。忍不住对安德鲁说,葡萄酒应该是南澳生活中最好的一部分了。安德鲁一半认真一半笑着说,不,葡萄酒是南澳生活中最好的部分!

澳洲式敬礼

周末去了巴罗萨谷的杰卡斯(Jacob's Creek)酒庄,该酒庄有一个特别的葡萄园叫做 Steingarten Vineyard,著名的 Steingarten Riesling 就产自那个海拔高达 450 米的德国式葡萄园。雷司令葡萄适合生长在寒冷、贫瘠、多石的土壤里,而位于巴罗萨谷的这片山坡地理和气候条件十分理想。德语 Steingarten 在英文里就是 Stone Garden (石头园)。这个葡萄园实际是对公众开放的,但因为入口比较隐蔽,而且上山的路曲曲折折,很少游客知道。再加上通往葡萄园的路上有两扇关着的木门,也让不少人知难而退。酒庄的人告诉我,其实这门是为了阻挡啃食葡萄嫩苗的绵羊,而不是游客,游客的车通过之后只要随手把门关上就可以了。

这个季节上山,到处郁郁葱葱,风景绝佳,还不时看到草地上三三两两的绵羊,一位牧人曾告诉我,阿德莱德这样的气候,大概一公顷的草地放牧约 10 只绵羊。看着这样新鲜肥美的草场和蓝天白云下悠闲的羊群,你会明白为什么澳洲的羊肉这样久负盛名了。

到了葡萄园后,发现那儿已经停了一辆车,一对老夫妻坐在敞开的后备箱上笑容可掬地和我们打招呼,老太太手里拿着一个绿色的茶杯,老先生手里拿着一个红色的茶杯,一样的动作,一样的可亲笑容。我忍不住走上前去,问能不能给他们拍张照。两个人快乐地连连点头,并大声用浓浓的英国口音说,"你是要发表在日本的国家地理杂志上吗?"我笑着纠正道,"是中国的国家地理杂志!"一问之下,他们是于1972年从英国的约克郡移民到此,因为英国寒冷的气候让老先生得了一种影响血液循环的雷诺综合症,来到温暖的澳洲之后,竟然不治而愈了,从此就爱上了这片土地。但是言语间仍流露出淡淡的乡愁,老先生指着面前的山谷对我说,这里的景色和英国一样,除了多了几棵橡胶树。

我们在说话的时候,十几只恼人的苍蝇一直在面前飞舞,我们就都习惯性地挥手赶着苍蝇。老太太笑着说,"你知道吗?这就叫做 Australian salute(澳洲式敬礼)。"我扑哧一声笑了,真形象! 其实我早就发现了,生性温和的澳洲人看到苍蝇通常不是赶尽杀绝,而是轻轻地挥手赶开,确实优雅犹如敬礼。老先生补充说,这种苍蝇不是家蝇(housefly),而是丛林苍蝇(bush fly),被人脸上的汗水等潮湿气味所吸引,所以

"friendly to people"（跟人亲）。在中部一些苍蝇成群的畜牧区，人们要戴上一种帽檐上挂着七八个软木塞的 cork hat（软木塞帽），晃动着脑袋来驱赶苍蝇，有时甚至需要戴着纱网面罩。老太太自豪地说，"我听说伊丽莎白女王刚登基不久访问澳洲时，也受到了苍蝇的骚扰，于是不由自主地采用了澳洲式敬礼，立刻赢来了澳洲民众的热烈掌声。"是啊，在这个可爱的国度，连苍蝇都能造就一段佳话。

澳洲的赌场

这两天为阿德莱德的天空之城"Skycity"赌场翻译了一封给贵宾会员的邀请信，大意是，为了感谢他们一如既往的支持，特邀请他们来赌场的豪华餐厅享用一顿令人垂涎的二人晚餐，并有免费的葡萄酒供应，同时还请他们笑纳价值500澳元的博彩筹码。我这才意识到，原来华人在世界各地的赌场被奉为上宾确非虚言。难怪前一阵听说澳洲13家百家乐赌场联名呼吁政府放宽旅游签证的要求，以准许中国豪赌客来澳一掷千金。

在澳洲，全民参赌基本已成了一种文化。全澳大利亚共

有 14 家赌场,其中至少有 5 家在澳洲证券交易所上市。各大
都市皆有赌场,而且各具特色。墨尔本的皇冠赌场是南半球
最大的,也是澳洲生意最好的赌场。悉尼的星光之城是澳洲
最具气派的赌场,且赌本不拘,只要有 10 分澳币就可以在吃
角子老虎机那里试试运气。我们在凯恩斯度假的时候,昆士
兰著名的珊瑚礁赌场(Reef Casino)就在我们所住的酒店的正
对面,在依山傍海、热带风情十足的凯恩斯,这座像黑色城堡
也像外星人的飞行器的赌场看起来说不出的神秘和梦幻。叫
作 Casino 的赌场,其实更是一个包罗万象的娱乐场,内设的餐
厅酒吧都是一流的。为了吸引更多的赌客光顾,赌场的自助
餐也往往是最好的,价格公道,口味地道,品种十分丰富。我
到悉尼后的第一个春节,一个家乡来的长辈就建议我们去
Starcity(星光之城)去吃自助餐,餐台上令人目不暇接的美食
和香港四星级酒店的自助餐不相上下。赌场里浓浓的中国气
氛也让初来乍到的我们倍感新鲜,还不时有穿得喜气洋洋的
服务生派发利是(红包)。我在短短 5 分钟内就把刚得到的
10 块钱糊里糊涂输给老虎机了。精明的赌场显然是把红包
当做诱饵,一旦碰上我这种冥顽不灵的,就让这钱只是打我这
儿路过,它一样没有损失。一位业内人士说,一般赌场赢的几

率大概在 54% ~ 56% 之间,而个人赢的几率自然是 44% ~ 46% 。赌场永远都是赢家,这真是颠扑不破的真理。更何况,赌场内部的设计都是四周高,中间低,是为聚财。还有向下的灯罩和装饰,都为着聚财之意。仅就气场而言,凭个人力量也是不可能赢过赌场的。

澳洲的赌场十分正规,管理极其严格和专业,所有的 dealer(发牌员)一律不许收小费。而且赌场配备了高级先进的监控系统,每年都会有很多的预算用于改进和维护监控系统,一张小小的赌台,就有最少 20 个摄像头。但即便这样,利益的驱使下,还是有一些人铤而走险。2011 年,墨尔本皇冠赌场有多名中国老千,把摄录机藏在袖口偷拍牌,一小时内玩百家乐(Baccarat)狂赚逾 100 万澳元,但最后还是东窗事发。2005 年还有几名中国游客在黄金海岸一间赌场玩百家乐时出老千,以换牌方式赢取 75 万澳元,被识破后均被逮捕,分别判处入狱三至四年。

澳洲赌场严禁未成年人涉足。记得刚到悉尼的那天,我带着两岁多的嘉予去一家挂着 TAB(体育及赛马博彩公司)标记的酒店问路,走进去没多远,一个主管模样的人大惊失色地冲过来,说我不能带孩子进来,我奇怪地看着他的反应,说我只是问个路。看我拉着笨重的行李,他一边和我道歉,一边用手挡住嘉予东张西望的眼睛,一直到送我们出门,他的手始终挡着嘉予的视线。我心里暗暗好笑他的小题大做,后来才知道,如果有未成年人进入,赌场是要被重罚的。

赌博在澳洲是合法的,对很多澳洲人来说,赌博就是在轻松愉快的气氛下买一份消遣,输了无伤大雅,赢了是一种惊喜。所以在赌场参观的时候会看见各式赌博机面前坐着的大部分是老人,他们用养老金的一部分在赌场消磨时光,碰碰运气,中午在赌场的餐厅享用一份价廉物美的午餐,不失为一种生活方式。尽管如此,澳洲还是大约有1%的病态赌徒,所以大赌场都有24小时的心理医生服务,有的控制力差的赌徒还可以和赌场签协议,限定下注的额度,或自愿要求加入"黑名单"以达到被动戒赌的目的。在我翻译的赌场宣传材料的下方都会醒目地写着"想一想需要你的人,负责任地赌博"、"不要被游戏所左右"以及"最后赢的总是机器"之类警醒告诫的话。

但在为澳洲海外华人协会翻译一份戒赌资料时我震惊地发现,国际留学生赌博上瘾的比例竟高达6.7%,以澳洲50万留学生为基数,意味着至少有3万5千名学生终日混迹赌场。

其中,包括中国学生的亚裔留学生更容易受赌博问题的困扰。我曾数次遇到因流连赌场花光了父母寄来的学费,最后被取消学生签证的孩子,想到他们在中国含辛茹苦的父母,心中说不出的悲哀。我有一段时间喜欢在晚上做电话翻译,因为电话不那么频繁,而且晚6时之后薪酬是一倍半,收入不错。打进来的电话来自全澳,有警察局的、机场海关的、移民局突击查黑民的、医院急诊的、叫救护车的以及自杀干预热线的,很热闹。但连着几个晚上的10点半左右都会接进一个来自悉尼的中年女人的电话,每次都要求打给达令港的警察局报警,内容都是控诉星光之城赌场骗人钱财,藏污纳垢,让警察赶紧去查封,并声明自己就站在赌场外面等警察到来。每次警察问明无人受到威胁和伤害都耐心劝说她回去,结果第二天同一时间,她又执著地打来。到现在为止,我都不能确信她是一个不甘心的赌徒,还是一个绝望的妻子或痛心的母亲,但每次一想到这个女人,心里就为她担心和难过。

诚然,澳洲是一个自由的社会,赌博是一种个人选择,把它当做娱乐的一部分无可厚非,但如果把赌博当做人生的大部分甚至全部,拿出身家性命来赌,那么输掉的不但是自己的人生,还有身边最亲近的人。

澳洲的体育精神

嘉予从上学期开始参加了学校的6、7年级的篮球队,每周训练一次,并和不同的学校打比赛,教练费和场地费一次共5澳元,教练还负责接送。今天听说要和一个冠军队比赛,我决定去看看。嘉予说,妈妈,你就别去了,我们一定会输得很惨的。我安慰他说,没关系,只要你们尽力了就行。

到了之后,才发现是正规的体育馆,好几场篮球比赛正在进行,都是十来岁的孩子。到了之后由教练讲解运动要领并让他们投篮热身,几分钟后比赛就开始了。原来主要是通过实战来训练。我很少看篮球赛,但因为9号球员是自己儿子,就看得十分专心,这才发现这种级别的比赛竟然也可以紧张和扣人心弦。对方是一所男子私立学校,确实有冠军队的水准,有几个孩子又高又挺拔,跑动、控球、投篮在我这个外行看来简直达到出神入化的地步,一看就是运动员的胚子。再看嘉予他们队,是男女混合队,而且高矮胖瘦参差不齐,不过这丝毫不影响他们的信心和投入的程度。而且我发现孩子们的心态很好,嘉予有两次拿到球投篮,但都打在篮筐上没进,队友们只是发出一些惋惜的声音，没有丝毫埋怨。因为双方实力悬殊，最后他们以14：25落败，但双方的孩子们还是高高兴兴地击掌道再见。教练走过来问我喜不喜欢这场比赛，我笑着说很好，只可惜没赢。教练说，只要孩子们"having fun"（觉得快乐）就好。我想了想，真的是这样，我们从小到大都把输赢成败看得太重要，却忘了去享受其中努力的过程，以至于总是活在压力和别人的期望中。可是你看澳洲人，他们把学习成绩看得并不重，却把孩子培养得彬彬有礼，懂得关心，习惯分享，善于运动。嘉予每次得到老师表扬，都会得到同学们的由衷赞美和祝贺。他和一个叫 Tylor 的女同学闹脾气，在skype 上向别的同学抱怨她不讲道理，结果另一个女孩子安慰他说，别太在意，可能 Tylor 那天正好有什么事情不顺心呢。我看了这样的对话，心里十分感慨，一个 12 岁的孩子竟然有这样从他人角度设想的胸襟，而且知道怎么样正面地安慰朋友，这样的成熟表现在仅仅关注成绩的教育体制下是很难看到的。再看我所接触的澳洲社会上的年轻一族，不管是读过大学的还是技校毕业的，不管他们的外表是多么的另类和非主流，工作起来都是一丝不苟，在服务客户时往往表现出中国年轻人少有的真诚、耐心和温暖笑容。

对澳洲人来说,运动是健康生活方式的一部分,小学生每天都有体育课,每年夏季还有一个星期专门进行游泳训练,由游泳馆的专业教练教授理论、救生知识和游泳技能。城市里到处可以看到足球场、橄榄球场、网球场和板球场,就连市中心都能在晚上辟出一块场地让人们练沙滩排球。正是因为这个健身加娱乐而非竞技的全民运动理念,仅有 2 000 多万人口的澳洲才可能在历届奥运会中有不俗表现。

中国有句俗话,"有心栽花花不开,无心插柳柳成荫。"如果我们在生活和教育子女上少一些急功近利,多一些顺其自然,会不会到头来更快乐更有成就感呢?

打开孩子的心扉

一个 11 年级的公立学校女生因为课间休息时被恶作剧的同学关在门外两分钟,一怒之下踢碎了教室的玻璃门,学校决定给予 3 天的停学处分。分管 11 年级的学校经理兼协调员请我过去给不谙英文的孩子父母打个电话,以告知这一情况。电话没人接,但我见到了那个孩子,长得像个男孩子似的粗粗壮壮,一脸的"I don't care(我不在乎)"和桀骜不驯。经理问起她父母得知此事后会如何反应，会生气还是失望，她头也不抬地回答"I don't know!"说话时嘴巴都懒得张开，我们要仔细听才能从她不情愿的含糊发音中听出她说的是什么。经理问她，你是不是一个容易生气的人？她毫无愧色地说是。又问她上学期的成绩报告单父母看了怎么说，她耸耸肩说，父母没看到，因为她忘了给他们了。经理轻叹了一口气，说，我相信你并不是忘了，而是有些东西不想让他们看，是吗？她漠然地看了经理一眼，不说是，也不否定。经理诚恳地说，我能看出昨天的事你已经后悔了，如果再回到当时的情形，你一定不会这么做。女孩听了这话，脸上有所触动，微微点了点头。经理对她说，本来像这种情况，应该停学5天的，但因为她在几个小时之后主动承认是自己做的，所以只停学三天。学校今天腾出一间办公室给她在里面看书、做作业，由经理负责监督，有午饭和课间休息，但和其他孩子的时间错开。明后两天就不用到学校。但如果她觉得一个人在家不安全，可以到学校来继续"internal suspension"（内部停学）。女孩说，她宁可到学校来。

　　经理离开房间去复印文件，本来这样的反叛孩子我并没有兴趣和她交流，但不知为什么我还是开口问了她一句，"在家说中文吗?"她说是。我奇怪地发现,她说中文时声音很好听,像个女孩子,完全不像说英文时语气那么叛逆。我动了恻隐之心,问她,"爸爸知道了会打你吗?"她抬起头看我一眼,眼神有几分无助和可怜兮兮,"爸爸可能不会,但妈妈会!"我的心痛了一下,忍不住抚摸了一下她的肩膀,"那你和爸爸妈妈好好说,认个错,好不好?"她眼睛红了,顺从地点点头。我惊讶地发现这个孩子并不像我当初想的那样刀枪不入,于是趁势说,"下次发脾气时记得想想后果,要知道冲动是魔鬼,你以后还会遇见很多让你生气的事情,一定要学会控制愤怒。"她的表情完全软化了,哭着说,"可是她们不让我进来,还笑我!"我拍拍她,"这又有什么大不了呢? 那你现在这个样子,她们不是更会笑话你?"她抽泣地点点头。我松了一口气,我知道,我能帮她的只有这么多。但欣慰的是,她虽然在某方面是个问题孩子,却还绝对没到不可救药的地步。我只希望她的父母能对她多一些耐心和关爱,学会聆听并与她交谈。记得看过一篇文章,青春期是父母能教育孩子的最后机会,如果没把握住这个机会,那么父母的教养权利就过期了。愿与所有父母共勉。

澳洲,一个关注弱势群体的社会

在澳洲做翻译这么些年,我最深的感触就是,澳洲是一个真正关注弱势群体的社会。对一个劳动力紧缺的国家而言,澳洲在弱势人群上投入的人力财力有时简直到了令人咋舌的地步。

我昨天去 Carers SA(南澳照顾者支持机构),因为社区护士推荐一位重度抑郁症患者的妻子去见心理医生。这个可怜的女人说,在中国时曾是大学教师的丈夫现在每天不到中午不起床,女儿刚一出世就时时表现出厌恶,发脾气的时候甚至打这个如今只有一岁多的婴儿,还总是一个人大声的自言自语,和某个不存在的人义正词严地辩论,吓得全家人都不敢说话,而且极度缺乏安全感的丈夫时刻不能忍受妻子不在身边,几乎寸步不离,她最后感到,哪怕有一分钟他不在旁边,自己就轻松得像过年一样。这种情况持续了一年多,以至于妻子现在也患上了轻度抑郁和重度焦虑症,总担心家里要发生这样那样的意外,夜里要起来好几次检查各个房间,整晚不能睡觉,心力交瘁。心理医生的回答相当有智慧,当得知女人比丈

夫大六岁时,她幽默地说她是"cradle snatcher（摇篮绑架者,
英文中特指女大男小的关系）",而且"绑架"的还是一个被宠
坏的孩子。然后解释说,抑郁症是一种自私的病,患者只考虑
自身的需求,别的什么都看不到。看见女人频频点头,医生继
续分析道,你的焦虑是因为生活中太多不如意把你的心填满
了,你觉得再也不能承受任何一件意外或变故,所以时刻保持
警惕,想完全掌控所有局面,以防止事情变坏。你这种高度焦
虑的情况我们称之为"战区反应",就像一个处在交战的战区
的士兵,高度警觉,时刻等待下一个炸弹爆炸。如此风趣的语
言,形象的比喻和理性的分析,令一直愁眉紧锁的女人也展颜
一笑。我环顾着这间布置得温馨奢华,专门让患者倾诉心事
的房间,古老的吊灯,若有若无的印度香,淡紫色的干花,让人
深陷下去的柔软沙发,以及考究的浅褐色羔羊毛靠垫,再加上
一个专注聆听,眼神中充满智慧和理解的专业心理医生,有什
么心结是不能解开的呢? 而这样的服务是完全免费的,不光
如此,全职照顾家中病人的人还有权得到政府的照顾者津贴,
以维持生活,因为政府认为由于你的照顾,而减轻了政府的负
担。但这并不是说政府就从此对你不闻不问了,恰恰相反,家
中只要有需要人长年照顾的残疾人或病人,社区都有不同的

机构会介入进来给予各种帮助,小到为经济困难的家庭提供超市购物券,为没有车又行动不便的人提供出租车票,为尿失禁者提供免费成人尿片,为腿脚不好的人在家里安装扶手、栏杆,提供淋浴用座椅;大到派人上门做清洁,做饭,代为购物或照顾孩子。而且,考虑到照顾者长期处于压力中,社区会定期提供喘息服务(Respite),比如说带被照顾者外出参加一些活动,甚至度假,以便让照顾者得到短暂的舒缓和休息。抑郁症患者的妻子就说,社区下周要组织抑郁症病人出去玩两天,带他们钓鱼捉螃蟹,还住在外面,每个人都有社工、心理辅导员等三四个人照顾,可是我劝他去,他怎么都不愿意,说他就喜欢待在家里。心理医生说,你告诉他,他应该去,不是要他度假,而是你需要一个假期,我们都知道照顾一个抑郁症病人是多么不容易。

　　这就是澳洲,一个让弱势群体感觉到备受关爱的地方。这样的社会让每个人都可以没有后顾之忧地努力工作,享受生活,因为一旦有一天你老去,身体孱弱,你知道这个社会不会把你遗弃,只会将你照顾得更好。

玫瑰之州

"玫瑰,玫瑰,到处都是玫瑰",这是阿德莱德植物园的玫瑰园里一块铭牌上的字句。确实,每年9月以后的阿德莱德,大街小巷都开满了玫瑰,不愧为"玫瑰之州"。

我知道南澳玫瑰之州的这个别称还是几年前从路上的车牌看到的。澳洲的汽车车牌很有意思,每个州都有一句体现本州特色的标语印在车牌上,而且还有变化。如新南威尔士就是"第一个州",因为新州是澳洲开发最早的州;维多利亚州骄傲地称自己为"你该去的地方"和"花园之州";阳光充沛的昆士兰以"阳光之州"而名副其实,它还曾用过"美丽的一天,完美的第二天"这样艺术性的标语;曾掀起澳洲淘金潮的西澳曾不失时机地称自己是"金色之州",而以自然原始风光而独树一帜的塔斯马尼亚恰如其分地叫做"自然之州";粗犷本色的北领地是"内陆澳洲",也叫做"永不永不"(让人想到神奇的"永不岛");首都堪培拉所在的ACT毫无悬念地称自己为"澳洲的心脏"和"感受权力"。而南澳的标语是最多的,有"葡萄酒之州",因为南澳的葡萄酒年产量占全国的一半，年出口量占全国的 60%，而且澳洲所有主要的葡萄酒企业都在南澳有自己的生产基地；南澳是名副其实的"节日之州"，因为每年有大大小小数不清的节日，德国民俗节、阿德莱德艺术节、巴罗莎艺术节、阿德莱德一级方程式汽车赛，还有街头艺术节、音乐节、电影节、澳亚艺术节，以及各个移民国家的民族节日。每逢中国的元宵节和中秋节，阿德莱德市中心的河滨公园都有政府组织的文艺演出。南澳是"国防之州"，其国防地位不可小觑，世界级国防武器测试区的伍默拉军事禁区就位于南澳，而总部设在南澳的澳大利亚潜艇公司去年与澳洲国防部签署了价值 60 亿澳元的海军防空驱逐舰合同，更将大大增加南澳国防相关企业及国防从业人员的数量。南澳还是"电子之州"，因为这里是澳洲电子产品和电气设备的主要产区。

南澳还曾有一个别名叫"创意之州"，但昆士兰人不乐意了，他们本想叫"创意之州"，但因为被南澳占了先，只好改为"聪明之州"，有一个不服气的昆士兰人在网上说，南澳这个"创意之州"的名字已经被它太多的其他名字掩盖住了，既然这样，为什么不让给我们呢？

不过说心里话，我还是更喜欢"玫瑰之州"这个美丽的别

称,怒放的玫瑰就像这座单纯热情而美丽的城市,教会你享受生活,珍惜今天。就像玫瑰园的铭牌上那首诗所写的:

Gather ye rosebuds while ye may

及时采撷你的花蕾

Old time is still a-flying

旧时光一去不回

And this same flower that smiles today

今日尚在微笑的花朵

Tomorrow will be dying

明天便在风中枯萎

撞车之后

在停车场倒车的时候发现不远处有一辆车刚从车位倒出来,而且继续朝我的方向倒车准备掉头,于是我停住等他,却发现他离我的车越来越近,而且没有停下来的意思,我赶紧换成前进挡准备开回车位以避开它,却听见砰的一声,已经被撞上了。恼火地下了车走过去,看见开车的老头子像什么都没发生一样正打算开车离开,我冲他喊,"喂,你撞了我的车了!"他这才意识到我的存在,不高兴地下车来看了一眼,"我撞了你了? 我在倒车,是你撞了我吧?"英文很差,脾气很大。我气不打一处来,竟然碰上一个不讲理的,我一时不知道怎么办才好。我试图跟他解释,我停在那里等他倒车,结果被他的车撞上。他用很难懂的欧洲口音的英文强硬地说:"那是你没看见我撞上来的!"我这个人有个毛病,碰上横的不讲理的人就说不出话,而且如果对方英文很好,我就说得越发好,对方的英文如果很烂,我也会莫名其妙地被他拉下水。我看他的样子很老,虽然很凶,估计也不敢把我怎么样,就对他说:"你在这儿别走,我打电话报警。"其实我并不想报警,因为这种无人受伤、车能开走的情况下警察是不会来的,反而耽误我的时间。我只想打电话给老公求助,把这个难啃的骨头交给他。谁知道,电话响了始终无人接听,想必又处于人机分离状态。有几个越南人走过,漠然地看看我,又来了几个黑人,走过去之后很肯定地说,她撞了人家的车了。被他们这么一说,我都疑惑了,难道真的是错在我? 正在一筹莫展之际,一对澳洲年轻人走过来,男的一看就是体力劳动者,又高又胖,穿一件很旧的汗衫,女孩瘦骨嶙峋,手臂上还有文身,看见这种人我一般是敬而远之,何况这个区治安又出名地不好,于是我低下头避开他们的目光,谁知那个男人指着身后的楼顶说,那上面有摄像头,你可以让购物中心把监控录像调出来。我点点头谢谢他,心想,实在不行只有这样了。那两个年轻人向老头儿走过去,然后我听见那个男人说:"是你撞了她的车,我看得很清楚。"我立刻振作起来,敢情他们是来主持公道的!我快步走过去,小心地问他:"你看到了?"他肯定地点点头,"那你愿意做我的目击证人,我是说,如果我的保险公司要调查取证的话?"他憨憨地一笑,"我愿意,我叫丹尼尔。"谢天谢地!感觉有人撑腰,我的胆子大了起来,对老头说:"请把你的驾照给我。"老头冲我一翻眼睛,"凭什么?你又不是警察!"丹尼尔马上斥责他:"你撞了车,要给对方你的驾照信息,这是常识懂不懂?"老头很不情愿地拿出驾照,我一看,姓什么诺维奇,估计是波黑或塞尔维亚的移民,再一看,1925年生的!88岁了!难怪老眼昏花。我在抄驾照信息的时候,丹尼尔把车牌号和型号、颜色一一报给我,还拿出手机看一眼,告诉我事发时间。一边还教训老头说,你撞了车,不下来解决问题,还准备开走,过分了吧?老头说,关你什么事,赶紧走吧!丹尼尔看看我,"我要确保她的安全。"我心里一阵感动,而且一个人确实势单力孤,于是我诚恳地说:"请先不要走。"丹尼尔胜利地看老头一眼,核对过我抄下来的信息之后又在纸上留下了他的姓名和电话号码。临走之前还叮嘱我,最好到警察局备个案,可以作为证据。

回去后我打电话给保险公司,得知停车场发生的撞车属于复杂的,双方责任较难界定的,我庆幸有了丹尼尔这么一个目击证人的热心帮忙,让事情变得相对容易;我也惭愧一开始因为他们的外表而心存偏见;我还感动澳洲这些乍一看并不靠谱的年轻人关键时刻古道热肠,而且处理问题成熟老练,关注细节。我更心有余悸地发现澳洲驾车年龄并无上限,只是75岁以上的人需要带上医生证明即可。

在澳洲过万圣节

以前一直以为万圣节是美国人的专利,所以每年的10月31日就都让它平淡地过去了。可去年跟着嘉予在他们学校附近的几条街玩万圣节特有的讨糖果游戏"Trick or Treat"(恶作剧还是款待,系万圣节传统,即孩子们装扮成鬼怪的样子挨家挨户要糖果,如果不给糖果就要恶作剧),我才发现,澳洲万圣节的气氛也很浓郁,今年更加如此。

嘉予因为大了,不愿意我们再跟着他,早早自己打扮成滴血的僵尸和同学们一起走了。我们带着予施去附近的街区要糖。虽然给他准备了巫师的袍子和帽子,无奈他怎么也不肯装扮,只愿拿着装糖果的小桶。于是每到一家,我只好向别人解释为什么他没有装扮,友善的澳洲人看着予施年纪小都不以为意,而且慷慨地把成把的糖果放进他的小桶。因为去年去过,今年就有了经验,只要是门前挂了南瓜或者是南瓜颜色的气球、骷髅、蜘蛛、僵尸,或者写上"Happy Halloween(万圣节快乐)",或者写上"Zombie crossing(僵尸通过)"之类的人家,都可以放心地过去敲门。然后你就会看见一家老小,有男有女热情地拿着糖果罐出来让孩子们选,糖果的种类十分丰富,除了棒棒糖、巧克力等孩子们爱吃的之外,还有很多万圣节特有的糖果,比如做成眼珠、假牙等恐怖形状的。

令人兴奋的是,平时连人都很少见到的安静的小区一下子热闹起来,不时看见一群群样子奇特五颜六色的大人孩子走过,路上碰见嘉予同学的妈妈,戴着橘色的假发,背上还背着两个绿色的翅膀,和我打招呼时我一时都没认出来。又看见一群眼睛或嘴角滴着血的女孩子嘻嘻哈哈走过,其中一个惊喜地说,"这是 Ben 的小弟弟吧?"我才发现都是嘉予班上的同学。路过的车辆看见我们都会慢下来,然后车里人快乐地叫出一声,万圣节快乐!

有一家篱笆上缠着纱布做成的蜘蛛网的院子里坐着三个又高又壮的男人,面前的桌子上放满了糖果和装饰用的小南瓜。我笑着问他们,你们怎么没打扮?其中一个男人指着桌上几个鬼的面具说,我们刚刚还戴着面具在街角吓唬一帮孩子们来着,引得他们不断尖叫。然后问我,你怎么不打扮?我说,我打扮了。他奇怪地看着我,那你打扮的是什么?我笑着说,巫婆啊!他故作惊讶地问,"那你的扫帚呢?"我故作神秘地说,中国的巫婆根本不需要扫帚。说完和他们一起大笑。还有一家,刚敲了门,就走出来一个穿着优雅黑色长裙的女子和一只小狗兴奋得到处去嗅,女主人一边给孩子们发糖果一边幽默地说,"我是恶作剧,它才是款待。"快回到家的时候猛然发现有一家布置得最有气氛,树上挂满了骷髅,墙上爬着黑色的蜘蛛,门前一具尸体,路上散落着大脑、断手,连门铃都发出恐怖的鬼叫声,一开门,英俊的男主人一身染了血的白袍令人忍俊不禁。同行的男孩子们惊呼,"This is the best looking house!(这是最漂亮的一所房子!)"旁边的一户人家,一家四口都微笑地等在门口,负责给予施糖果的竟然是一个只有20

个月大的孩子,看他认真地拿了一个糖果给比他高出一个头的予施,真是可爱至极。

今天白天曾和一个在诊所工作的澳洲女孩聊天,她告诉我,我们小时候澳洲人还不怎么庆祝万圣节,妈妈带着我们去要糖果,邻居很尴尬地说,对不起,没有准备,要不给你们钱好不好。妈妈赶紧说不可以,结果我们回去之后都埋怨妈妈。

我以前不理解万圣节有什么好玩,亲身经历后我体会到,这是一个无拘无束,释放童心的节日,问不认识的人要糖果,仿佛让人回到很久以前那个亲切淳朴的年代,真好! 如果你来澳洲之后还没有过过万圣节,那么明年一定要带着孩子问邻里要糖果,你会有意想不到的快乐,而且,要到的糖果可以开一个小型的糖果店!

你有什么理由不快乐?

从家庭法院出来,阳光很好地照着,可是我发现我快乐不起来。刚给一对申请离婚的夫妻翻译过,而且因为他们的案子排在最后,我不得不坐在法庭里从头到尾听了十几起离婚案。看着不同年纪、种族的夫妻在法官和陌生人面前毫不留情地指责对方的不是,相互之间那种陌生赛过路人,冷漠超过仇人的眼神和语气,让我的心纠结着,怎么也放不开。

法院门口站着一个十分年轻的女孩,手里捧着一个盒子,灿烂地笑着对我说,"你想挑一个免费的赞美吗?"我向盒子里一看,是很多写着字的细长纸条,便无可无不可地随手拿了一张递给她。她看了一眼,惊喜地对我说,"说得太对了,你有着美丽的微笑!"我不由自主地笑起来,一个来自陌生人的刻意赞美,却不经意点亮了抑郁的心情,是啊,你有什么理由不快乐呢?

慢慢地,我发现澳洲的很多公共场所都有一些刻意让你快乐的东西。皇家医院大厅里有一张桌子摆满了各种疾病护理常识的小册子,角落里就是一个小盒子,上面写着"挑一则笑话吧。"医院确实是最需要笑话的地方,所以我只要路过,就会停下来,看一个笑话再离开。其中一个笑话说,如果系鞋带需要有 60 的智商,为什么有那么多澳洲人穿人字拖?还有一个是:为什么耶稣没有诞生在悉尼?因为人们找不到三个智者和一个处女。这些自嘲真是绝了。

图书馆的杂志架旁边也有这样一个装着赞美和睿智话语的盒子,比如:你是我们社区宝贵的财富;感谢你让我们的图书馆更美丽；以及：预计到问题，并把它们连同早餐一起吃下去。连职业介绍所的墙上都贴着漫画，上面写着"没有欢笑的一天是浪费掉的一天。"

心情是一件很微妙的事情，既然我们能为了一件小小的不快沮丧或低落，我们也同样能因为一个真诚的赞美而笑逐颜开。这就是为什么澳洲人见面时要问一句"你好不好？"分手时要祝你"有个愉快的一天"或"享受今天余下的时光"，因为在澳洲人看来，快乐的心情很重要，它决定你每一天的质量，而且每个人都愿意把这个快乐传递给周围的人。你还有什么理由不快乐呢？

什么样的教育才算成功

以下是我亲历的几个小故事，与大家分享。

（一）我的家庭医生是一位医术高明的五十多岁的爱尔兰人，有着典型的爱尔兰人的绿眼睛和爽快性格。她自己和我说，她是个话匣子，确实领教了，因为每次看病过程中她都爱和我聊天，而那有点古怪的爱尔兰口音所散发出来的热情确实令人着迷。所以当她告诉我他的大儿子迈克尔三年前医学院毕业后自愿前往斯里兰卡的小村庄给村民看病,并志愿将来加入飞行眼科医院,为贫困国家的人们治疗眼疾时,我在肃然起敬的同时并没有太多惊讶,因为从他单纯热情的母亲身上我可以想见到一个身怀悲悯之心的大男孩。但我的医生告诉我,迈克尔小的时候十分顽劣,因为母亲是家庭医生,父亲是专科医生,一对工作狂,根本没时间管他。她也奇怪这孩子突然之间变得成熟懂事,心怀天下,而我的理解是,言传身教背后潜移默化的力量,有着以治病救人为己任的医者情怀的家庭,走出来这样一个仁心仁术的年轻医生,是惊喜也是必然。

(二)在儿童和青少年心理健康中心见到了一个叫做杰瑞的中国男孩,在阿德莱德的一所私立学校读 8 年级。忧心忡忡的父母告诉心理医生说,杰瑞从两年前就不愿上学,每天早上上学前就会难受,呕吐,如果同意他不去上学,他不到 5 分钟就活蹦乱跳地玩起电脑,什么毛病都没了。如果一定要他去上学,那么他在学校里也会告诉老师说头晕,想吐,结果早早就回来了。杰瑞的父亲是个生意做得很大的成功商人,每个月都往返于中国和澳洲之间,他痛心疾首地对医生说,"我们一直都是望子成龙,所以从小给他上最好的幼儿园,每年回国度假时还给他请物理和数学家教辅导他,可能是因为给他的压力太大了,他现在竟然连学都不愿上了。"医生细心地问了一句,"他小时候上学有没有什么不愉快的经历?"父亲想了一下,不太确定地说,"他小时候上幼儿园的时候,只要当天有游泳课,他就一直哭,不愿去。因为第一次他不敢游泳,是老师把他踹到水里去的。"医生若有所思地说,"学游泳时,有的孩子因为被踢到水里,从此学会了游泳,而有的孩子从此学会了恐惧,而这种恐惧有时候能伴随一生。在澳洲,我们主张学习是放松的,快乐的,而不是强迫的,如果孩子在学某样东西的时候让他感到不自在,我们的建议是不要再学了。"学校的辅导员在一旁点头说,"我们已经和杰瑞谈过,让他逐渐地回到学校,我问了,他不反对上数学课,所以我们就先试着让他目前只上数学课。"

学习应该是快乐的体验,可是对中国的孩子和中国的父母来说,这句话是多么的苍白、奢侈而不靠谱。讽刺的是,我们为了孩子能接受自由的教育而漂洋过海,却又在远离故土的地球另一端把孩子送进各式各样的辅导班。反对如此教育理念的我也发现自己无奈地不能免俗,悲哀且惭愧!

(三)在医院诊室陪一位病人做检查,妇科医生一边等着护士准备器具一边和她聊天,"我女儿刚买了一辆车。"护士笑着说，"那太好了，克莱尔终于有自己的车了。是一辆什么车？""噢，不是什么太好的车，一辆 2003 款的现代，二手的。""你帮她出的钱？""不是！"医生骄傲地说，"她工作一年自己有了一点积蓄，她出了一大部分，不够的地方我做了一点贡献，为此她非常开心，昨天逛街时还请我喝咖啡了呢！"护士由衷地说，"真好！"

我也想说，真好！一个年薪至少四五十万澳币的专科医生，只鼓励孩子买价值最多几千澳元的二手车，而自己只资助一小部分，孩子丝毫没有抱怨，只有感激，因为他们深知父母的钱不是自己的钱。可见，啃老族是被"老"纵容出来的一族，这样的因必然结出这样的果。

你到了 74 岁打算怎样生活

此文写给我新结识的 74 岁的忘年交玛格丽特和我所有热爱生活的朋友。

夕阳西下的时候，我站在袋鼠岛一家餐厅的露台上，准备拍下对面的大海。一位端着酒杯的老太太走过来满脸笑意地对我说，"你要我帮你拍一张吗，亲爱的？"我笑着把手机递给她,显然没用过 iPhone 的她认真地问了我如何拍照之后就给我照了起来,然后有点孩子气地笑着对我说,"我拍了 10 张,你选一张最好的。"她说话时那种快乐自信的口吻有一种说不出的感染力,我忍不住打量起她来,娇小的身材,清秀的五官,看得出当年一定是个美人。身上一件得体的粉色夹克,浅灰色镶粉的鸭舌帽,脚上一双小巧的粉色运动鞋,手中还握着半杯琥珀色的酒。我忍不住问起她,"介意告诉我您多大了吗?"她干脆地说,"一点也不介意!我今年七十四!"想着我的妈妈年轻时也被人称作美人,可中年之后就基本上与粉色或任何娇嫩颜色的服饰绝缘了,而中国的绝大多数女性过了 50 岁似乎就再也不敢或懒得打扮自己,有时睡衣拖鞋就出门了,在家里时也是省吃俭用,任劳任怨,为了儿女和孙辈尽心竭力,却不曾想到自己也有一个人生。把我的感慨告诉玛格丽特,她立刻举起酒杯说,"为了中国妈妈们的健康快乐!"然后对我说,"告诉你的妈妈,亲爱的,人生多美!为自己而活!你知道吗,这么多年,我开着我的'移动的家'(一种小型房车)走遍了澳洲,这个国家就没有我没去过的地方。每当我度假度够了,就给我的中介打电话,问'你们需要我工作吗?'顺便说一句,我有着 50 年的注册护士经验,于是中介就告诉我,现在有三份老人院的工作等着我,一个在西澳,一个在维多利亚,一个在昆士兰。我就从中挑一个想去的地方,计划一下行程,告诉他们我需要一周或者 10 天到达,然后他们就替我安排住宿以及支付我的汽油费,而且薪酬也很高,因为澳洲的注册护士十分紧缺,何况我 16 岁就开始做见习护士,有很多经验。"

这样多彩的生活和一个早过了法定退休年龄的老人,让我惊讶得说不出话来。玛格丽特接着说,"每当我在老人院看到那些浑身病痛,生活无法自理的老人,我就为他们难过。所以我享受我的每一天,这样哪怕第二天我就死了,也毫无遗憾。"看我盯着她的酒,她把酒杯递过来,"要不要尝一点我的Bacardi(百加得:一种类似于朗姆酒的烈酒)?放心,我很干净的。"我好奇地尝了一口,确实味道清甜又浓烈,再给海风一吹,竟有种微醺的感觉,真是好享受!道别时,凝视着玛格丽特墨镜下带着笑的温柔眼睛,我走过去给她一个拥抱,她的腰背挺直,拥抱温暖而有力,身上还散发出优雅的香水味,真是一个相当有魅力的女人。

吃饭时,玛格丽特特意走到我这一桌,递给我一张写着她联系方式的便笺纸,并让我看她相机里的房车照片。过一会儿,看她起身准备离开,我赶紧挥手和她说再见,她笑着冲我说,"我去抽根烟,马上回来!"同桌的人都笑了,这个活得如此潇洒的老太太!到了74岁还有这样健朗的身体、无尽的活力、不老的童心和享受人生的心态,那么此生才不算虚度。我会努力,也希望每一个我珍视和珍视我的朋友努力,因为到了那一天大家还能一起闲聊调侃,对饮同游,那么这样的人生该多么有滋味!

恐龙生日会

予施在幼儿园的小伙伴 Serena 过 5 岁生日,请我们去公园参加生日会。予施说,Serena 最爱恐龙,于是我们就买了一套恐龙列车的玩具。到了之后发现,小寿星喜爱恐龙果然是众人皆知的事实,因为所有孩子送的都是与恐龙有关的玩具、书籍、衣服等等,而今天的生日会也应景地叫做"Dino Party"(恐龙派对)。Serena 打扮很潮的外祖母特地在网上下载了剑龙的图片,烤了一个惟妙惟肖的蓝色剑龙蛋糕,令人大开眼界。

每次参加澳洲孩子的生日会,我都能体会到澳洲父母在孩子身上所花的心思,他们不溺爱孩子,但绝对舍得在孩子身上花时间,再小的孩子的生日,家长都会郑重其事地计划周详。嘉予一年级时参加的一个同学的生日会是以足球为主题的,因为小寿星爱踢足球,所以受邀孩子们都要求以足球运动员的打扮亮相,父母和祖父母精心准备了几个足球方面的游戏,最后每个人还得到一个装有各种足球形状玩具和巧克力的 Party bag。这样的生日会花钱不多,一般都在家里或公园举行,主人准备一些零食、饮料、水果、点心,让孩子们随时过来吃,但关键是他们都会设计几个游戏让每个孩子都能参与进来,并乐在其中,让每年一度的生日成为快乐的童年回忆。

今天的一个游戏是让所有的孩子围成一个圈坐在地上,传递一个层层包裹的报纸包,孩子母亲的同事负责在一旁放音乐,音乐一停,那么正好拿着报纸包的孩子就撕开第一层报纸。予施正巧成为这第一个,不明所以的他在嘉予的帮助下撕开报纸,发现背后粘着一块巧克力,所有孩子的眼睛都亮了。于是当报纸包传到 Serena 手中的时候,虽然音乐没停,他却不往下传了,而是自顾自地开始撕包装,在大家的哄笑中,他心满意足地也得到了一块巧克力。而比他小一岁多的予施在吃完那块巧克力之后再也不肯把纸包传下去,幸而坐在旁边的嘉予坚持递给旁边的孩子才作罢。在所有的孩子都得到巧克力之后纸包又再次传到予施手中,嘉予赶紧拿过去递给他左边的孩子,予施又去抢回来,正在这时,音乐停了,予施赶紧手忙脚乱地把报纸撕开,里面是一层红色的礼物包装纸,再撕开一看,是一盒水彩笔和着色书,孩子们都羡慕地叫起来,予施更是一脸的自豪。

嘉予原本以为他会度过一个很无聊的下午,因为同龄的孩子几乎没有,可是有两个小孩子的父亲让他加入他们打板球,并一直耐心地陪着打得不太好的嘉予玩得满头大汗。嘉予还加入这帮四五岁大的孩子中间,一起玩蒙上眼睛给恐龙贴尾巴的游戏,其他孩子蒙上眼睛之后要转两圈,再把尾巴贴在恐龙身上,大人们一致要求嘉予转四圈,嘉予也欣然同意。

最后,孩子的外祖父在凉亭里挂上一个圆圆扁扁的像纸灯笼一样的东西,告诉我这叫做 Pinata,是一种源于墨西哥的游戏。Pinata 里面装满了糖果,孩子们见了一起围过来击打,然后糖果就哗啦啦地落了一地。每个孩子都按照嘱咐挑了三包糖果,欢呼地跑开了。告别时,每个孩子还从 Serena 手里得到一包装有文具、糖果和一只恐龙玩具的 party bag。

我和 Serena 的妈妈莎拉聊天时知道,他们全家,以及 Serena 的外祖父、外祖母和小姨为了这个生日会准备了一个晚上,包括在厨房的地上给那幅需要贴上尾巴的恐龙涂颜色。她还请了两位同事过来帮忙放音乐和招呼客人。看他们如此慎重地对待孩子的生日,很有感触,我们小时候的生日就是吃长寿面,稍大一点会有蛋糕吃和来自父母的礼物,但从不曾有过什么生日会。如今来到了澳洲才意识到澳洲人祖祖辈辈都是这样为孩子庆祝生日,很有心意,也很有意义。作为第一代移民的我们,要完全融入主流社会谈何容易,但最起码,我们要学着主流社会的澳洲人,为孩子们准备几次让他们开心而难忘的澳洲式的生日会,让他们的童年没有遗憾。

解读澳洲小学的成绩报告单

看了嘉予的年终成绩报告单,发现有一项挺有意思,就是社会技能/达成目标这个方面。所谓达成目标,它的原文是 Program Achieve,指的是教会学生如何设定可达到的目标,从而在学校和生活中更加快乐。这门课程的重点是告诉学生,要改变自己的情感或行为,需要先改变自己的想法。要做到这点就必须有自信,敢于接受挑战,负责任地承担风险,有合作精神,遵循规则,管理时间,为自己的作业感到自豪,懂得寻求帮助。还有一个评判方面就是反弹力(可以大致理解为抗压能力),即如何从挫折中反弹,愿意从错误中学习,不要漠视别人的意见,以及控制愤怒和沮丧的情绪。这样的一种训练从5岁的学前班小朋友开始,这也是我对澳洲教育欣赏和钦佩的地方。尽管他们不培养学生的心算能力,复杂一点的数学题会注明可以使用计算器;嘉予上二年级的时候有一次高兴地说,他们班数学最不好的Jaden终于可以数到一百了;他们也从不要求孩子背诵诗歌和名家的文章,可写出来的文章一样有理有据,而且他用的一些词汇我有时都要查查字典才知道是什么意思。两年前他被学校的大孩子欺负,回来哭哭啼啼,我问他,要不要我去和老师谈谈,他想了想告诉我说,不用了,他自己解决,结果他和那个孩子成了朋友。他们班有两个轻度自闭症的孩子,没人歧视或嘲笑他们,嘉予告诉我说,他们现在开始慢慢地和别人交往了。他上一年级的时候班上有个孩子得了一种专爱把各种异物放在嘴里的怪病,于是老师带领孩子们准备了一个玻璃瓶,里面放上各种干净的不具危险性的小物件放在教室里供他咀嚼,同样,没有孩子觉得他怪异,也没有其他孩子故意去碰他那个瓶子。

家乡有一个刚考上大学的孩子给我们发来信息,说觉得大学学不到什么有用的,毕业后也不知道能不能找到工作,很迷惘,不想念了。我把这个难题交给嘉予,想了解他的想法,他的回答是,要上大学,而且要"make the most of it(尽可能的从中获得)"。

看了班级老师在最后写的评语,只有两句谈到成绩,另外一半篇幅是说喜欢嘉予幽默机智的天性,以及他的幽默感让他在同伴中很受欢迎。由此可见,在澳洲的教育者看来,一个人的幽默感、快乐性情和受欢迎程度是和成绩同样重要,甚至比成绩更为重要的品质。

我所见到的澳洲富豪

因为工作的关系认识了南澳一家能源公司的 CEO Peter,身为科学家的他被同行称为天才,因为他所研发的地下煤制油技术是一项了不起的专利,可以把地下的煤或页岩就地转化为油,这不仅可以把地底深层难以开发的低质煤变成更清洁的能源,还能把所生成的二氧化碳注回地底进行碳捕捉,达到净化环境的目的。

　　Peter乍一看长得就像爱因斯坦,一头凌乱的头发,浓密的胡须,穿着乔治阿玛尼西装的他告诉我,最不喜欢穿的就是西装。因为和中国有合作关系,他过去三年内每两个月就去中国呆上两个星期,所以俨然是个中国通。他说他喜欢川菜,北京的川办餐厅是他的最爱,他认为在中国吃到的正宗中餐比澳洲唐人街的澳式中餐更能称之为美食。他在阿德莱德的"中国印象"餐馆点的几道菜连北京大学的客人都交口称赞,夸菜点得很地道。但是中国人在酒桌上的热情至今仍让他心有余悸,他曾在河南平顶山被好客的东道主一连劝下25杯白酒,以至于酒量不俗的他到第二天仍宿醉未醒。看着他用筷子夹起一块滑溜的豆腐,我忍不住夸他,他满意地笑了,然后告诉我们,他上次一个人在北京一家餐馆用餐,正当他觉得自己筷子用得不错,沾沾自喜之际,一个不识趣的侍者殷勤地送来一副刀叉,让他顿觉受到侮辱,认为他这是"具有侵犯性的友善"。言语间的孩子气让人忘了他雄厚的财力和在澳洲矿业打拼24年的资深背景。当问起他有几个孩子时,他自豪地说,8个。大家打趣地说,看来你没让太太闲着。他笑着说,"也没让她太忙,因为有5个是我们领养的孤儿,都来自灾难一般的家庭,现在全部都读完了大学,有着不错的工作。"瞬时所有人静静地看着他,没有人说话。

告辞时,我对他说,"你用筷子的水平让我印象深刻。"他爽朗地大声笑着说,"我也认为这是我最大的优点。"Peter 对北京的客人们说,他的理想是在赚钱的同时能做一些让自己感觉对的事情。第一次近距离接触一个富豪,也是第一次我看着一个富豪时脑中浮现出高尚两个字。

澳洲的寄养家庭

我是在几年前最初接触到 Foster family(寄养家庭)这个概念的,当时在 Families SA(南澳家庭部)给一个没有受过太多教育的中国单亲妈妈做翻译,因为她被人举报经常把自己三岁多的女儿放在家门口的游乐场独自玩,而被 Families SA 视作失职,于是不定期上门检查,并警告她,再发现有这样不称职的行为,就把她的女儿带走,交给一个寄养家庭。另有一次是电话翻译,一个四年级孩子的祖父兼监护人被 Families SA 告知,他不适合再当孩子的监护人,他们正在评估,准备把孩子送到寄养家庭一段时间,直到孩子的父母从中国过来。原因是祖父经常在孩子不好好完成作业的时候用扫帚打他,并屡屡告诫他,如果你不用功读书,长大就只能当清洁工。社工明确告诉老人,在澳洲,家长无权体罚孩子,更不可以向孩子灌输任何可能引发歧视的思想,这是不被容忍的,在这个人人平等的社会,清洁工也是一个值得每个人尊重的职业。我当时的第一感觉是震惊,因为我们小学老师也时常用当清洁工这样的话来吓唬我们,可是到了澳洲,这样说无疑是不容于主流社会的,甚至还要面临骨肉分离的后果。

前两天,当我在 Families SA 看到一个泣不成声的母亲和悔恨不已的父亲时,我更深深体会到什么是"culture shock"(文化震撼)。这对夫妻的 10 岁孩子生性顽劣,不爱学习,而且竟然在父亲的朋友来家里做客的时候偷拿了人家的钱,觉得颜面尽失的父亲一个耳光打过去,导致孩子的左耳听力受损,医院了解到情况后立即报警,父亲被警察带走,Families SA 得到报告立刻介入,认为孩子不适合再生活在这样的暴力环境下,于是一出院就把他送到一户寄养家庭,6 个月过去了,父母只能一周两次在社工的监视下和儿子见面半个小时。母亲几乎天天到家庭部来,百般乞求让孩子回家,却被告知孩子对父亲心存恐惧,不愿回家,他们必须尊重孩子的选择。社工坦率地告诉他们,孩子在寄养家庭过得很好,他自己说,寄养父母从不打骂他，作业不做也没事，所以他很开心。母亲听了，伤心得说不出话来，父亲又急又气，连声骂，这个不成器的混账东西这下称心如意了，再没人管他了，什么多管闲事的澳洲政府，这不是助纣为虐吗？因为不想给这个不幸的家庭招来更多的麻烦，当社工用询问的眼光看着我时，我赶紧用别的话搪塞过去了。

我认识一对澳洲夫妻，受过良好教育，中产，在两个孩子十来岁之后通过了一系列的评估和培训后申请成为寄养家庭。一家人为了即将到来的新成员兴奋不已，小儿子唯一的担心是，如果寄养的是一个小女孩，会不会自己要不得不陪着看女孩子最爱的《爱探险的朵拉》。寄养的三岁小女孩因为父亲突然离家，母亲得了严重抑郁，无法再照顾她而来到新的临时家庭，却在一年多的时间里得到了满满的亲情和宠爱。我的澳洲朋友对我说，我们知道寄养是一种情感上的冒险，因为这意味着我们让某个人走进我们心里，又要看着他/她离开，因为寄养毕竟是暂时的。但我很欣慰我的孩子们因此而更富有同情心，明白不同人的需求，而且他们很自豪在他们这样的年纪时就能为别人提供帮助。

写到这里，我也十分纠结，我同情因为养育方法粗暴而导致骨肉分离的中国父母,因为"棍棒底下出孝子"虽然偏激,毕竟也是中国几代人笃信的哲学,却不料这样的家事到了视孩子福祉和权利为最大的澳洲竟成了罪过(当然,把孩子打伤,在哪里都是无法容忍的)。我也说不好,让父母健在的孩子远离家庭到一个陌生的环境对孩子的心灵是慰藉还是另一种无形的伤害,但对于被迫忍受骨肉分离的母亲无疑是抹不去的阴影和伤痛。对于承担寄养家庭责任的人们,我钦佩他们的勇气和爱心以及回馈社会的责任感,他们用无私的付出安抚了很多失孤以及来自问题和破碎家庭的孩子,避免了更多的社会问题。我只是觉得,入乡随俗,看似简单的一句话,可是如果缺乏了对当地法律、文化、价值观甚至教育理念的应有理解,有时候真的会付出意想不到的代价。

看澳洲工人如何讨薪

今天的市地方法院看起来是欠债不还案子专场。女法官问分别为原告和被告的两位女性,"女士们,什么问题?"原告说,"我是她的会计师,她欠我2 200澳币的报税费用,迟迟不给。"被告说,"尽管我父亲有海外养老金,我也有海外投资,报税是复杂了一点，也不至于要这么多钱吧?"然后拿起一张账单明细递给书记官，"回一封邮件也收我 44 澳币!"原告不紧不慢地说，"法官阁下，我的费用当初就和她说得很清楚，工作每小时收费 220 澳币，所以回邮件需要这个数。"然后拿出开给客户的价目单的副本。被告沮丧地说，"有给过我吗? 我好像没见过。"会计师指着上面的客户签名说，"这是你的签名吧?"被告对法官说，"我觉得她的收费高得过分了。"法官淡淡一笑，"法庭之外的事我管不了，但是现在的所有证据表明你是在清楚价格并同意的情况下让她报税，所以看来你只有认账了。至于她的职业行为是否得当，那要由会计师行业协会决定。"

　　相比之下，我的客户就没那么幸运了。将近 60 岁的东北大叔老朱一看就是一个憨厚老实的人，他 1984 年就来到澳洲，在 Holden 汽车厂做了 23 年的电焊工，因为 2008 年金融危机裁员，他拿了雇主给的 30 万澳币的一次性补偿离开了。之后就自己开始做 Gyprock（石膏板工），每天工作 10 小时，风雨无阻。老朱是一个很能吃苦的人，即便在汽车厂工作期间，他下班后去餐馆打工，周末还去农场干活，他告诉我来澳洲之后从没申请过一次失业金。看过太多领着失业金还偷偷去打工的移民,而如今头发斑白的老朱却一直坚持靠力气挣钱,我不禁对他刮目相看。可是去年年三十,一个同为中国人的包工头让他去一间中学做石膏板吊顶,老朱顶着40度的烈日工作了5天,却至今没拿到应得的1 600澳币工钱,打电话永远是关机。最后老朱找到了法律援助,律师认为欠澳洲工人的钱太不应该,一定要帮,于是免费帮他写诉状,搜集证据,可是每次开庭被告都不到,写信也不回;法庭也说,没办法找到他。后来律师查到他有两处房产,就请求法庭变卖被告的房产支付欠款。这一次对方立刻就写信给法庭,要求法官驳回该请求,说是一处房产已经卖掉,另一处是在他妻子名下,而且声称他与原告自2011年起就没有任何工作往来。老朱在律师的指点下又去查了房屋产权,证明房子确是被告和妻子联名的,于是信心满满地再次来到法院。法官告诉老朱,被告在信上说,他现在在黄金海岸工作,不能出庭,但是可以接电话。于是法官把号码报给书记官,可爱的老太太书记官捣鼓了半天大屏幕电话未果,只好用传统电话,结果发现线太短,距离我和法官都太远。随和的法官立刻拿出自己的草莓图案手机套的苹果5S,打开扬声器放在我面前,自己就站在我旁边和被告通话。要不是一直替老朱担着心,我都要被这轻松的气氛逗笑了。电话接通,狡猾的被告一口咬定没给老朱派过活,说没有合同。老朱急不停地要把打印着来往手机短信和有用户签字的派工单递给法官看。法官看是看了,但觉得证据不足,无法做出判决,只好让被告在 14 天内提交一份抗辩给法庭,到时再做决断。

老朱苦着脸跟我说,我只会干活挣钱,也舍不得花,但不干活我又不知道干什么。我也不想打官司,就是觉得干了活别人不给钱还赖账心里气不过。我安慰他说,欠债还钱,天经地义,不过要有心理准备,在澳洲打官司就是一场持久战。看着笨嘴拙舌模样的老朱,想起能言善辩、振振有词的被告,我的直觉是,这场官司还有得打,只能期待法庭最终能还老实人一个公道。

澳洲人都去哪儿了?

我在韩国人开的美发店等着剪头发,无聊地盯着在越南人的美甲店做的指甲。电话响起,里面传来推销员摇头晃脑的印度英语。随便走进一家有机食品商店,店主毫无悬念地带着希腊口音和希腊式的棱角分明的面部线条。在路边咖啡店喝完咖啡离开,英俊的侍者笑容满面地对我说"Ciao!"。到了皇家医院,健谈的伊朗妇科医生在给病人检查的间隙热烈地和我讨论中国农历和波斯的太阳历历法。顺路去拜访中介,来自波兰的犹太女老板用深不见底的黑眼珠盯着我希望我今年能多做一些工作,因为她又成功地拿下了一些政府合同。到警察局协助做一份笔录,花了二十分钟才适应了负责问讯警官的浓浓苏格兰口音。路上接到钢琴老师的电话,说这个周末要回俄罗斯探望亲人,暂时不能给嘉予上课。来到福利部,正好看见一个阿拉伯人用英文大声地指责工作人员,"我是澳洲公民,为澳洲工作了 10 年,现在身体有病申请残疾津贴,你们为什么每次都拒绝?!"英国口音的工作人员冷冷地回应,"你说了几十次你是澳洲公民,你看看,这里有几个不是澳洲公民? 不要用这种态度对我吼,我也是澳洲公民!"可是,真正的澳洲人,也就是澳洲人所说的"Aussie Aussie",到底在哪儿呢?

澳洲是个小世界

家里来了两个装修工人在走廊上刷墙,有一句没一句的
用某种欧洲语言聊天,好奇地问他们说的是什么语言,对方腼
腆一笑,说波斯尼亚语,小国家,你可能没听过。我说,不就是
前南斯拉夫的吗,挺有名的。两个人高兴地相视一笑,活儿干
得更卖力了。看来,中学时学世界地理还是有道理的。在悉
尼读书时,班上有一个金发女孩子和我们分在一个讨论组,自
我介绍说来自 Latvia,我在脑子里默默翻成中文才恍然大悟是
拉脱维亚。来到南澳后,因为这里最大的两个移民社区是意
大利和希腊,所以嘉予从学前班开始就学习希腊语,因为美丽
的希腊语老师认为,东方人学习希腊语更容易。于是我每年
母亲节都会收到嘉予用希腊语写给我的卡片,可惜除了阿尔
法、伽马、欧米茄几个字母之外我其他一概不认识。家里装暖
气的时候来了一个管子工,是第二代希腊移民,简单的一个活
儿足足拖了三周,因为他总是要参加他遍布澳洲的 cousins
(我也不知道是堂兄、表兄,还是表弟、表妹)的婚礼,但希腊
人的大家族和家族观念我早在《我的盛大希腊婚礼》这部电

影中就领教了,所以也不以为意。后来在工作中遇到一个同为第二代希腊移民的导游,他告诉我,希腊男人好赌,所以他母亲在 18 岁那年被他父亲求婚时就约法三章他不许涉足赌场,结果他父亲一生再没踏入赌场一步。而他母亲,不但做的一手传统的美味希腊菜式,还有强烈的大家庭观念,有一次朋友狩猎送来一只野兔,她花了整整一天用祖传的烹饪手法精心炖到香气四溢,并打电话给他们在本市的所有亲戚,让大家务必来品尝。我的中介里有一个第二代意大利移民,他告诉我传统的意大利人最讲究把家里收拾得一尘不染,如果家里来了客人而家里不够干净,简直是太丢脸的一件事。他之前是面包房的糕点师,做的一手好面包,收入不菲,可惜突然得了怪病,才知道原来自己对面粉过敏,不得不改行,不过,意大利人也有浓厚的家庭观念,所以只要家里有人过生日或结婚周年纪念,他一定会吃下抗过敏药,然后亲手做蛋糕送上。予施幼儿园里有一个老师来自津巴布韦,有着非洲人的长腿、乐天精神和每次要在发廊呆上 5 个小时才编成的满头小辫子。她回故乡度了假回来明显气色红润了,原因是家里雇了佣人,她什么也不用做。我看过她全家的照片,有十几个孩子,看上去虽然快乐却绝不富裕,就问她请佣人贵不贵,她洒脱地一挥手,一点都不贵,我们国家里每个家庭都有佣人,连佣人家里都有更穷的人来帮佣。多么神奇的廉价劳动力!阿德莱德虽是个小地方,可也是个小世界,所以孩子们小小年纪就知道和不同的人和睦相处。我记得嘉予两岁的时候在南京的一辆公交车上看到旁边站着一个黑人,就用手沾了一点唾沫在那个黑人的手上擦,试图把他擦干净,全车人都被逗乐了,包括那个黑人。可现在他在学校的朋友有塞尔维亚人、英格兰人、爱尔兰人、荷兰人、乌克兰人、越南人、印度旁遮普省的人、德国和菲律宾混血、毛里求斯和澳洲混血,还有一些母语是意大利语和希腊语的孩子。他经常不无得意地抱怨说,因为他们整个学校一共只有三个中国孩子,所以他总是遭遇比他高大的女孩子把他当做宠物一样的拥抱。

流淌在你心里的河流

皇家医院的大厅一角有一个插着鼻管的老人用一种奇怪的乐器吹出悠扬的曲调,正是那首我最爱的《流淌在你心里的河流》。经过的人们都不由自主慢下了匆匆的脚步,驻足听上一会儿,旁边的休息区还有一些专注聆听的人们,流淌在整个大厅里的优美旋律映衬着人们因为这不期而至的音乐而变得温暖的面容。老人名叫 Joe，之前是一个病人，现在是医院的义工，因为 6 年前肺部得了严重的疾病才在住院期间想到要学习这种称之为 Irish tin whistle（爱尔兰锡哨）的乐器来锻炼自己的肺功能，然后在病友的支持下开始在病房演奏，还被邀请到本地电台进行录音。Joe 告诉我，他的听众都是一些行色匆匆、因为自己患病、家人患病，甚至找不到车位等等窘况而处于紧张焦虑情绪之中的人们，但他的音乐让他们在聆听的十几分钟里获得内心的平和宁静，而这也让 Joe 的每一天充满了期待。

商婚

　　两年前，我在阿德莱德最大的生殖辅助中心曾为一对想要孩子的新婚夫妻翻译。丈夫 25 岁，上海留学生；妻子 58 岁，台湾人，澳洲公民，在富人区开了一家幼儿园。连一向见怪不怪的医生都问了男生一句："你父母，呃，对你们的婚姻没意见吗？"男生与妻子十指紧扣，对看了一眼，回答说："他们没有反对，尽管她比我妈妈还大三岁，因为我们是真心相爱。"

医生一脸惊讶,噢了一声,却忍不住看看我,我回她一个同样不解的表情。医生看了看双方体检的资料,遗憾地说,因为女方的年龄过大,已经不适合做试管婴儿,如果真想要孩子,唯一的办法是代孕。代孕在澳洲合法,但目前已登记的代孕申请人中尚没有亚裔,更别说中国人了,所以你们可能需要考虑清楚再决定。看着这对形同母子的伴侣手牵手略带失望地离开,我开始检讨自己,为什么听到"真心相爱"那句话,我的第一反应不是感动,而是想笑?或许这世界上真的存在不计功利、超越世俗的爱情呢?为此,我甚至内疚了一段时间,直到今天,我接到一份需要翻译的文件,打开一看,是一张离婚证,照片上的两个人那悬殊的年龄,令人一见就再难忘记。再一看离婚日期,距离结婚刚好两年出头,正好满足了移民局对配偶签证持有者申请绿卡的时间要求。

如果这也是婚姻

我在图书馆陪着予施借书的时候瞥见一个黑黑瘦瘦的亚洲女人冲我友善地笑着,我回了她一个微笑,她马上向我走过来,用英语说,她的儿子 Jake 和我的孩子差不多大,我回头一看,两个小男孩已经默契地玩在一起。Jake 皮肤白白的,眼窝深深的,卷曲的长睫毛上可以架得住一枝铅笔,"好漂亮的孩子!"我忍不住说,"你先生是澳洲人?"她笑着点点头,"不过已经离婚了。"然后问我,"你从哪里来?""中国,你呢?""我也是中国人啊!广东来的,我叫 Ellen。"她兴奋地拍拍我,我有点惊讶,"你不说,我以为你是东南亚的。""好多人这样说!"她打量了一下我,"我倒以为你是日本人或是韩国人呢!"我笑笑,难怪她一上来就和我说英文!看到两个孩子玩得开心,我们就相约去了附近的儿童游乐场,Ellen 和我坐在草地上聊天,说她的大女儿 May 会照看好两个弟弟,让我不用担心。但我还是忍不住走过去看了看,只见 10 岁不到的 May 寸步不离地跟着两个精力无穷的小家伙,依然稚气的脸上始终挂着这个年纪少有的耐心笑容,她一次次带他们去饮水机旁喝水,轮流推着他们荡秋千,守着他们玩滑梯,再跟在他们后面不停地跑。看着她汗得湿漉漉的刘海,我的心不由牵扯了一下,问 Ellen,你这女儿怎么这么乖?Ellen 有些无奈地笑了一下,丝毫没有我预料中的妈妈的自豪,"Jake 刚满月,May 才不到 5岁,我老公就一个人去了越南度假,10 天之后打电话给我说,我们结束了。我以为他在开玩笑,因为他比我大 20 岁,我一直以为,只有我不要他,怎么也轮不到他不要我。以前我从来不打扮,头发也剪成最老气的样子,就怕一起出去时把他衬老了。谁知道他直截了当地告诉我,Ellen,你还年轻,我已经老了,所以我要开始享受人生。"我错愕地听她说下去,"原来他在越南找了一个女朋友,开始住在一起,现在每隔几个月就过去住一阵子。离婚后他每个月只付给我 33 块钱的赡养费,因为这是 Child Support(儿童赡养费机构)根据他的退休金收入评估出来的金额。"33 澳元!我无语了,每个月就用 4 打鸡蛋的钱打发一双亲生儿女!这样的故事我已经不是头一次听说,但这种不可理喻的感觉却一次比一次强烈。之前也曾遇到过一个客户,在网上认识了她的澳洲男友不到两个月,就过来结婚,结果两年不到,丈夫就提出离婚,理由也是要享受人生,而他所说的享受就是去中国或东南亚找不同的女朋友。

吃饭的时候,个头已经很高的 May 一直小心翼翼地去拿盘子里的食物,拿之前都会看弟弟一眼,见对方没有反对的意思才拿起来送到嘴边。当他们的盘子里只剩下最后一块鸡柳的时候,May 主动不吃了,虽然 Jake 已经一手各拿一块在和予施玩,根本没有好好吃的意思。看到我疑惑的眼光,Ellen 主动说道,"她就是这样,只要剩最后一块食物,她就会留给弟弟,要不然弟弟会大发脾气。"我有些心酸地看着这个长得不像中国人却无疑有着中国人的忍让精神的小女孩,把我还没吃的汉堡递给她,她害羞地说声谢谢,却渴望地望着妈妈,看见 Ellen 默许,细长的眼睛立刻笑得弯了起来。可以想见,在一个母亲没有工作、父亲缺席、小弟弟备受宠爱的家庭,这个小女孩出落地远远比她的年龄来得成熟。Ellen 告诉我,虽然有单亲妈妈的补助,但每周交完三百多块的房租之后,日子就挺紧,所以她每个周日会去北边的一个星期天市场卖些从中国带来的小商品,扣去 25 元的摊位费,可以挣上几百块钱;就是两个孩子比较可怜,因为她早上 5 点就要到市场,所以女儿会独自在家一整天,饿了就泡方便面吃,而睡得迷迷糊糊的 Jake 天不亮就被 family day care(家庭托儿所)的人接走,下午才送回来。可能是看出我脸上的不安和关切,Ellen 安慰我说,现在好多了,Jake 大一点了,不像小的时候我时时刻刻要看着他,连去卫生间都提心吊胆,生怕出事。结果还是有一次,我洗澡的时候,Jake 拿着一把剪刀玩,随手扔出去,正好扎在 May 的头顶上,我出来看到她一头一脸的血在哭,吓死了,赶紧叫救护车,还好没出什么大问题。我心惊胆战地听她平静地叙说着,就像在说别人的故事,而我的心却再难平静。这些年,因为工作的关系,我在澳洲见到了太多通过国际交友网站嫁过来的中国女性,她们所找的澳洲丈夫通常都被自己大十几二十多岁,没受过太多教育,收入不高,很多都有暴力倾向,而且不是酗酒就是赌场的常客,要不就喜欢寻花问柳。于是我无奈又痛心地看到了太多女性同胞的忍让、屈辱和泪水。我不知道她们当初漂洋过海贸贸然和一个语言上都不能好好沟通的男人结婚是为了绿卡还是就是为了找个人嫁了,但不管是出于什么原因,这样的婚姻除了留下无尽的伤痛和一段抹不去的灰色记忆,只会让你看到一无是处的自己和狭隘丑陋的对方。如果再算上给孩子带来的亲情残缺感和在他们本该无忧无虑任性淘气的年纪却因过早体会到人生的辛苦而表现出来的令人心酸的自觉、自制和敏感,这样的婚姻就只能是彻头彻尾的悲剧和罪恶了。(故事是真实的,人名是虚构的。)

法律不外乎人情(一)

在中国的二十多年间因为一贯遵纪守法,从没和法院打过交道。在澳洲当了翻译之后,因为客户中形形色色的人都有,去各级法院也就成了家常便饭。处理民事纠纷、交通违章的一般去地方法院,即 Magistrates Court;离婚及相关的子女抚养权和财产分割问题去联邦家庭法院;偷窃、人身伤害、危险驾驶等刑事案件则根据涉案金额或赔偿金额的数目由地方法院决定是否移交至地区法院或高等法院;而贩毒则由联邦法院受理。除此之外,澳洲还有一些特别法庭,如移民/难民复审仲裁庭、租赁复审仲裁庭等,前者主要是处理难民和其他签证拒签的复审,后者是处理房东房客之间的纠纷。

在法庭上翻译有的时候很累人,尤其是法官或律师引述法律条文或过往案例的时候,大段冗长而枯燥的内容,他们又不可能经常停顿以便我们翻译,因为这样会打断他们的思路,所以这时候翻译就需要以耳语(whisper interpreting)的方式翻给当事人听,如果是刑事案,翻译就需要和被告一起坐在被告席上,出于这个原因,我在别的场合可能忘记佩戴翻译证件,在法庭上我一定会记得,因为不想别人误会我是那个犯事的。不过也有特别轻松的时候,比如有一次刚开庭法官就直截了当问被告是否认罪,被告说是,于是我只说了一句"Yes, Your honour(是的,法官大人)",法官就宣布休庭了。也有一些有趣的案子,像是几个租房的学生因欠下高额电费被房东告上法庭,可最后房东败诉,其原因是他一直把地暖开关设定在开的位置(有意无意已不得而知),而新搬进来的房客毫不知情,并因此忍受了一个无比炎热的夏天,据说 24 小时开了空调都不管用,试想 40 多度的阿德莱德的夏天,室内一边释放暖气一边制冷,管用才怪。明理的法官下令由租客分担合理的空调费用,而其他部分由房东自行与电力公司协商分期偿还。

难民复审仲裁庭则更是一个长见识的地方,我第一次被派去之前一直在纳闷,中国一无战乱,二政局尚稳,何来的难民? 去了才知道,生二胎的,被征地的,假称参与地下教会活动的皆可申请难民。有的人以旅游签证或商务签证登陆澳洲之后就接二连三地生下孩子,然后一家黑下来,再向移民局申请说,因为超生,回不去了。可是澳洲移民局不是傻子,他们有一本厚厚的称之为 country information 的国家信息宝典,里面记载了各个难民来源国的政治政策信息,所以他们对生二胎的处罚比申请人了解的还清楚,他们也知道中国哪些省份对地下教会查得严。我所接触的难民申请人十之八九都是文化程度偏低的,有的小学都没读完,尽管事先也做了一些功课,但回答起问题来经常是驴头不对马嘴,有些自称是地下教会领袖的人物竟然回答说圣诞节的意义就是庆祝圣诞老人，问他们基督教和天主教的区别，他们只会瞪着无辜的大眼睛看着我，好像我没把这句话翻译过来，至于问起摩西十诫，他们更犹如听到天方夜谭。更可笑的是，为了让我们在听证中做出对他们有利的翻译，在开始之前的几分钟内对翻译竭尽讨好之能事，问长问短，还一口一个"翻译官"的称呼我，我哭笑不得地想，叫我"翻译官"同骂我是"汉奸"有什么两样？

　　幸好来到阿德莱德之后遇到的这类伪难民大大减少，心情也就不那么郁闷了，要知道，明知道他们说的是假话，还要一字一句把这些假话翻出来委实是一种煎熬，尤其是听到那些人为了一己私欲，为了能得到澳洲政府的庇护而信口开河，把自己的国家说的一无是处、体无完肤、暗无天日的时候，我连当场给他个嘴巴再拂袖而去的念头都有过。

　　但是法律不外乎人情，这也是我在澳洲法庭时常体会到的。几个月前在法庭上遇到一位不懂英文的新移民，他由于初来乍到，在许可停车区（permit zone）违规停车被寄罚单，因为不懂所以未加理会，而且一次次寄来的催缴单也被他堆在信箱里，连拆都没拆，以至于罚单累积到几千元之多而最终被告上法庭。法官听了他的陈词之后,发现他所说的是实情,就下令他把最初违章停车的罚单交了即可销案。还有一位马来西亚的华裔资深牧师在 61 岁的高龄申请独立技术移民被拒,因为澳洲移民法的技术移民年龄上限是 45 岁,但仲裁人在了解到她的宗教学硕士学位背景,以及华人教会负责人和该教区教众对她的欣赏爱戴之情,还有阿德莱德华人教会普遍缺少有资历的华语牧师的现状,毅然驳回了移民局的拒签决定。当两周后她打电话告诉我这一好消息时候,我为她欣喜的同时也深深感慨于澳洲法律从业者的人性化。

法律不外乎人情(二)

最近因为酒驾查得严了,去法庭翻译这类案子也多了起来。澳洲的地方法院是一个难得的效率极高的地方,一个小时内排二三十个类似的案子稀松平常,因为澳洲法庭基本都对公众开放,而我的客户也总是排得很后,我只能耐心地把每个案子都听一遍。这一听下来,最强烈的感觉就是在不违背既定法律的前提下,法官的判案有很大的灵活性,也就是说法官的主观判断很关键。比如说同是酒驾,一个 25 岁打着一份工的大学生除罚款 1 200 澳元,支付庭费 500 澳元以及车辆扣押费(查到酒驾当天车辆被警察拖走扣押 28 天)950 澳元之外,只吊销驾照 3 个月,而当天警察测到他血液中酒精含量为 0.152%(澳洲酒驾标准是 0.05%);而另一位以木匠为职业的中年人血液中酒精含量为 0.134%,却罚了 1 300 澳元,支付同样的庭费和车辆扣押费并吊销 6 个月驾照。因为法官在判罚之前都要问一句,"你的驾照被吊销对你的生活有什么影响?"学生的回答是,他将失去他的兼职工作,而且上课有可能无法准时赶到;而木匠老实地回答,没太大影响,我可以坐公车上班。法官问,那你的工具怎么带? 木匠说,我可以留在工作场所。实际的法官不因为你的诚实和老实而轻判,但却会为了你的收入受到影响或生活不便而大发善心。

　　我这么多年在澳洲法院翻译下来更深切的体会是,法官对不说英语的人似乎同情心更深一层。上周一个做清洁的中国男人因为酒驾被警方指控,测得血液中酒精含量高达 0.233%。法官先问明警察是否有前科,警察说没有。然后法官问他为什么喝那么多酒。他说朋友搬家,大家庆贺一下。法官又问,明知喝多了酒,为什么还开车,男人很惶恐地说,喝完后等了一个钟头,又喝了茶,以为没事了。法官当即拍了一下脑门,激动地叫道,"0.233% 你知道是什么概念吗? 那就是说要等 24 小时你的血液才会回到正常标准!"然后语气一转,问,"你没有了驾照,生活会受到什么影响?"男人困惑地看着法官,不明白为什么要问这个。法官一副恨铁不成钢的样子看着他,"我马上要判罚了,向我求情啊!"男人才恍然大悟,低声说道,"我工作已经丢了,孩子还小,还有银行贷款要还。"法官沉思片刻,说道,"我同情你的处境,但想到那些因为你们这些人而无辜丧生的人我又不能宽恕你。现在我罚你1 100 澳元,支付扣车费,庭费免了,并吊销驾照三个月。这是考虑到你是初犯,又丢了工作,否则会严厉得多。再发现你酒驾或在驾照吊销期间无证驾驶,你就会坐牢。"

无独有偶,今天在 Holden Hill 的法院给一个在酒驾吊销驾照期间擅自开车的新疆人翻译,坐立不安的他散发出一阵阵中餐馆厨房的味道。果不其然,当法官问他为什么驾照被吊销还开车时,他说他开了一间餐馆,需要采购,妻子眼睛不好,不能开车,孩子又有哮喘,所以他只能冒险。法官说,上次判他吊销驾照一年,到明年三月才满一年,考虑到他的实际困难,不再延长吊销时间,明年三月期满后即可申请驾照。今天要付庭费和车辆扣押费,并签署一份为期两年的良好行为保证书,保证金为 1 000 澳元,但现在无需缴纳,如果两年内一旦犯事就要交这笔钱,并追罚今天的无证驾驶。新疆人长出了一口气,事后庆幸地说,"我还以为要吊销驾照 5 年或让我坐牢呢。"

在我看来,澳洲法院基本上是一个讲理的地方。你没有理,请再好的律师都不一定管用。一个澳洲人也是在驾照吊销期间开车被发现,于是他请了一个律师上庭。巧舌如簧的律师说,"我的当事人当天根本没想开车,但因为他弟弟的车刹车片失灵,而附近的车行都忙得无法接待,为了社区的安全,我的当事人决定帮弟弟修理刹车片,不料正在调试的时候被警察发现。"法官带着嘲弄的语气说,"我非常钦佩你的当事人考虑到社区安全的初衷,但很遗憾,你的理由完全不予采纳。罚款 500 澳元,支付庭费,并再次吊销驾照 28 天。"

法律不外乎人情,这就是我所见到的澳洲法庭。

法律不外乎人情(三)

我在刚做翻译的时候最怕去的地方就是法院,始终记得毕业之前老师调侃说,"虽然翻译是有职业保险的,你们还是小心,别把人翻死了。"这句话我一直当做笑话来听,因为澳洲没有死刑,我也不至于脑残到把"不认罪"误翻成"认罪"让无辜的人锒铛入狱,但倒是时刻警醒自己,法庭是一个与人的尊严和命运息息相关的地方。不过话说回来,法庭去多了,我才发现并庆幸,像我几年前碰到的贩毒运毒案和假信用卡欺诈案可以说是难得一遇,其实更为常见的往往是生活中难免犯错的普通人为自己的无心之过或一时冲动买单。因此,法庭,更确切地说是一个看尽人生百态的地方。比如今天,我就看到这样一个被告,作为公诉人出庭的警察告诉法官,说被告上周在一家酒店的餐厅用餐时因为对服务不满意就走到后厨去理论,被拦住不让进,于是双方推搡起来,最后大打出手,被告不仅打了试图拦他的主厨助手,连拉架的主厨也一并打了,场面非常热闹,直到警察到来把他带走并关押了 35 分钟才放人。而坐在被告席上的那个男人,一件款式考究的格子衬衫,高高的个子,修长的身材,看起来模样斯文,根本不像个寻衅滋事的人。然后就听被告律师说,他是一家顾问公司的总裁,总部在布里斯本,南澳有分部,上周二晚上在酒店请员工吃饭时因为迟迟等不到所点的牛排,就到厨房去问个究竟,结果可能多喝了两杯的缘故,以致场面失控。他事后也很后悔,不断地向餐厅的员工道歉,而且今早特地从昆士兰乘飞机赶来出庭,并且还带来了两封当地太平绅士所写的品格推荐信,证明他一向温和有礼,从不惹是生非,请法官体恤。法官静静地看了被告一眼,说道,我相信你是一时冲动才有这样愚蠢和不成熟的举动,我看得出来你很懊悔,也清楚你为此事已经付出了一些代价,所以我把罚款从 400 澳元减到 150 澳元,免去庭费,但你必须支付公诉人的费用和餐厅的赔偿,一共 670 澳元。被告意外又感激地看了一眼法官,恭敬地欠了欠身,潇洒离去。

　　我的客户是一位三十出头的女士,法官开门见山,"说说你拒付罚单的理由。"显然是第一次站上被告席的她有些紧张,她求助似地看看我,说道,"上周四我和先生带两个孩子开车出去,停在红灯面前的时候,后座的三岁女儿开始发脾气,自己解开了安全带,开始哭闹,我想给她系上,就解开自己的安全带转身过去,正巧被警察看见,把我们拦下,说我没系安全带,罚了我们 800 澳元,我和我先生各 400,因为他是司机,没有起到监督乘客的责任。我们想和警察解释为什么解开安全带的原因,可她不听,所以我们只好来这里申诉。"法官思索了一下,问警察,"你们怎么没有考虑当时的情况就开罚单?"警察有点尴尬,赶紧看了一下档案,说,"上面没有记载是什么原因,所以我们一无所知。"法官和颜悦色地对被告说,"我现在给警方一点时间,请他们重新考虑这个案子,看能否撤诉,一个月之后重新开庭。不过你可以在开庭之前打电话给警察局,如果他们同意撤诉,你就不必来了。"

说实话,听了这位妈妈的叙述,我也很想知道法官的态度,因为对于独自坐在后座的小孩,出于好奇或顽皮而解开安全带完全有可能,这种情况下父母该如何在孩子安全和交通法之间周旋,我们确实需要知道法律给出的底线。法官的这一席话,应该可以理解为,孩子的安全是可以超越交通法规的;当然,做父母的平时要郑重地告诉小朋友不可以在行驶中解开安全带,但一旦有以上这种情况发生,就要据理力争和警察说明情况,不要忍气吞声交罚款,因为毕竟,澳洲法庭在绝大多数情况下都是一个可以讲理也不乏人情的地方。

法律不外乎人情(四)

我在两个月前为皇家阿德莱德医院翻译了一封信,是医院重症监护室的主任写给一个姓于的 22 岁台湾女孩的父母。大意是说,他们的女儿在今年 3 月底的一起车祸中受伤,颈椎折断,造成创伤性四肢瘫痪,目前通过气管切开插管进行呼吸。我在键盘上慢慢地敲打着每个字,小心选择我所用的词句,不敢去想象远在千里之外的父母看到这封信时会是怎样的震惊和伤痛。我不知道那是怎样的一起意外,也总在想那个不幸的女孩子现在怎样,直到昨天我在阿德莱德地方法院见到了许庭(音译)。

　　法庭书记官看到我的工作牌后就扬声叫道,"Mr. Hsu(许先生),你的翻译在这里!"然后我就看见一个不修边幅的高个儿年轻男人匆匆向我走过来,头发有点乱,皱皱的白衬衫看着有点脏兮兮,满脸疲惫的神色,但一开口,软软的台湾"国语",温和有礼。我闲闲地问了一句,"酒驾?"他礼貌地摇摇头,"不是,车祸。""噢? 撞人了?"他还是摇摇头,"没有。""那为什么来这里? 撞坏东西了?"他眼神复杂地看看我,"也不是。我疲劳驾驶,结果开到高速路上的刹车道,想赶紧开回路上,结果路面打滑,车速又快,翻车了。""那你没受伤?"我有点好奇。"我没有",他低下头,"但乘客受伤了,是我女朋友,颈椎断裂,胸部以下瘫痪。""啊?"我下意识地问了一句,"你女朋友姓什么?""姓于。"天! 这个世界真小! 我吃惊得说不出话来。我看了看他那张年轻却写满苦涩的脸,欲言又止。

他轻声告诉我,出事后,法律援助告诉他,这种造成他人严重伤害的鲁莽驾驶,至少要坐一到三年牢,他只好去找律师,所以拖到今天才开庭。

开庭后,公诉方陈述了事故发生的细节:许庭(音译)是台湾来的背包客,持打工度假签证来到南澳,结果在袋鼠岛的一条高速路上因为连续驾车6小时,过分疲劳,以致一下睡着了,于是就发生了悲剧,坐在副驾驶座位上的女朋友在熟睡中受到猛烈撞击,颈椎折断,在医院治疗了两个月后被送回台湾,接受长期的康复和护理。律师言辞恳切地告诉法官,被告是一位电子工程师,没有前科,因为自己的过失导致了心爱的人终身瘫痪,已经受到了足够的惩罚。现在他的女朋友因为和他分离已经患上了严重的抑郁症,相信被告回国后会让她的病症有所缓解,所以希望法官体恤并从轻发落。法官看着被告说,"许庭,现在警方指控你两项罪名,一是鲁莽驾驶(driving without due care),二是导致对他人的严重伤害,你认罪吗?"许庭正要开口,代表公诉方的警察站了起来说,"经过再三考虑,我们决定取消对被告的第二项指控。"法官点点头,"许先生,你对第一项指控认罪吗?"许庭犹豫了一下,小声说,"认罪。"法官转向他的律师说,"我将要宣布的判决和对被告的惩罚,根本不能代表这起事故的严重性。但考虑到他已经为此背负了足够的痛苦,更重要的是,他要尽快回到台湾照顾受害人,以弥补他所造成的伤害,我决定给予许庭罚款1 000澳元并支付庭费260澳元的处罚,而且从今天起取消你的南澳驾照。建议被告今天即支付这笔罚款,这样警方就可以把不准你离境的提示删除,因为需要24小时该信息删除才能生效,所以你最早可以周五回台湾。"许庭不能置信地看看我,离开法庭的时候都忘了向法官鞠躬。

告别的时候我问他,你女朋友有没有康复的希望? 他摇摇头,很难。只有等造血干细胞移植,但这项技术目前在全世界还处于第三期临床实验阶段,所以可能还要等好多年。他看着远处,笑了笑,"这个国家很漂亮,人也很友善,但我想我不会再回来了。"我理解地点点头,法律不外乎人情,因为考虑到人情和人性而给予的法律上的宽大并不能带来内心的救赎,就在许庭倦得闭上眼的一刹那,两个人一生的命运从此改写。

法律不外乎人情(五)

来到移民复审仲裁庭,里面已经坐了好几个人,我略打量了一下这个看上去有点不搭调的一群人,一个有点跛脚的白人移民代理,之前曾有过一面之缘,一个头发花白风度儒雅的中国人是阿德莱德有名的华人律师,两个澳洲年轻人,一个看起来还不到二十岁,另一个穿着铃木汽车专卖店的工作服,再就是我的客户老陈,50 出头却满面风霜,看着他的穿着打扮和皱纹里的笑容,我恍惚以为到了中国北方的小村庄。

人不可貌相这句话真是一点不错,开庭之后我陆陆续续了解到,老陈是阿德莱德铃木专卖店的汽修工,但因为年龄超过技术移民的上限 45 岁,没有文凭且不具备功能英语,所以移民局拒绝了雇主提名的永居申请。但是从 16 岁起就在中国从事汽车修理的老陈至今已有 30 年的工作经验,其中有 7 年在澳洲,阿德莱德铃木之所以冒着这么大的阻力担保他并请了资深移民代理和律师帮他上诉,是因为老陈对汽车方面的任何疑难杂症都能快速准确诊断出来,不管是汽油车还是柴油车,四驱车还是重型卡车,虽然他在生活方面的英语几乎为零,但同事们觉得棘手的问题到他这里都能迎刃而解,所以代表老板来出席听证的维修部经理坦诚地说,公司离不了他,也找不到会说英文但经验和技术与之相当的人。仲裁人显然被打动了,他和颜悦色地对老陈说,"如果你的工作地点发生火灾,你拨打紧急号码000的时候能说出你所在地的地址吗?"这么一个看似简单的英语水平考核问题却让来自中国农村没有受过太多教育的老陈紧张和局促起来,他不停搓着双手,嘴巴几次张开又闭上,好不容易犹犹豫豫地用英文说出了门牌号码和所在区,街道名称却怎么也说不清楚,仲裁人耐心地请他写下来,他拿着笔窘迫地说不会拼写,气氛顿时变得紧张而尴尬,所有人都焦急而期待地看着他,老陈自责地深深低着头不敢抬起。沉默了几分钟之后,仲裁人问道,"那你们公司叫什么名字你知道吗?"老陈仿佛松了一口气,结结巴巴地说,"Northeast Isuzu."仲裁人微微一笑说,"我相信火警接线员都受过相关的培训,他们在分辨地址方面一定比我专业,他们应该会明白你说的地名。"然后他转向那个年轻人威廉,"你在铃木当学徒的两年里,陈先生在工作中和你们交流有问题吗?"威廉个子高大,表情像个羞涩的中学生,但说起话来十分稳重,"我一直和陈先生一起工作,他基本上所有的汽车配件都会用英文表达,遇到不会的就会指着问我们'English?'他教我的时候都是手把手,演示加比划,几乎不说话,但我从他那里学到了很多东西。我之前在别的一些修理厂干过,教我的师傅都是说英文的澳洲人,但我学到的远远没有在陈先生那里学得多,因为他丰富的经验,更因为他在意我学到了什么。至于那条街名,连我们澳洲人都觉得发音很奇怪,所以我认为不能怪他。"仲裁人一边奋笔疾书,一边毫不掩饰地赞道,"You just added a very strong point! (你补充的这点很关键!)"看着一个十八九岁,没有受过高等教育的澳洲孩子话语中自然流露出来的感恩、对他人的尊重和与生俱来的同情心,看着有权决定一个外乡人在澳洲去留的仲裁人对每个人、每段故事的专注、倾听和理解,我只能说感动,为这个讲法律却从不漠视人情的国家。

出国留学,你准备好了吗?

　　离预定的开始时间还有 10 分钟,我来到了指定的工作地点:位于市中心的 IGA 办公室。上电梯的时候我还在纳闷,超市(IGA 是澳洲三大连锁超市之一)要翻译做什么,难道是处理重要的客户投诉？电梯门一开,迎面几个大字"Independent Gambling Authority"(独立戒赌机构),我恍然大悟,是这个 IGA 啊！工作人员热情地告诉我,有一位自愿戒赌的客户要求该机构签发"赌场禁足令",所以等下会有一个面谈。我不禁想,什么样的人能下这样的决心？要知道,禁足令发到赌场之后,一旦此人违规涉足,不但要上法庭,还要面临高达 2 500 澳币的罚款。看看时间到了,我有些担心,这人不会临时退缩不来了吧,因为赌徒的意志是最薄弱的。9:33 分时门开了,进来一个高高胖胖背双肩包的中国男孩,我松了一口气;但他看起来不超过20 岁的年轻模样,让我的心又收紧了。因为面谈是全程录像的,所以程然(姓名系虚构)在说话的时候一直紧张地咬着指甲。刚来不到一年,还在学语言的他在朋友的怂恿下去了阿德莱德赌场,起初是为了一张免费加入的会员卡和随卡奉送的免费饮料,之后就迷上了轮盘赌,直至不能自拔。他说,明明限定自己一晚输掉 150 就离场,却怎么也迈不开步,在一夜之间输光了妈妈刚打过来的三个月的生活费后,想到年逾50、工薪阶层的父母,他觉得该是和赌场说再见的时候了。程然坦言,罪恶感是他赌博时所面临的最大心理问题,因为他根本没有勇气告诉父母他在做什么。签约定的时候,程然看到有一条写道"如果你的申请被拒该怎么办?"就担心地抬起头来,工作人员笑着安慰他,"不会,你的申请一定会被批准的。被拒的情况是这样的,有的人专打老虎机,所以要求把禁令发到南澳的每一台老虎机,我们在技术上无法做到这点,所以不得不拒。"当被告知该禁令的申请有三天的冷静期,而在冷静期内申请人可以随时撤销申请的时候,程然急切地要求把冷静期免掉。工作人员抱歉地说,"这是法律规定,没法免,不过你可以告诉自己,没有冷静期,禁令就从此时生效。"看着程然拖着沉沉的脚步离去,我真心地希望他可以迈过这个坎儿,战胜自己,等到学业完成的那一天再坦然地把这段经历当做插曲告诉父母,而不再被罪恶感压得喘不过气来。

前两天和大学同窗好友聊天的时候,他问我,什么时候送孩子出国留学比较好?对这方面了解也不是很全面的我只能这么告诉他:如果你的孩子不够自律,那暂时不要送出来的好。在澳洲,用父母的血汗钱沉迷赌场的孩子不在少数,我有一个在赌场当发牌员的朋友告诉我,VIP 赌室有很多中国人,而且很多还是学生。说到这里,我们两人相视无语。而我在妇幼医院的人工流产诊室常年给十七八九岁的女孩子进行手术前翻译,有的女孩子隔上几个月若无其事地又来了,身边的男友已经换人了。

在我看来,出国留学的意义倒不一定是真正学到什么具体知识,而是对不同文化、生活方式的一种切身体验,是脱离了父母的庇护,学会独立、担当、理解和包容的一个过程。我在南京机场等着办登机牌的时候看见前面一个显然是第一次出远门的女孩子被簇拥在父母和亲戚中间,结果不知怎么行李有些问题,父母一直焦虑地和航空公司交涉,而作为当事人的女孩却一副事不关己的样子一边忙着自拍一边咯咯笑着打电话。我当时就想问她,姑娘,你准备好去闯世界了吗?

初来乍到的艰辛和惶恐几乎是每一个留学生要经历并要做好准备面对的。10 年前我在踏进悉尼大学校园的一瞬间,听见满耳的澳洲英语,第一个反应是,"这也是英语?"为了节省房租,不少同学都住在悉尼臭名昭著的越南区,晚上放学后出了火车站我要步行 20 分钟才能到家,常常黑黢黢的路上一个人都见不到。有一次和同班的台湾同学心有余悸地说起看不到人的恐怖,谁知她细声细气地回答我,"梦尝,没有人还不算可怕呢,如果突然看到一个人,那才真恐怖!"这句话一直被我当做至理名言,因为当天晚上我在回去的路上就感觉到后面有一个男人跟着,我害怕地越走越快,最后跑了起来,结果,那个自觉对我造成惊吓的男人急急忙忙穿过马路,走到路的另一边去了。

我们当初那班中国同学,凡是顺利毕业的都已经在澳洲定居下来,并且从事着一份还不错的工作,只除了一个人一家境不是很好的他为了省下3块6澳币,存着侥幸心理,在上学的路上有一段没买火车票,结果正好在那段碰上查票的,罚了200澳元不说,还被告知了学校。我不确定他最终没有拿到永久居留是不是有这个原因,我想说的是,当我们远离父母朋友和熟悉的土地,来到一个看似宽松、讲究自律,又不乏诱惑的陌生国度,你的行为将决定你的一切,而真正能对你的未来负责的,说到底也只有你自己。

澳洲幼儿园的"示弱"教育

每天早上送予施到幼儿园,老师们都会满面笑容地说,"Good morning, Mr. Yushi!（早安,予施先生!)"有的老师则会大大地张开双臂说,"Yushi, come to have a cuddle!（予施,来,抱一下!)",而且往往会补充一句,"Morning cuddle is always nice！（早晨的拥抱总是美好的！）"看着老师们抱着予施这样的大孩子时那种自然而然的态度和孩子们被拥抱时那种理所当然的享受表情，我心中都会感到温暖。中国人在表达感情上的含蓄使得父母和子女（婴幼儿时期除外）在表达依恋和关爱时总显得难以启齿，更不要说动辄给一个拥抱。可大大咧咧的澳洲人在这方面却表现得十分细腻。予施因为顽皮，经常在幼儿园里摔得青一块紫一块，老师总会让我签一张"事故报告单"，而在"处理"这一栏里，除了清洁、消毒之外总会在后面加上"a lot of cuddles（很多次的拥抱）"，可见在老师看来，拥抱所带来的抚慰和安全感对减轻痛楚和平复情绪有多么重要。有一次老师在和我聊天时突然注意到予施手臂上有一圈细细的牙印，就赶紧问他，"予施，这是谁咬的吗？是不是 Ezy？"予施点点头，老师抱歉地看着我说，"这是一个新来的小姑娘，不知为什么喜欢咬人，今天已经咬了三个孩子了。"然后她抱起予施，看着他眼睛说，"予施，她咬你是不对的，发生这样的事，你要过来找老师，我们可以给你一个拥抱，而且，It's ok to cry when you feel sad or upset！（你如果感到悲伤或难过就可以哭出来！）"我当时就想，我们常常教育孩子不要轻易流泪，因为我们从小所受的"逞强"教育告诉我们，要表现得强势和努力坚强；可来了澳洲这么多年，我深深体会到，有一颗悲悯善良的心和该哭就哭的率真比故作坚强来得更为可贵和重要。我清楚地记得前一段时间在医院里，一个中年女子从诊室出来后立刻掩着嘴哭了起来，那种压抑着的抽泣听着令人心酸。我看着她颤抖的肩膀和扑簌簌落下的眼泪，却因为素不相识而束手无策；这时负责前台接待的一个年轻男人放下手中的工作，自然而然地从座位上站起来走到她身边，用手臂环绕着哭泣女人的肩膀，轻声说，"It's ok love（澳洲人经常会善意地称呼不认识的人为"love"），you can cry if you want!（亲爱的，没事的，你想哭就哭吧!）"话音未落，那个女子抑制不住地大哭起来，足足哭了两三分钟，那个男接待员一直轻轻拍着她的后背，什么也不说，什么也不问。在那一刻我恍然明白了，一个涉世未深的年轻人都能用一个无言的温暖拥抱让陌生人释放悲伤，这一点，似乎只有从小注重"示弱"的教育里才做得到。

对待生命的态度

　　我在阿德莱德著名的生殖辅助中心为一对年轻的夫妻翻译,他们结婚七年没有孩子,经过检查才发现妻子的 4 号和 13 号染色体异位,因为是一种平衡性质的异位,即染色体片段并无增减,她的样貌和智力都是正常的,但这种染色体异常会导致不孕或后代畸形。医生告诉他们,唯一的办法就是 IVF(人工受孕),因为可以对最初形成的胚胎进行基因检测,看出是否有染色体异常。由于这是当前世界领先的技术,费用相对比较贵,首先要先将胚胎活检(即取一个细胞出来),再进行冷冻,活检和冷冻的费用为一个胚胎 50 澳元,而基因检测则是一个胚胎 450 澳元,这还不包括每个周期 1 500 ~ 2 000 澳元的人工受孕治疗费用。这对夫妻刚来澳洲不久,还没有找到稳定的工作,听到这些数字,脸上有掩饰不住的苦涩。医生看看他们,在纸上写下一个网址,递给他们说,这是个非营利机构,专门资助经济困难又需要进行胚胎基因检测的家庭,对符合条件的申请者他们会负担这部分的费用。不过这家机构有专门与之挂钩的生殖辅助中心,不是我们,所以如果你们获得批准,就不能在我们这儿做了。那个丈夫是个模样憨厚的北方人,一直没说过话,这时他抬起头来肯定地说,没关系,我们不申请了,就在你们这儿做,我信任你们,钱的事总能想出办法的。两个月后,我再次碰到了他们,得知进展很顺利,有八个胚胎成活,这次请他们来是为了安排胚胎移植手术的。医生拿出一份实验室的报告说,为了减少他们的费用,只对四个胚胎进行了基因检测,发现两个染色体异位,另两个的染色体完全正常,所以下个月就可以把其中一个健康的胚胎植入子宫了。而且医院决定把价格减少到每个胚胎200澳元,所以他们只需要承担800元就可以了。他们两个怔怔地看着我,脸上流露出不能置信的欣喜表情。

这样的表情于我并不陌生,我上周在皇家医院见到了一位被诊断为乙肝的病人,医生特地陪着他去楼下的药房取药,陪他去的目的是为了向药房要一个配有冰袋的药品冷藏袋,因为病人住在90公里开外的墨累桥,途中要确保药品保持在适宜的温度。取了药之后,医生开始教他打针,很简单的一个动作,医生不厌其烦地一次次强调每个环节,而且一直在由衷夸奖他做得好,这位50多岁的病人恐怕很少得到这么多表扬,脸上又开心又显得不好意思。医生特地为他配齐了消毒的酒精棉和回收针头的专用器具,然后嘱咐他说,虽然每八周需要开一次药,但因为他住得远,医院会按时把药给他寄去,就不需要他自己过来了。医生说这番话时那种自然而然的关切态度给我的感觉就是,把病人治好就是医生和医院的职责所在。

我不禁又想到一年前在妇幼医院的重症监护室见到的那个25周即早产,体重只有900克的婴儿。我第一次见到那个躺在保育箱里浑身插满管子的小家伙时感觉心一下就缩紧了,我从没见过这么小的婴儿,就像一只刚出生的小猫。可是她的头上却戴着一顶精致的粉色绒线帽,上面还绣着一只蝴蝶,脚上穿着粉色镶花边的绒线袜。孩子的妈妈注意到我眼中的惊奇,告诉我,帽子和袜子都是医院的志愿者织了送给早产的婴儿的,因为外面根本买不到这么小的。这个阶段早产的婴儿因为脏器都没有发育完全,不能自主呼吸,不能吞咽,心脏也没有闭合,所以每天都会有儿科医生,心脏科医生和营养师来看她,并和父母沟通。因此我有两个星期每天都会来医院为婴儿的母亲翻译。而更大的问题是,孩子的父母刚登陆澳洲不久,还没有拿到绿卡,也就没有医保,而早产儿的监护费用每天是3 000澳币,要待到足月需要30多万澳币,这还不包括心脏手术的高昂费用。这个数字把我吓了一跳,更别说初来乍到的他们了。医院了解到他们的情况,特地找了社工告诉他们,先不要担心费用,医院会尽力先把孩子治好,而且院方会向政府申请费用减免。孩子妈妈跟我说,哪怕只能减掉一半费用,我也要想尽办法筹出这笔钱,因为这样仁义的医院我觉得怎样报答都不够。她在和我说这番话的时候,一旁身形高大,足有一米九的儿科医生正把那个小小的婴儿小心地托在手上仔细检查,我凝视着这幅奇异而温暖的画面,眼睛不由自主地湿润了,因为那个被小心翼翼托在掌心的,不只是一个鲜活的生命,更是一种对生命敬畏的悲悯情怀和对待生命不离不弃的态度。

澳洲牙医所使用的语言

在南澳,所有学龄前孩子和来自低收入家庭的 18 岁以下的中小学生都享有免费的口腔护理服务,予施的学前班一年大概会有两次牙医上门为每个孩子检查口腔,并普及有关牙齿护理和健康饮食的知识,最后还给孩子们发一袋诸如"我爱我的牙医"之类的各色贴纸和一套儿童牙膏牙刷,女孩子得到粉色的朵拉图案牙刷,给男孩子的是蓝色的迪耶戈(另一个卡通片的主角)图案。因为这些可爱的小礼物,孩子们对牙医很是崇拜,予施在家里经常会以"Dentist(牙医)说"开头来告诉我哪些食物对牙齿是健康的。

为了方便对学龄儿童的服务,这些公立的牙科诊所多数设在小学校园内。我今天在华人较多的东区一所小学内的诊所见到了5岁的中国孩子塞缪儿,医生给他照了X光发现他的七颗臼齿都有严重的龋齿。孩子妈妈听了很吃惊,后来才了解,一是因为妈妈一直让孩子自己刷牙,难免刷得不认真(牙医建议在10岁以前都需要父母协助或监督孩子刷牙);二是他们在昆士兰住了四年,而昆士兰的自来水只加了少量的氟,相比自来水氟化做得更到位的南澳而言,那里的居民更易患龋齿。

下面困难的是给5岁的塞缪儿补牙,年轻的牙医微笑着告诉塞缪儿,她要让他的牙齿睡上一觉,于是在助手的帮助下小心地给他打了一针麻醉,并一直温和地对他说,"宝贝儿,你做得很好!"接着宣布,"我们马上要给你的牙齿做一把小伞。"塞缪儿好奇地睁大了眼睛。牙医吩咐他,"把你的嘴巴张得像鳄鱼那么大!"在塞缪儿乖乖听从的时候,她就开始有条不紊地用各种器具进行清洁和检查,每使用一个工具,都会不厌其烦地解释给孩子听这是什么,并且还让他自己摸一下。她告诉塞缪儿,那种抽吸的工具就像是妈妈使用的吸尘器,而那种发出很大噪音的钻子他们把它叫做摩托车。她还拿出一块绿色的柔软橡胶布固定在塞缪儿的嘴巴上,告诉他说,这是给牙齿穿的一件雨衣,是为了在检查中不让唾液里的细菌跑到牙齿上。我惊奇他们竟然有这么多生动的语言来描述抽象的牙医工具和枯燥的补牙过程。我更惊奇的是在补两颗牙的50分钟里,牙医在手眼不停的情况下始终用轻松的口吻在和孩子进行极其耐心的交流。她一边拿出一个固定牙齿的金属箍套在待补的牙齿上,一边欢快地说,"现在给你可怜的牙齿一个拥抱吧。"两颗牙补完之后,她把两个一次性钻头套在塞缪儿的小手指头上,"看!像不像火箭?你想带回家吗?"已经烦躁不安正准备大哭的塞缪儿顿时忘了哭泣,开始研究他的新玩具。

牙医告诉我们,乳牙有了龋齿也要尽快补,因为儿童要到13岁才会全部换成恒牙,而他们绝不希望孩子们在换牙之前过早地失去牙齿。他们曾看过的最小病人只有两岁,牙医和两个助理足足忙了一个小时才总算给不合作的小家伙补好了一颗牙。她随后叮嘱塞缪儿的妈妈说,让孩子休息两周再回来补其他的牙齿,并给他们约在下午的两点钟,塞缪儿的妈妈希望可以改到三点,说这样孩子就不用缺课了。牙医笑着看看她说,"约到两点是怕孩子放学以后再过来太累,不利于治疗,而且,牙齿健康远比上课重要得多,相信我!"这就是澳洲人对牙齿的态度,这也是为什么大多数澳洲人都有着灿烂笑容的缘故吧。

我所认识的澳洲人(一)

在我的中介负责行政工作的澳洲人罗伯特是我的好朋友,一起共事四年多,善良老实的他时不时乐意帮我一点小忙,我也曾请他去过唐人街的广东茶楼饮茶作为感谢。本以为身为第二代意大利移民,又曾做过面包师的他会精于美食,谁知道他竟然从没有吃过中国茶楼的点心。前两天他问我,能否再次带他去饮茶,因为他有一些工作上的事要告诉我。我一听他的语气,就感觉他八成是受了委屈。果然,他一脸受伤地对我说,老板前两天很轻慢地把一张纸扔在他办公桌上,什么也没说就掉头离去,他一看,是告知他年薪自今日起涨一千块。他赶紧用计算器一算,仅相当于每小时涨5毛钱。他难过地看着我说,四年来他努力工作,经常加班,因为有一大笔房贷要还;可是公司的业务虽说做得风生水起,老板却从没升过他的职,也没有涨过一次薪水。尤其是近两年她迷上了风水之后,成天找风水大师来公司或家里看风水,对员工更是不闻不问。我脑子里立刻浮现出有波兰血统的犹太女老板精明凌厉的蓝眼睛。可怜的罗伯特,高中学历又没有一技之长(本来面包师倒是挺挣钱的一个职业,可不幸的是后来他发现自己对面粉过敏,只有改行),矮矮胖胖再加上秃顶,碰上刻薄一点儿的老板不受待见是必然的。他的前任 Tim 曾在公司做过同样的职位三年,人长得又高又帅,还受过良好教育,尽管我感觉他在工作上远没有罗伯特认真仔细有条理,可据罗伯特说,Tim 的薪水远远高过他,因为时常在财务部帮忙,罗伯特有机会看到所有员工的薪资记录。我无奈地想,其实澳洲这个社会虽然不太靠关系,但也一样看外表讲学历,罗伯特因为不满意这份工作,这些年一直在向各政府机构求职,却屡屡受挫;而我没告诉罗伯特的是,去年我就在移民局的商业移民部见到了 Tim,他已经是职务不低的一名经理了。

　　一杯茶和几碟点心下肚,罗伯特的心情明显好转,他告诉我,他的名字是家庭医生取的,因为当初是家庭医生给他接的生,而且还是个男医生(四十多年前的澳洲,家庭医生可以兼当助产士并有权动一些小手术)。本来他的父亲 Francesco 想给他取名为 Francesco Junior(小弗朗切斯科),结果家庭医生认为这个名字太过时了,简直是石器时代用的,所以大笔一挥就擅自在接生文件上把它改成了罗伯特,筋疲力尽的母亲和初为人父喜形于色的父亲当然都没顾上反对,就这样一直叫到现在。当时阿德莱德的大批意大利移民都不会英文,因此英文还算不错的罗伯特父亲每年在报税季节时就忙得不可开交,义务帮着同胞们填写报税表格,得到的回报是一箱箱的新鲜蔬菜和水果,几个月都吃不完。我想象不出半个世纪以前的阿德莱德是什么样子,但罗伯特的描述让我仿佛看到了一个每个人都相互认识的民风淳朴的小村庄,这才是名副其实的阿村吧。

我所认识的澳洲人(二)

May 是一个在澳洲土生土长的女孩,父母是越南华侨,所以她会说流利的广东话和客家话,但中文不会读写。心直口快的她笑着和我抱怨父母有种族歧视,因为父母曾在越南生活好多年,却只生活在华人村;他们会说越南话,却从不教孩子说,理由是中国人不该去学不如我们的国家的语言。在澳洲长大的 May 对此很不理解,她认为人种和语言没有高低贵贱,如果她会说越南语,又会说广东话和客家话,可能现在就是一个非常抢手的翻译了。事实上,她曾先后在南澳的几所中学担任数学和科学课老师。我刚开口说当老师多好,一年有四个带薪假期,她立刻摆摆手打断我,"现在不比从前,老师不好当。私立学校的孩子会对你说,'我父亲是个医生,你才不过是个老师!'言下之意是,你没资格管我。有一个成绩差到一塌糊涂,却素来目中无人的女孩子傲慢地问我,'你知道我爸爸是谁吗?'我心里说,'我管你爸是谁!'但还是挤出一个微笑问,'是谁呀?'她挑衅地看我一眼,'我爸爸是你丈夫的老板!'我除了在心里骂了一句'见鬼去吧!'只能眼睁睁看她扬长而去。而风气差的公立学校你根本没办法专心教学,因为你除了是老师,更是保姆兼心理辅导员,每天一到学校就有各种你想也想不到的棘手而琐碎的事等你去处理。上课时也不轻松,有的孩子的数学程度差到,12 年级了,分数相加就直接分母相加,分子再相加,怎么也教不会。我没办法,学期结束只能给他个不及格。谁知道麻烦来了,这才知道(那是我当老师的第一年),要让一个学生不及格,当老师的要向学校提交一大堆书面材料!数不清的表格要填,还没填到一半我就后悔死了。我慢慢反应过来,在这样的基础教育体制下,学生不及格,就相当于老师的失职。可更惨的还在后面,有一天那个孩子的妈妈气势汹汹来到我办公室,一手撑着桌子,一手指着我,'你凭什么不让我儿子及格,你以为你是谁?我儿子其他科目都过了,为什么数学过不了?'她咄咄逼人,根本不给我说话的余地,我不知所措地缩在椅子里,任由她的手指一直在我的鼻尖周围放肆地戳来戳去,耳朵里听见她满口的'F'这个'F'那个。直到校长来了,和颜悦色地把她请到办公室去了,其他老师才悄悄对我说,不是我们不帮你,我们也怕她,谁敢给她儿子不及格啊!因为和这些学生的遭遇,我在我女儿 Emma 出生以前(那时候还不知道孩子的性别),把我丈夫取的名字一一否决掉了。他刚说'亲爱的,叫 Michael 怎么样?'我立刻想到那个天天让我做噩梦的捣蛋鬼 Michael,赶紧说,'No!No!绝不能叫 Michael!'他又问,'Kevin 好不好?'我脑子里马上出现那个笨得让我分分钟抓狂的男生 Kevin。你说可不可怕?"

我说不出话来。对于澳洲一些中学的坏风气我早有耳闻,我知道一些私校里有孩子在向同伴卖毒品;我也知道,附近一所中学最近有一个 14 岁的女孩子怀孕了,学校正和医院协商为她安排做人工流产。而我朋友任教的一所私立学校向每个家长发了一份通知,内容是,如果你的孩子告诉你校服丢了,请立刻告知学校,因为我们发现有些学生私自把自己的校服卖给二手店(二手的私校校服动辄都可以卖到几百澳元一套),用得到的钱来买违禁品。上周在悉尼东区,6 个醉酒的十几岁孩子上了犹太学校的一辆校车,对车上的孩子(最小的只有 5 岁)进行辱骂和恐吓,威胁要"杀掉犹太人"。我不知道这个世界怎么了,稚气未脱的学生表现出功利和势利固然令人质疑和心痛,但心智尚未成熟的孩子用错误的方式支配金钱和他们自己的身体更让人震惊无语。在这个诱惑伴随着轻易可得的信息和未经筛选的知识充斥在我们四周的时候,孩子、家长和老师都面临着前所未有的巨大考验。

这时 May 5 岁的女儿 Emma 蹦蹦跳跳跑过来给她看一样东西,我听着她们俩用流利的英文对话,好奇地问,"你不和她说中文的吗?"May 无奈地看看我,"没办法,我老公不说中文。"看着我不理解的眼神,她尴尬地笑了笑说,"你见过我老公,对吧?他的父母虽说是马来西亚华人,但他只会说一点点潮州话,普通话、广东话一概不会,所以我们在家都用英文交流。当初我妈妈就怕我嫁个外国人,天天叮嘱我,你不要给妈妈带个鬼佬回来啊,又不说华文,又不吃唐餐(中餐),我可吃不消。所以我第一次带他见父母时,我妈妈一看,开心地合不拢嘴,结果一餐饭下来,发现他既不吃中餐,又一直在讲英文,私下里就对我抱怨,你这个女婿根本就是个大香蕉(黄皮白心)嘛,害我空欢喜一场。还有 Emma,每次听见我和朋友用广东话聊天,就会说,妈妈,请你不要说你的语言,你应该说我的语言。"May 说着轻声叹了口气。我体会到她语气中的遗憾,安慰她说,"我的孩子们在家倒是基本都说中文,可他们结婚生子之后,谁又能保证他们还会把中文再教给下一代呢?"事实上,心存故土的第一代移民很难被同化,而生于斯长于斯的第二代移民却恰恰相反,要他们在语言、文化、思维和生活方式上不融入主流社会几乎是不可能的。每当我听着孩子们用纯正的澳洲口音喊我"Mum"或"Mummy",留意他们在撞疼了的时候自然而然地叫出"Ouch!"而不是"哎哟!"我总在想,他们日后恐怕不会再有我们这样的中国情结和传承中国文化的使命感了,也不一定有足够的中文功底可以把这种语言教给他们的儿女。在这个我们视为异乡而孩子们视为故乡的地方,我们今天煞费苦心所营造和维持的家庭母语环境,也只能勉力把我们的语言再留住一代而已,不是吗?

我所认识的澳洲人(三)

这次在袋鼠岛有幸认识了澳洲人 Craig,50 出头的年纪,结实高大,话不多,偶尔露出笑容时脸上的宽厚和诚恳一览无余。在只停了一架飞机的袋鼠岛机场见到前来接机的 Craig,我还以为他只是一个负责开车和讲解的导游,可同行的南澳旅游局的市场部经理告诉我们,Craig 曾担任过袋鼠岛的副市长,现在自己开了一家专门服务于高端客户的旅行社。当我们问起袋鼠岛有多少居民的时候,Craig 不假思索地说,4 503。还没等我们对这精确到个位的数字表示惊讶,他一副认真的表情问我们,"你们想知道他们每一个人的名字吗?"我们哈哈大笑,连连摇手。仿佛是为了验证他的话,我们注意到,过来的车辆在靠近我们车的时候都会减速,而 Craig 握着方向盘的右手会竖起食指向对方轻轻地晃动一下以示问候;而我们停在路边观察当地的野生动植物时,过往的每辆车都有人伸

出手来和 Craig 打招呼,于是我真的相信了,Craig 确实是认识
4 503 个人中的每一个。

　　Craig 开得一手好车,更奇特的是他似乎只用一只眼睛开
车,因为看起来另一只眼睛是专门用来观察路边的野生动物
的。袋鼠岛的公路可能要算是世界上最寂寞的公路之一了,
两边都是半人高的茂密灌木和一望无际的尤加利树(桉树),
如果连着有两辆车经过就称得上 traffic jam(拥堵)了。可是
在这样单调的路上行驶丝毫不妨碍司机的敏锐视觉,他会突
然停下车来,示意我们看路左边丛林里栖息的小袋鼠(Walla-
by),或是路右边刚钻进树丛的一只澳洲巨蜥,他还一眼看到
了近十米之外和干草一个颜色的针鼹,要知道这种长得像刺
猬似的动物十分害羞,野外难得一见。同行的朋友们时常会
把自己拍摄的不知名鸟类的照片拿给 Craig 看,他看一眼就能
说出这种鸟的名字,而袋鼠岛的鸟类有 260 种之多。因为他
的博学,我们有时会恶作剧地指着路上被轧死的已经看不出
形状的动物让他辨认,他淡定看一眼,说,"噢,Wassum!""什
么?"我疑惑地看看他,他狡黠地一笑,"Was a possum!(曾经
是只袋貂!)"(英语的过去式是多么言简意赅啊!)

　　就这么一个牛仔打扮,浑身粗犷气息的 Craig 实际上是一

个十分讲究情调的人。我们第一天的午餐是在蓝天白云下的葡萄园旁边,Craig 从改装过的休旅车后备箱拿出桌椅和雪白的桌布餐巾,透亮的酒杯和他们厨师事先准备好的鸡肉、奶酪、坚果和水果,他一边轻松地和我们聊着天,一边手法娴熟地做出了一盆色彩鲜艳的蔬菜色拉。第二天中午时分,Craig 很随意地说起,"一会儿带你们去吃午餐的地方是当地一家很有特色的餐馆,特色在没有任何标记,而且厨师特别帅。"等我们的车停在密林中一个搭了棚子的空地上,看到里面的 BBQ 炉子、木头桌椅和 Craig 身上变魔术一般套上的围裙我才恍然大悟,会意地对他说,"厨师真的很帅!"他冲我眨眨眼"你看!没骗你吧?"我们本来以为这个地方是供所有游客和居民使用的公共设施,一问之下才知道,这是 Craig 的私人地盘,他每年向市政府交 500 澳元的租金,作为这块空地的使用权,以此来招待亲朋好友和重要客户。

送我们去机场的路上,前方突然看到路边有一个身材挺拔的女人牵着两条大狗大步走着,Craig 轻轻按了一下喇叭,狗的主人回过头来冲我们灿烂地一笑。"我的妻子简尼斯和我的狗,她们正赶去机场准备和你们告别。"我笑笑,没说话,只是心里有一种说不出的感动情绪。从后备箱取出我们的行李,Craig温和地笑着说,"你们办理完手续再回来一下,我先布置一下。"十分钟之后,我们回到车边,正开满了野花的空地上放了一张铺着格子桌布的茶几,上面是热茶、牛奶、饼干和插了一束野花的一个小小花瓶。正在此时,两条大狗兴奋地冲过来,在我们每人的手上舔了一下就猛地扑到了 Craig 身上。夕阳下那一人两狗的温暖画面至今仍在我的脑海里挥之不去,而这么一个融合了众多优秀品质的可爱澳洲人也成为我此行最难忘的片段。

我所认识的澳洲人(四)

杰夫·舒尔茨是一半英国人、一半德国人,在南澳出生长大。南澳旅游局邀请了国内几个媒体人过来体验南澳洲的原始内陆风情,所以安排杰夫带领我们前往高勒山脉(Gawler Ranges)进行四驱车的越野体验。61 岁的杰夫和他的妻子艾琳拥有一家独具特色的旅游公司,他们在丛林中建了一片五星级水准的营地,有三顶帐篷,每个帐篷内有卫生间和浴室,可以住六个人,还有一辆旧马车改造的帐篷,适合两个人居住。这一片位于丛林和荒原中的林地,因为已经穿越了

Goyder's Line（250 毫米的降水线），已经属于真正意义上的广袤无人区，没有公路，没有广播和电视，全年生活用水靠冬季储存的雨水，电力供应完全倚赖太阳能。杰夫有一部与外界联系的卫星电话，还有与手下另一个导游和在营地负责一日三餐的艾琳保持联系的无线电台。

初次见到杰夫，我就感觉，有这样的导游，去平地也是一种探险，何况是去到广袤的荒原。杰夫饱经风霜的红褐色面庞，桀骜不驯的灰白色头发，灰蓝色的眼睛没有笑意，却分明沉淀着岁月和智慧，再听和他相熟的人告诉我们，他被当地人称作"教父"，我不禁想，这个有着土著人一样粗犷外表的澳洲人背后究竟有多少传奇！念书只念到 12 年级的杰夫，高中毕业后一直在家乡种植谷物，是一个农场主。十多年前，一个偶然的机会，他得知一块地的主人有意出让他的三千英亩的一片丛林，就萌生了用这块地建一片游客营地，让外界的人们了解南澳内陆的风情、地貌和野生动物。因为地的主人急于想摆脱这块地带给他的责任，所以这么大一块林地（约 1 200 公顷）年租金只合 11 澳币，还是含税价。杰夫的书虽然念得不多，却对当地的动植物，岩石和土著人文化深有研究。他曾指着路边岩石上垒着的一摞小石头告诉我们，这是土著人留

下的记号,有两个意思:或是附近有水源,或是附近有用于制
作工具的岩石。我们穿越在丛林、灌木和绵延起伏的山丘的
途中,他会告诉我们,这里会有袋鼠经过,那里经常会有带着
鸸鹋宝宝的鸸鹋出现,不远处那棵树下是毛鼻袋熊的窝。他
还能通过辨认毛鼻袋熊留在洞穴附近的足迹判断出它们曾在
上周四出来觅食,然后回到洞里再没有出来过。行驶于方圆
两三百公里的高勒国家公园内,一样的土路,类似的灌木,没
有任何路标,迷失方向是分分钟的事,可是杰夫不紧不慢地开
着车,如履平地,一边还叙说着当地的传说逸事。曾有一个香
港来的游客问他是不是毕业于哪一所大学的旅游专业,他淡
淡一笑,回答说,"University of Life(人生大学)。"在南澳的乡
村开车有一条不成文的规矩,因为要经过一些私人领地,而领
地的主人为了防止家畜跑出去,会在边界做一个木栅栏门,过
往车辆要停下来,把门打开,等车开过去,再把门关上,而开门
和关门的任务就是副驾驶的职责(如果有副驾驶的话)。因
为了解这一规矩,所以坐在副驾驶位子上的我在两天内开了
几十道门,而每道门的拴法各不相同,有的门还很重,要全部
打开,真要一点力气。我开玩笑地说,这些门应该有一个统一
的澳洲标准才行,否则真是智商和体力的考验。杰夫哈哈大

笑说,放心,你回去之前我发给你一张开门文凭"Gate Opening Diploma"。我以为他在说笑,谁知道,他真的每次会发这么一个文凭给负责开门的人。他告诉我们,有一个瑞士来的外科医生,在回去瑞士后拍了一张他诊所的照片寄给杰夫,在墙上挂着的一排医生证书的旁边,赫然就是那张开门文凭。

我们结束一天的旅程回营地的路上,远处的山峦在黛青色的雾霭中若隐若现,丛林中不时有袋鼠跳动的矫捷身影,一眼望不到尽头的路的两边,半人高的野草在落日的晚霞里呈现出淡淡的金色,并随着晚风波浪一般地律动。杰夫拿起车上的无线电对讲,语气温柔又带着戏谑的命令口吻,"10号台呼叫14号台,警告:二十分钟后,有大量的热茶和点心的需求!"然后传来艾琳带着笑意的声音:"14号台收到,一定照办!"我对杰夫说,在探险结束后,知道有人微笑着在厨房等待我们,这就是回家的感觉。杰夫深深看我一眼,眼里慢慢溢出了温暖的笑意。在营地的最后一个晚上,我们围坐在篝火边,杰夫用土著乐器吹奏出古老的旋律,远处树影摇曳,南十字星在天边冉冉升起。那一刻,心里前所未有的宁静,我留恋地看了一眼这片生活了四十八个小时的土地,感动中有着不舍,不知道什么时候能再回来。这种最贴近自然的朴素生活让忙碌于喧嚣都市的我们都触到了自己内心的一点东西。我想到了杰夫曾对我们说,在城市,任何事都有一个原因,都有一个目的,所以比起城市,我更喜欢这里,因为我在这里获得了内心的自由。

月亮升起来,在路灯的照耀下,我没能找到南十字星,我看向高勒山脉的方向,祝福那个在丛林山野间享受草木雨露、点点繁星的自由灵魂。

我所认识的澳洲人(五)

昨晚在澳洲中投基金启动仪式上见到了该基金的董事总经理,我自认从没见过他,但他看起来如此面熟,而他竟然好像也认识我,亲切地说,"你也来了?"我疑惑了一晚上,总在想,到底在哪里见过这个人? 今天送 Ben 去跆拳道馆,看到他黑带三段的教练 James 的一刹那,我恍然大悟,于是走过去问他,"请问你有一个兄弟吗?"他笑笑,"是啊,你在哪里见到我兄弟?"我说,"就在昨晚,政府的一个活动上,一个基金的老板,长得几乎和你一模一样,是不是你兄弟?"他咧开嘴笑得很开心,"那就是我啊! 我不是和你打招呼的吗? 我在跆拳道馆是志愿者,我的主业是做生意。"这个世界,真小真精彩!

温情片段

嘉予今天参加了小学最后一次篮球比赛,回来时给我这个信封,说是同学的祖母给的,9名队员,每人10元,那份慈爱和心意,令人感动。邻居是一位退休教师,不仅自己的花园打理得有声有色,还定期帮我们除篱笆外的一块草坪和修剪这一丛三角梅,这份细致和付出,令人感激。我正在家中工作,有人按门铃,出去一看,一个开着残疾人代步车的老奶奶笑容可掬地向我问好,寒暄两句后对我说,亲爱的,刚才经过你家后院,有一些树枝垂下来,正好在人行道的上方,我怕不小心伤着行人,投诉到市议会,你会有麻烦,所以过来提醒你。我赶紧谢谢她,看着她快乐地向我挥手,车上插着的一面提醒其他车辆的红色小旗快乐地飘动,她所传递的那份宽厚和善意,令人感慨。生活中虽说总有这样和那样的不如意,但是有了这些温暖的瞬间,我们就又有了信心和勇气迎接每一个崭新的日子!

不是你的错,但依然是你的问题

我在地方法院见到这对来应诉的中国夫妻 Jimmy 两口子,他们的表情有点复杂,Jimmy 的太太告诉我,昨天他们刚刚入籍,今天就被邻居告上法庭,我只好安慰他们说,上法庭是了解澳洲社会最快的办法了。

Jimmy 的邻居是一个看上去精明利落的中年女人,在 Telstra(澳洲电信)任大客户经理。而事情的起因是,Jimmy 他们买了一所老房子,旁边是一块空地,过了不久,空地被人买走,空地的主人决定建房子,勘测之后发现,Jimmy 家的篱笆侵占了她的土地,侵占面积为 19 平方米。于是就和他们协商,或者按市场价把这 19 平方米卖给他们,或者请他们拆除篱笆并重建在应有的边界上。结果 Jimmy 一家不同意,因为他们买房子时篱笆就在那儿,越界不是他们的错。如果买下这 19 平方米,地价是 6 700 澳元,倒还可以接受,可是相关的产权转让费用高达 7 000 澳元,他们觉得太过离谱。于是邻居请了建筑公司来估价,结论是,拆除篱笆并重建以及把 Jimmy 家越界的煤气管道截短并重接,所有费用为 2 035 澳元,她愿意分担一半。Jimmy 夫妻俩依然不同意,认为篱笆越界不是他们做的,为什么要承担这笔费用?

法官问明情况后,看 Jimmy 夫妻始终在这件事有没有道理上纠缠不清,而且固执地不肯接受对方的提议,语气变得严厉起来,连珠炮似地对他们说,如果今天原告进来就告诉我,你们的篱笆侵占了她的土地,要你们拆除并承担所有相关费用,我一句话都不会说,马上下这道命令。可是,她慷慨地提议承担她本不应该承受的一半费用,你们还不满意,我就要下令让你们承担全部费用了。尽管我知道,这不是你们的错,篱笆是前任房主修的,但你们是现任的房主,你们就必须承担这一责任。It's not your fault, but it's still your problem!(不是你们的错,但还是你们的问题!)Jimmy 夫妻俩被震慑住了,对看了一眼,无奈地点点头说同意承担一半费用。说心里话,出于同胞的立场,起初我对 Jimmy 他们是抱有同情态度的,可是他们执意不肯面对现实,总认为前任房主的行为不该由他们承担后果,以致最近三个月以来花了无数的精力和时间和邻居争执周旋,这种心态委实不可取。我在这里倒是有一个建议,一是买房子之前一定要了解清楚该房子有没有什么未决问题,与邻居的边界就是一个重要方面,因为一旦有了边界纠纷,法律只追究现任业主的责任。二是,中国人凡事爱争个是非曲直,合乎道义在很多人心目中要高于法律的约束,但事实上,正如这位法官所说,很多事不是你的错,但却依然是你必须面对和解决的问题,道理只能让人心安,但实际问题还需要我们用理性的态度和思维去真实地应对,不是吗?

澳洲水管工

水管工(Plumber)恐怕要算澳洲最牛职业之一了。因为家里卫生间洗脸池的龙头坏了,需要找一名水管工来修理,连打了三家电话,未果。第一家电话无人接听,提示我留言,说尽快答复我,可直到第二天都没有电话回过来。第二家终于有人在电话那头对我说"Hello,"可刚听完我的要求就告诉我他正在昆士兰度假,如果不急的话,两周之后他回来后再联系我。我只好告诉他,我一点也不急,祝他度假愉快,而且也不必联系我。第三家接通电话后翻了半天他的工作簿,然后告诉我,下个周五的下午可能有空过来看看,而且价格如下:出工费,也就是起步价,65澳元,之后每15分钟35澳元。这么算来,澳洲的水管工至少都是年薪四五十万的主儿,收入直逼家庭医生!

　　我上个月在一个酒庄参观时屋顶上不时传来一阵阵响声,酒庄主人抱歉地对我们说,"不好意思,是水管工在修理雨水槽。我们两个月前联系了他,今天他才有空过来。"来自中国的客人惊讶地睁大了眼睛,酒庄主人笑着说,"有一个关于水管工的笑话。一个人在瑞士订了一辆车,被告知 2016 年 4 月的第一个星期二送到,他问厂家说,送达时间是上午还是下午? 对方有点奇怪,说还有那么久的时间呢,不好说,上午还是下午有关系吗? 他说,当然有关系,我的水管工约好当天下午来!"

为了我们可持续的海洋

　　林肯港是南澳的海鲜之都,港口总是停着大大小小的捕金枪鱼、大马鲛鱼和沙丁鱼的渔船和捕虾船。因为这里特有的石灰岩地貌,人口稀少以及降水少、气候干旱,地表水和陆地的污染很少流入海中,从而保持了这片南印度洋海域少有的洁净。

　　捕鱼的许可证是每家渔业公司最值钱的无形资产,因为州政府只在二十世纪五六十年代发放过这些许可证,以后就再也没有过新的许可证出现。现有的许可证可以在市场上买卖转让,一张许可证价格通常为三百万澳元。除了许可证之外,对金枪鱼和大马鲛鱼的捕捞还有配额管理,规模大小不同的渔业公司每年获得不同配额,而总配额数则是由海洋生物和环境方面的专家根据当年的观测和统计数据决定的。澳洲特有的皇帝虾肉质细嫩,口感鲜甜,集中产区就在南澳的斯班塞湾,而整个斯班塞湾就发放了 37 张捕虾许可证。虾的捕捞倒是没有配额,但每条船每年只能在 11 月到来年 6 月间出海 50 个晚上。为了保证公平,所有虾船大小一致,捕虾网也是统一规格统一数量,而且必须同时出海。每到捕虾季,海域上总有直升机监控以防止渔船违规捕捞。在好的年景,一条船一个晚上能捕 1 吨左右的虾,而在这短短的 50 天内,船长的收入为 10 万澳元,其他三名船员也能挣到每人五六万左右的酬劳。

一匹名叫戴花的马

在林肯港的市区我们见到一匹马的雕像,我的第一感觉就是,这匹马已经不在了;第二就是,这匹马可能有个英雄救主的传奇故事。可一问当地人才知道,这匹生于 1999 年的雌马 Makybe Diva 是一匹出生于英国后来才来到澳洲的赛马,现在是四只小马驹的母亲。因为 Diva 是澳洲有史以来首匹三次赢得墨尔本赛马杯的马,身价高达 1 500 万澳元,而她所诞下的小马每匹都值几百万澳元。Diva 的主人是一家捕捞、经营金枪鱼的老板,Makybe Diva 的名字来自于他公司五位女性职员的名字:Maureen、Kylie、Belinda、Diane 以及 Vanessa。当地人津津乐道的是,在 Diva 第一次赢得墨尔本赛马杯的当天,他的主人慷慨地请林肯港的所有人喝啤酒,每人三瓶。

三十五年前的阿德莱德

在医院见到了一位名叫亚历山大·萧的上海老人,他因为被割草机切断了拇指的一根筋而在医院等待手术。虽说十指连心,可并未影响萧先生的谈兴。他告诉我,他的太太是白俄罗斯人,1979 年他们经由联合国慈善组织的帮助申请难民签证来到澳洲,因为是以俄罗斯人的身份申请,所以自那时起就改名为亚历山大,放弃了自己的中文名字。35 年前的阿德莱德几乎没有中国人,在一间有五百多人的工厂里,身为模具工程师的萧先生是唯一的中国人,不过,他从未感觉到有任何种族歧视,而且福利部为他安排了一位老师对他进行为期6个月的一对一英语教学,以便他在工作环境中可以进行基本的交流。当时法定最低时薪还不到7澳元,而萧先生因为他的技术已经可以挣到28澳元每小时,年薪六万五。他用怀旧的口吻告诉我,那时两立升的牛奶只要3分钱,一升汽油也只要一毛二,而他买的一栋5居室的house只要四万澳元不到,大半年的薪水而已。1979年的阿德莱德,没有唐人街,很少越南人,也买不到亚洲食品,因为直到二十世纪八十年代初越南难民潮才涌入。英文只能进行简单会话的萧先生却在和我告别时说了一句地道的英文俗语"The good old days!(过去的好时光!)"可是,看着街道上林立的餐馆酒吧和各种肤色汇成的和谐人群,我承认,我还是更喜欢今日的阿德莱德。

5 岁的孩子在澳洲小学里学些什么

开学九周之后,我参加了学校安排的家长会,实际是家长和老师的一对一面谈。教室里喜庆的中国龙剪纸和样子朴拙的手工灯笼提醒我不久前孩子们刚刚在这里庆祝过中国新年,而后面墙上贴着的一个巨大蓝色星球和围绕着星球一圈牵着手的各种肤色的小人显然就是宣传多元文化的澳洲"和谐日(Harmony Day)"的产物了。我在和老师谈话的二十分钟,予施就独自坐在那个看起来无比温馨的"阅读角(Reading Corner)"读书。在传统放黑板的地方是一个很大的屏幕,上面每个孩子的名字旁边有一个十分可爱的小怪物作为代表,点开之后就显示每个孩子得到的点数,每得满10个点就可以在老师准备的一个"Happy Box(快乐盒子)"里选取一个小礼物。上次予施拿回一个哨子,于是在之后的几天里,除了他在睡觉,家里永恒地响彻着尖锐的哨音,让我总恍惚以为置身于球场上。而得到点数所需要的品质除了我们所熟知的认真听讲、完成功课之外,还有帮助他人、善良、坚持以及团队合作。更让我惊奇的是贴在墙上醒目位置的《班级公约》:照顾好自己,相互照顾,帮助让每个人都安全,做好的选择,一次只有一个人在说话,理性地排队,保持教室整洁,永远努力做到最好。当老师拿出一摞予施的作业本,我才意识到一个学前班的孩子,除了学习读写、数学、拼音,还要学习科学和地理(我们的世界),而每一个稚气的作业旁边都是老师由衷的肯定和赞美加上一个大大的笑脸和趣味贴纸。无疑,在赞美中长大的孩子不会吝惜对别人的赞美,老师告诉我,昨天,予施的好朋友Jason画了一幅很好的画,予施立刻走过去对Jason说,"You're a champion!（你是最棒的!）"那一刻,我的感觉除了自豪就是感动,在我看来,能随时看到别人的优点并真诚地为之高兴、加以赞美是不可多得的宝贵品质,是快乐根本和人生财富。

我牵着予施的手走出教室的时候,瞥见门边贴着一张纸,上面写着"三月份说希腊语吧!",然后就听着予施像唱歌一样把"你好""谢谢"和希腊语的数字一连串说了出来,我情不自禁地笑出来,原来,学习原本就是快乐的!

自由的教育和选择教育的自由

Ben以101名的成绩侥幸被只招收南澳前100名的精英中学的精英班录取,入学后就被分在了四个精英班中水准最低的一个班。我们觉得像他这样不用功的孩子能进入精英班已经谢天谢地了,谁知道他自己不满意,说课程太浅,根本没有挑战性,于是给学校精英课程协调员发电子邮件要求转到更高的班级。一周后,得到回复说,学校正考虑他的申请,但有两个前提:一是其他班有空缺,二是他的各科成绩评估必须

符合升班的要求。第一学期的成绩单出来,Ben 得到了四个
A 三个 B,据他自己说,不算班上最好的,我们也就没再提升
班的事。结果昨天接到协调员电话,告诉我,经过学校评估以
及征求各任课老师意见,学校准备把 Ben 转到数学特长班(即
8、9、10 三个年级的数学课在两年内学完),问我是否同意。
我告诉她,这是 Ben 自己的意愿,只要他高兴,我完全支持。
谢谢澳洲的教育,让我看到了孩子的独立、成熟。

澳洲残疾人的体面生活

当南洲的社区和社会包容部告诉我们,说已经征得一个
残疾人的同意,可以参观她的家时,我没有想到的是,这个两
室一厅,有一个小小院子的家会打理得那么整洁而温馨,墙上
错落有致地挂着几幅色彩温暖的油画,阳光投射在干净的白
纱窗帘上,厨房里散发着烹煮食物的香气,卧室的墙面上是一
组屋主人 Joe 从小到大的半身照,要不是瞥见洗手间的轮椅
和卧室床边上一个起吊装置,我很难想象这是一个残疾人的
家。当我见到 Joe 本人时,就更吃惊了,我原本以为她只是腿
脚不便,可当这个坐在电动轮椅上的年轻女子歪斜着头,冲我

们发出咿咿呀呀的声音表示欢迎的时候,我才意识到,这是一个脑瘫患者。她的旁边有一个年轻结实的女孩向我们点头微笑,是她的照顾者 Lisa。该社区残疾人服务负责人告诉我们,Joe 目前一个人住,因为生活无法自理,每天有专人前来照顾她的饮食起居,打扫房间,并带她外出购物、看病,上银行,甚至时不时看场电影。政府租给她的房子是两居室,方便她住在乡下的妈妈偶尔过来陪她度周末。不仅如此,Joe 还在院子里养了一只宠物兔子,所以她的照顾者每天也负责照顾她的兔子。每天晚上帮 Joe 洗完澡,搬到床上,再把兔子用毛巾裹好放进窝里,照顾者一天的工作才算结束。而且,Joe 还有一份工作,她一周两天在弗林德斯大学下属的一家公司做平面设计。看到我们惊奇的样子,负责人笑着指给我们看车库里的一辆方便轮椅上落的车说,我们这个小区还住着一位残疾人,她是个律师,这辆车就是她的,她需要出去工作的时候就请人给她开车。

　　离开 Joe 的家,我们来到了一座为残疾人提供 24 小时服务的智能公寓。这栋公寓共有 31 户人家,只有七户是残疾人,所以为了这七个残疾人,政府在二楼建了一个管家中心,一进门就可以看到电脑大屏幕上显示着这七个人的信息:此刻是否在房间内,上一次联系是几点几分等等。他们的手机上都装了相应的 APP,可以在回来之前自己把室内的空调设好温度或把电灯打开。根据个人不同的情况,房间里安装了不同的设施,如有的残疾人是无法自行移动的,在他们的床的上方就安装了移动感应器,一旦发生移动,管家中心的电脑会报警,工作人员就会立刻前去查看是否有意外发生。有一个22岁的年轻人,全身只有头部可以移动,但成年的他不愿意和父母同住,所以政府就把他安排在这里,并应他的要求分配给他两居室的公寓,因为他要和一个朋友同住。而他的轮椅上装了一个特制枕头,上面有多个控制按钮,他只要动动头部就可以开门,开灯,按电梯,或者传呼管家中心。

社区和社会包容部分管残疾事务的经理告诉我们,"我们的服务宗旨就是,让残疾人过体面的生活。"所谓体面,不仅是指在物质上,政府给予足够的津贴让他们得以租房并维持正常的一切开销,还有一个正在全国范围内逐步推行的残疾人保障计划,视每个人的不同情况每年给他们一笔款项来购买他们所需要的服务,这笔费用目前为儿童平均每年一万八,成人每年三万五澳元。更重要的是,因为有能力购买专业服务,就把家人从照顾者这一繁重的角色中解脱出来,而残疾人也就不再是对家人心怀歉疚的被照顾者。正如我们看到的一个短片中一位残疾女性所说的,我很高兴,我的姐姐现在只是我的姐姐,而不再是我的照顾者,我们一起享受欢乐和亲情。

在悉尼打工

记得在悉尼留学的时候因为高昂的学费、房租和生活费及托儿费曾想到去打工,可是工作太难找了,8澳元一小时甚至更低的cash工不是餐馆打杂,就是在菜店卖菜,还炙手可热。好容易发现我所住的越南区的一家卖廉价鞋的鞋店招人,要求英语、国语和广东话流利,于是鼓起勇气去应征,不料女店主上下打量我一番就告诉我已经找到人了,都懒得留下我的电话。当时心中说不出的委屈,试想已拿到一个硕士文凭,第二个硕士学位在读,会三种语言,长相又不蠢,却找不到一个店员的工作,天理何在?我后来回想了一下,可能是我因为当天要去一家中文报社应聘,所以穿了一身看似价格不菲的套装,让老板认为我与她店里的格调不搭所致。

所幸不久即联系到新州的越棉辽华人联谊会创办的位于卡布拉马塔(简称卡市)的中文学校,凭着师范大学中文系的背景得以顺利录用,每周六上午三个小时的课程,一次挣47澳元,虽然要倒两次火车,下来后还要步行15分钟,依然觉得自己十分幸运,教书也教得格外用心。由于该校得到台湾政府的资助,课本也来自台湾,所以一律要求以繁体字教学,还要教学生注音符号,而不是汉语拼音。为了不在学生面前丢脸,我硬是一周之内写会了该年级常用的所有繁体字和注音符号。我教的班是六年级,全都是十二三岁的孩子,除了一个孩子来自台湾之外,其他都是澳洲土生土长的越南华裔,母语是广东话和英语。他们一开始不把我当回事,因为不把中文当回事,自从给他们讲过几个有趣的典故,而且下课时和他们用广东话和英语聊过几次天之后,就立刻把我当自己人了。有一次我误把永久记号笔当做白板笔板书,结果擦不掉了,刚来不久的我急得不知所措,怕学校怪罪,女同学们忙着安慰我,男同学甚至自告奋勇说要趁着下课把我们班的白板和别的班的调换,我当然不能这么做,不过心里着实感动。最后,一个全班最调皮的男生走上前,用白板笔照着现有的字迹描一遍,再一擦,竟然擦掉了,全班雀跃欢呼。

习惯了用英语思维的孩子们写出来的作文经常让人摸不着头脑,每次改那些别字连篇,语无伦次的文章都让我又好气又好笑。一个学生在他写的"我最喜欢的电视节目中"这样说，"我最喜欢辛普森一家里的爸爸，因为他一天比一天笨。"真是大开眼界，我一直以为笨是一种稳定的状态，想不到还有人能一天天笨下去的。问起他这句话的意思，他理直气壮地用英文说，"he is getting stupider everyday."我无话可说，他的翻译无可指责，表达也很形象，可是我怎么听着这么别扭！

当时4岁的嘉予分分钟要粘着我，周六更不例外，问了学校之后竟然得知我可以在上课期间把他放在中文学校的学前班，而且不收费。喜出望外之下带着兴奋的嘉予来到学校，谁知刚上课10分钟，学前班的老师就把哭哭啼啼的嘉予送过来了，我又尴尬又无奈，只能让他坐在角落，然后硬着头皮继续上课。过了一会儿，就发现学生们都指着白板，拼命地忍着笑，回头一看，我刚写的板书全被嘉予擦掉了，他还顺便写上了他最拿手的26个字母！当着学生的面我又不能斥责他，只好狠狠瞪他一眼，继续上课。下面的课上得特别顺利，没有任何干扰和插曲，我奇怪地向嘉予的方向望过去，猛然发现，班上最不爱学中文的一个男孩子正兴致勃勃地趴在地上和嘉予一起玩教室里的拼图。意识到我在看他，那个男孩抬起头惶恐地看我一眼，却意外地发现我眼中净是赞许和鼓励，于是放心地又回到游戏中。

教了一年多的中文之后,因为正式当了翻译,工作开始忙碌起来,就写了辞职信给学校,谁料平时一幅高高在上模样的教导主任亲自过来挽留我,还开出了一些优厚的条件,心肠软的我最受不了别人对我好,就准备狠狠心同意留下,可转而一想,悉尼反正也待不长了,何必优柔寡断呢,于是鼓足勇气说了不,说完之后都没敢看他的表情。

数月之后去北悉尼游玩,赫然看见一面墙上用拙劣的中文写了一句打油诗,原文记不清了,大意是越棉辽联谊会的几个首脑人物是"卡市大害虫",而中文学校的教导主任就排在第二。想到自己曾得到"大害虫"的重用,心里十分受用。

细腻——与生俱来的人文

予施的受伤住院带给我许多感触,我总在想,澳洲这个社会,发达不及美国,历史和文化底蕴比不上欧洲,风景远逊于新西兰,美食选择和生活便利更是输中国好几个等级,教育医疗也时不时引发争议,可为什么我们仍然愿意远离故土亲朋乐此不疲地在这里生活、奋斗、适应、融入?仅仅是为了蔚蓝的天空、纯净的空气和相对安全的食品吗？还是因为你每天都会接收到的来自陌生人的善意微笑以及这微笑所散发的传承了数代的文明、教养和人文关怀？

当予施摔下来被老师带往学校办公室进行急救处理的时候，前台负责行政的一个不苟言笑的女士对我说，我需要打电话叫救护车，你有救护车保险吗？当时惊魂未定的我告诉她，我不确定，因为虽然买了私人医疗保险很多年，但从没仔细研究过它的条款，不过我知道，在没有救护车保险的情况下叫一次救护车将支付高达 900 澳币的费用。她沉思了一秒钟，拿起电话说，我认为应该叫救护车，费用由学校承担。不到十分钟，救护车开进了校园，下来四个抬着担架拿着医药包的护理人员，其中一个在见到予施后第一时间递给他一个憨态可掬的袋鼠玩具，我注意到予施在用那只完好的手臂抱起袋鼠的时候苍白的脸上第一次露出了笑容，这个细微的心意表达一下戳中了我一直紧绷的那颗心。

到了医院后，予施被抬下担架，上了住院病人的轮床。医院里，轮床由专人，即 orderly（杂工）推送，而每次从一处推往另一处，都有护士拿着病人的病历陪伴在侧。妇幼医院大得像迷宫一样，我很难想象，如果只是我自己带着受伤的孩子，

161

如何完成这许多的检查项目？在予施被推去照 X 光的路上，年轻的护士回过身来对推床的中年男人说，真的非常感谢你，做你这样的工作该需要多么大的耐心啊！那个面容憨憨的男人不好意思地看看她，咧嘴笑了，而我想到的是，该说谢谢的应该是我啊，而且一个受过专业训练的护士对无疑是医院里最"底层"的工作者温柔得体地表达感谢和赞许，没有丝毫的高高在上和施舍赞美的骄矜。这不仅仅是专业素养了，更体现了为人的修养。

儿科的 X 光室允许家长陪同，放射技师过来认真为我系上印满考拉图案的防辐射围裙，予施一看笑了，说"Mummy, Pretty!"原该气氛凝重的放射室因为这些萌萌的考拉图案让人心生暖意。

晚上十点半左右，予施被推进手术室，当病房护士把他交给手术室护士的时候，微笑着说，"这就是可爱的予施！"而当手术室护士把予施介绍给麻醉师的时候，也说了同样的一句话。我相信，他们面对每一个小病人，都会说出这样的一句话，但是对每一个父母来说，这无疑就是安慰和承诺。麻醉师注意到了予施怀里的袋鼠，让护士从病历里拿了一张印有予施姓名的贴纸贴在袋鼠的肚子上，告诉予施说，这样我们就知道,这只袋鼠是予施的!予施咯咯地笑起来,麻醉师对护士说,这是我这一整天见到的最快乐的病人了!

手术开始后,麻醉师的助手说,走吧,我陪你回病房。我们走过长长的几条走廊,来到病房门口,他指着旁边的一间屋子说,这是父母休息室,有茶和咖啡,手术完了之后,我们把予施送回来。我进了空无一人的休息室,冲了一杯热茶,心里在想,其实他们完全可以让我自己走回病房,却不厌其烦地找一个人送我回来,这一来一回,至少需要十分钟,而我绝不是今天唯一的病人家属。在澳洲生活这么多年,我最搞不懂的一件事就是,在这个地广人稀、劳动力缺乏的国家,却常常给你一种劳动力过剩的感觉,不是吗?

过了好一会儿,休息室的门忽然打开,尚穿着手术服的外科医生走进来,对我说,"手术一切顺利,骨折处已经接好,并打了两枚钢钉,四周后可以取出,六周后可以恢复,予施今后这只手臂会和以前一样。"我说着谢谢,心里很想哭,看看表,时针刚好指着 11 点。第二天早上八点,这位外科医生身着剪裁合体的西装精神奕奕地前来查房,看着他像予施的老朋友一样和他微笑击掌(当然是予施好的那只手),我第一次从心里希望,我的孩子长大后可以从事这一辛苦却给人带来希望和生机的职业。当然,他们从事任何一份他们喜欢的职业我都会感到高兴,只要他们懂得尊重、爱和关怀,懂得自发地用丰富细腻的情感去表达善意传递温暖,就是完满的人生了。我们自小在粗糙的社会环境和戒备的人际关系中长大,不得不隐藏甚至扼杀自己细腻的一面,比如善意、童心,比如感性还有信任。这么些年,在我们慢慢地学着找回这些可贵的本性的同时,也希望我们的后代可以永远拥有一双看待这个世界的纯真眼睛和愿意向擦肩而过的路人绽开的真心笑容。

澳洲的监狱文化

澳洲作为 19 世纪初叶英国囚犯的流放地(除南澳洲,后者是自由民的定居地),监狱文化是各州旅游的一个重要部分。当时的流放犯都是因贫穷而偷窃一块面包或是一块手绢的人,却要因为这样的罪行跨越半个地球,在生死未卜的海上漂流几个月,如果没有病死或死于海难就要在劫后余生之际来服刑。但现如今的澳洲人,反而以在寻根觅祖网站上发现自己的先辈是流放犯而自豪。而如今不再运营的监狱也有很多承包给商业机构,脑洞大开的商家们利用监狱的环境来举办婚礼,还配有蜜月套房,正合了百无禁忌的澳洲人的口味,居然常年供不应求!

我们今天参观的西澳弗莱蒙托尔监狱是当时西澳最大的流放犯监狱,可以关押 1 000 人,后来成为关押普通罪犯的监狱,一直运营至 1991 年。牢房的门上挂着几个不同颜色的小木箱,一个用来放钱,用于购买烟卷等奢侈品,一个用来放找零的钱;一个蓝色木箱用于放犯人的日常要求,比如申请理发,去教堂;还有一个红色的是信箱。狭窄的牢房里不允许有任何装饰,但我们注意到有两间囚室的墙上都挂了几幅画,门边的说明写着,一间的囚犯因为治疗的需要,得到了特别许可得以装饰他的囚室;另一间的床单和摆设都是原住民艺术图案的,住的是一个土著(澳洲的土著往往会得到特殊待遇,因为白人认为掠夺了原属于他们的土地)。

囚犯放风的庭院能同时容纳 250 个人,往往只有一名看守远远在角落守望,这是丛林规则适用的时间和地点,也是各种交易进行的地方,资历浅的犯人需要花钱购买他们所需的稀缺物品和保护。

在惩罚区,我们见到了空无一物的禁闭室,被关的囚犯只给一条毯子、一本圣经和一个便桶,不用工作但也不能出去,最长的一个被关了 23 个月。靠门边的一间禁闭室看起来与其他囚室并没什么不同,却是死刑犯在生命终结前的最后两小时被关押的地方,行刑时间都是周一早上八点,而死刑犯在五点半即被叫醒,监狱为他们提供精神上的指引和一杯威斯忌,然后带上头罩和脚镣上路。在至今看来仍阴森无比的吊索室共吊死过 64 名囚犯,直到 1984 年死刑在西澳废除。解说员提到,在 20 世纪初,吊死的过程已经十分科学化,要根据犯人的身高体重决定吊索的长度和所吊的部位,要求犯人在一秒钟即毙命,绳索过短和过长的话,犯人要么久久不死,要么头直接掉了。在弗莱蒙托尔监狱被吊死的唯一一个女性来自阿德莱德,38 岁,她被指控杀死了同居伴侣的儿子,并用盐酸擦拭他另两个女儿的喉咙,导致她们后来也因病死去。

惩罚区的空地上还有一个恐怖的刑具—九尾鞭(Cat o'nine tails),这是一条由九根打结的棉布索组成的鞭子,约 76 公分长,最早用于英国皇家海军,后来盛行于澳洲的流放殖民点。这种鞭子打得人皮开肉绽,行刑时所有犯人必须观看,并有医生随时待命,给昏厥的犯人伤口撒一把盐让他们清醒,长出新肉,以继续鞭打。

弗莱蒙托尔监狱在 1988 年曾发生过澳洲历史上最大的

一次监狱暴乱。当时是圣诞节刚过不久,又正值酷暑,正是监狱气氛紧张的时期。当天的气温高达 50℃,一个刺儿头和狱警发生了冲突,于是在早茶时间,几个和他一伙的犯人控制了送餐车,用餐盘和开水攻击狱警,几个狱警一看不妙赶紧把自己锁进牢房。于是领头的犯人打开所有囚室释放其他犯人,并放火焚烧监狱。好在后来事件得以平息,这场大火无人死亡,但几十人受重伤,几个首犯至今仍在服刑。戏剧性的是,挑头闹事的犯人中有两个人,一个叫做 Paul Keating(与第 24 任澳洲总理、工党党魁保罗基廷同名),另一个叫 Abbot(与第 28 任澳洲总理、自由党党首阿博特同名)。

第二篇
生活琐细

暴雨

　　突如其来的暴雨,从停车场走到予施学校两三百米的路,
我打着伞一样全身湿透。从教室里接了予施出来,看见他们
班上的一个日本孩子和他的单亲妈妈在狂风暴雨中努力撑着
一把伞艰难地走着。这个单亲妈妈 Amy 没有工作,没有车,
一年四季上学放学都能在路上见到他们母子相伴步行的身
影。因为她英文不好,所以总是很沉默,和其他家长几乎没有

任何交流。尽管对日本人没什么好感，我还是曾在一个很热的下午停下车，问要不要载他们回家，这个小个子的日本女人礼貌地冲我笑笑，坚定地摇摇头，我也就算了。可是今天这样的天气，我估计平时步行半个小时的路程，今天至少要一个小时才能到家，到家时两个人也成落汤鸡了。于是我走上前问她，雨这么大，我送你们回家好吗？Amy 有些吃惊地回过头来，犹豫了片刻，点头说，太谢谢了，麻烦你了。上了车，两个孩子兴奋地聊着天，汽车驶过被雨水淹了的街道，两边溅起的水花高高飙过车顶，十分壮观，听着孩子们一阵阵的欢呼声和尖叫，我和 Amy 相视一笑，这个大雨滂沱的初秋午后，变得很温暖。

警惕巴厘岛的街头钱庄

巴厘岛酒店附近的街上有很多兑换货币的钱庄，密集到每隔两三个店面就有一个，以至于短短几百米的一条窄街上竟有几十个钱庄。一天晚饭后在街上闲逛，注意到这些钱庄的兑换率比酒店里高出不少，一块澳币可兑换一万出头的印尼卢比，于是随便走进酒店对面的一家。一进去就有点后悔，因为那个黝黑的印尼男人面无表情,身穿一件看起来已经不白的白衬衣,身上散发出一阵阵汗酸味。但看他已经站起身来准备招呼我,也就不好意思再出去了,想着,人不可貌相,何况巴厘岛气候炎热潮湿,一般的民居和商店都没有空调,所以我们接触到的当地男人身上都散发出这么一股汗酸味,连五星级酒店的大堂经理都不能例外。于是不再犹豫,我拿出一百澳元给他。他随即当着我的面点了一百万的卢比给我,我拿过来点了一遍,没错。他接过去又点一遍,然后递给我。我瞬间疑惑了一下,何必多此一举?但联想到当地民风淳朴,最近几天碰到的当地人都十分憨厚朴实,也就没太在意,接过钱就离开了。

　　回到酒店后,下意识拿出钱数了数,这才发现,怎么只有六十万了,少了四十万(合四十澳币),又数了一次,还是六十万。这才恍然大悟,一定是他把钱又接过去的时候做了手脚,真是岂有此理!老公安慰我说,算了,就几十块钱,别太当回事。但是我总觉得被人这么骗了,心里说不出的别扭,“不行,我要找他去。”老公说,“没用的,你当他面把钱都点清楚了,现在去找他,他怎么会承认?何况已经这么晚了。”不再理会老公,我转身出了门,到了酒店门口,想想一个人去和他理论,开始胆怯起来,正好看到旁边有一个年轻健壮的保安在执勤,于是打定主意,走上前问他能否帮我一个忙。听我说了大概情形,他立刻向门外走,说,"哪一家?带我过去。"我一下觉得心里有了底,领着他来到那个钱庄。那个男人还是以同样的姿势坐在那里,看到我们,愣了一下,保安用当地话简短地和他说了两句,他马上站起来走到柜台里,扭头问我:"少了多少?"我有点不敢相信,小声说道,"四十万",他打开抽屉,拿了一叠钱数了数,递给我。我粗略数了一下,没错,赶紧离开了,临走还没忘记说了一声谢谢。出去以后,我给了那个仗义的保安五万卢比,作为酬谢,他又惊又喜,连连道谢。突然意识到五万卢比就是 5 块澳币,在澳洲打发小孩子都未必够,不禁汗颜。一转身才看到老公已经一脸焦虑地出来找我了。和他把结果一说,他也不太相信,感叹地说了一句,"这里的人还是老实,盗亦有道啊!"

　　之后和一些印尼的朋友聊起来,听了我的被骗大家都见怪不怪,进而责备我,街头的钱庄你也敢去?

崩溃——在迪拜考驾照

2000年，当时在迪拜生活的我决定去考驾照，虽然听别的中国人说过这里的驾照不好考，但没想到的是到我这里竟会这么不好考，以至于考了十一次才通过。

老公在教我开车时就时常痛心疾首地感叹，"没想到你的小脑这么不发达。"在迪拜只有驾校的老师才可以指导开车，所以老公私底下教我都是天黑以后在车少的偏静道路上，偏偏不争气的我在这种地方还撞了车，还好我们在事故发生后的第一时间互换了位置，于是到警察局备案时无辜的老公被讯问了半天，而且由于伊斯兰国家的女性多半要戴头巾甚至蒙面，迪拜虽说是中东国家里最开明的，头巾是非强制性的，露胳膊露腿在非穆斯林女性中也不少见，但警察在深夜发现有近十年驾龄的男性司机在车迹稀少的路上无端端撞上另一辆正常行驶的车，而身边坐着的年轻女性身着无袖及膝的粉色连衣裙，就相当意味深长地看了我们几眼，还和旁边的同事用阿拉伯语面带坏笑窃窃私语了一会儿才放我们走。到家后恼羞成怒的老公命令我，以后出去不许穿这条裙子了，刚来迪拜不久的我一头雾水,不知这条在上海八佰伴买的裙子究竟有什么不对。后来朋友告诉我,这样的打扮就把自己等同于街头的流莺了,吓得我……

经过这次教训,我就乖乖找了一个驾校的老师来教我。伊斯兰国家不允许男教练教女学生,而会说英文的女性教练少之又少,绝大多数都说阿拉伯语,于是只好找了一位勉强能说简单英文的阿拉伯女人法蒂玛。45 迪拉姆一小时(约合12 美元)的课,要上 40 节课才能去考试,可是这个法蒂玛几乎每次迟到不说,上车以后一大半时间是在讲电话,然后在讲电话的间歇告诉我"左转"、"右转"还是"直行",路盲的我稀里糊涂地开了一路直至到了家门口才惊觉她竟然又提前10 分钟把我送回了家,而我好像什么也没学到。更匪夷所思的是,在我考了两次都没通过之后,法蒂玛竟然对我亲近起来,因为有一天她突然用断断续续的英语告诉我他们驾校有一个叫穆罕默德的英俊小伙子爱慕她,虽然知道她已经结了婚;幽默的是,她丈夫也叫穆罕默德。我好奇地问,他为什么爱你?法蒂玛说,他说我很美丽。看着她一身黑袍下隐约可见的臃肿身材和遮得严严实实只露出两只眼睛的面孔,我一脸疑惑,她了解地一笑,长睫毛的阴影衬着两只扑闪的大眼睛着实迷人,骄傲地说,"有一天天热,我掀起面纱来擦汗,正好被他看见,然后就天天打电话给我"。接下来的日子里,每当我委婉地向她请教路考的技巧时,她都有办法把话题引到穆罕默德身上去,我悲哀地发现,通过和我数百小时的交谈,她的英文越来越好,而我的车技却依然没有提高,因为我又接连 fail 了七次,每次当考官木着一张脸对我说"no good",并递给我一张再学习 10~20 小时(视其心情而定)的纸片时,我的自尊心就又受到一次摧残。

每次失败后我都打电话去驾校要求换老师,却总被告知只有法蒂玛一个人有时间,其他人都订满了,直到第九次考完之后,他们突然告诉我,有一个菲律宾的教练吉娜可以接受新学生了。我喜出望外,因为菲律宾的英文虽然腔调很怪,比阿拉伯人是好太多了。乍见吉娜,我吓了一跳,不是不允许我找男教练的吗?等她一开口说话,我才意识到这可能是女人,不过长得也太阳刚了吧,又粗又硬的短发,方方正正的脸上没有一丝柔和的女性特质,衣着也极其中性,以至于我总忍不住猜测她的性取向,和她说话时也尽量不看她,生怕一不小心被她看上。所幸吉娜上课倒很认真,从不打电话,而且时不时点拨我一下,我这才似乎把握到一些考试的要领。在又经历了一次"no good"之后，我终于在第十一次迎来了考官一个似笑非笑的"you pass（你通过了）。""What?"我差点没跳起来，等看到他肯定地点了一下头，我终于相信，苦日子到头了。现在回想起来，拿到阿联酋驾照的那一刻绝对比我九年后拿到澳洲永居还兴奋。后者是努力之后水到渠成的结果，而前者却带有太多的不确定和不可预见性，因为那是一个在很多地方不完善不规范的主观的社会，你在某件事上的成功和顺利与否常常取决于某个决定者的一时兴起，这是我在迪拜生活的五年间慢慢学到的。

到了悉尼之后，同班的台湾同学两次考驾照都没通过，她对我大发牢骚，"我怎么说在台湾也开了十二年的车，到这里竟然两次都不让我过，我发誓这里的路管局有种族歧视。"我安慰她说，"小姐，你才考了两次不过就怨社会，想想还有人考了十次都不过的呢。""是吗，谁呀?"她立刻兴奋起来，看到能用自己的不幸让好友一展笑颜，我觉得也不冤了，于是含笑地指了指自己。

经营婚姻

喜欢下厨的我最不喜欢事前的洗菜和切菜过程,于是厨艺不佳的老公就自动承担了这个吃力不讨好的繁琐工作,我也一直都视作当然,不以为意。今晚,当我准备烧鱼的时候才发现蒜还没有剥,很怕剥过蒜之后手上第二天都洗不去的蒜味,于是理直气壮地扬声道,"再剥两瓣蒜给我!"如果他说"你自己不能剥吗?"那么伏案工作了一下午,身心疲倦的我就正好可以借此机会发泄一番,谁知正准备给儿子洗澡的他什么也没说,好脾气地过来仔细剥好了蒜递给我,看着他憨厚的脸,我的心无端端温柔地牵动了一下,一直遗憾笨嘴拙舌的老公从不会说半句甜言蜜语,和他谈风花雪月无疑比对牛弹琴还令人绝望,可这么多年来正是他的包容和迁就让我一次次的任性和一点就着的脾气消于无形,想到这里,我情不自禁地在菜里加上了最重要的一个佐料:爱。Bon Appetit! 祝每个人胃口好!

说爱

上大学时苏州籍的现代汉语老师总喜欢打趣我们南京话,她还总是津津乐道于这么一个笑话,一个留学生到校门口的小饭馆去吃馄饨,老板娘习惯性地问了一句"还要辣油啊?"(因为南京人爱吃辣),结果中文,或者说南京话还不过硬的老外吓了一大跳,怎么此地的女人如此火辣,一见面就对他说"I love you"?

言归正传,其实我总有个感觉,中国人不喜欢更不擅长说"爱",因为含蓄才是极致的美,欲说还休才有一种荡气回肠的心动。"我爱你"因为是属于直译过来的新词(毕竟历史还短),所以用中文说出来总让我觉得说不出的生硬和矫情。始终记得很多年前看过的一句话,"如果我不说我不爱你,那就说明我依然爱着你",可能这才是大多数中国人,或者说骨子里执著传统的中国人对爱的表达方式。

刚来澳洲之后,常被陌生人的一句"excuse me,love"或"Thank you,love"弄得不知所措,习惯之后倒喜欢上这种没心没肺不拿你当外人的那种率真和温暖,当回到中国时陌生的路人或店员称呼我"小姐"、"大姐"、"姐姐","美女"（最反感的就是这个），其至"阿姨"的时候，怎么都无法把这样的称呼和自己对上号的我由衷地想念那一声满溢着诚挚和开心笑容的"love"。

永远的邓丽君

无意中听到邓丽君唱的粤语版《天才白痴梦》，不禁怦然心动。这首讲述认命随缘，流露出淡然豁达心态的传世经典，经由邓丽君略带沙质的磁性嗓音演绎出来，更平添了甜美委婉的韵致和阅尽沧桑之后的洒脱和淡淡无奈。在这个云淡风轻，满眼斑斓秋色的午后，不经意听到这样一首歌，内心也变得柔软起来。只觉得斯人已逝，余音绕梁，说不尽的怅惘和伤感。生如夏花之灿烂，死如秋叶之静美，这样的人生，虽然短暂，却也无憾了。

谨与喜爱邓丽君并喜爱粤语歌的朋友分享。

领悟

在医院电梯里看见一位插着鼻管,身穿病号服,坐在病房轮椅上的苍老虚弱的老人,到了他所要去的楼层,他嘟囔着,"小心各位的脚趾头",一边缓慢地转动着轮椅往外走,电梯里的人自觉地退到两边,让出一条路来,看着他的眼光不自觉地带着同情和关切。电梯门刚一关上,旁边一位满头银发,化着精致妆容,衣着一丝不苟的老太太伤感地自言自语道,"为什么我们要变老呢?"没有人说话,周围只传来几声轻微的叹息。是啊,为什么我们要变老呢?变得如此颓败、不堪一击。当我们年轻健壮的时候,我们要经历无数的失败、失落、失意、失恋;面对生离死别、世态炎凉;忍受所爱的人的背信弃义,不爱的人的死缠烂打。在商场的风起云涌,职场的尔虞我诈,情场的黯然心碎中遍体鳞伤。等到看惯秋月春风,笑对潮起潮落,一颗心磨炼得强大、坚忍、宽容、慈悲的时候,身体却已无可奈何地老去。可是,这就是人生,一场明知悲剧结局却让世人欲罢不能义无反顾演到落幕的一出戏,我们不能因为惧怕前路的坎坷而不勇敢前行。如果注定要不可避免地老去,就请爱惜今天的自己,好让我们优雅、从容、有尊严地老去吧。

冬阴功

在这个寒冷的冬日里,来一碗冬阴功汤吧。这道酸鲜可口、香辣馥郁的泰国名汤曾是我怀孕时最渴望的食物之一,有一次竟不惜在又冷又湿的黄昏驱车十五公里赶到一家中意的泰国餐馆,只为了记忆中那份激醒味蕾的浓烈酸辛。第一次喝到这道融合了鲜虾、鱼露、香茅、青柠、薄荷、椰浆和红椒的酸辣虾汤,当时的感觉不仅仅是单纯的口腹之欲的满足,竟是实实在在的温暖和幸福的滋味。最近在北阿德莱德发现几家不错的泰国餐馆,其中一家 Regent Thai 味道最正宗,最有意思的是,老板是数十年前以难民身份来的澳洲,他还把他九死一生的逃难经历写成一本书放在柜台出售。我每次总喜欢在等候结账的几分钟里翻看这本书,其中朴实的文字,匪夷所思的艰难和苦难让我对这个总是沉默微笑的传奇中年男人更添了一份敬意。

灿烂千阳

谨与爱阅读的朋友分享。

位于唐人街附近的阿德莱德市区图书馆有不错的中文书籍的收藏,其中有些书值得反复阅读,比如美籍阿富汗裔作家胡塞尼的《灿烂千阳》。在读到这本书之前,阿富汗于我来说是一片地理距离并不遥远,心理距离却遥不可及的充斥着战乱、暴力和贫穷的土地,对它的了解仅限于国际新闻中时不时播出的炸弹袭击的恐怖画面和民不聊生的社会,这样的新闻听多了,已经漠然到甚至懒得抬眼看一下那些悲惨的场面。可是《灿烂千阳》这部杰作却彻底击碎了我的无知和冷漠,令我看到了阿富汗政权更迭的 30 年中家庭暴力下两个美丽女性之间的不可能的友谊和不可毁灭的爱,那个残酷、绝望,苦难和贫困的世界让人感同身受。太喜欢文末所引用的波斯诗人的两句诗:

"人们数不清她(这里指的是阿富汗首都喀布尔)的屋顶上有多少轮皎洁的明月,也数不清她的墙壁之后那一千个灿烂的太阳。"

我仿佛突然之间和阿富汗产生了千丝万缕的联系，当新闻中再出现有关阿富汗的报道时，我情不自禁地在电视屏幕中寻找扎头巾的女性身影，莱拉，你还好吗？

偷得浮生半日闲

工作提前结束了，在这个星期五的上午走在洁净宽阔的北大街（North Terrace）上，头顶温暖又柔和的阳光诱惑着我，突然不想急急地投入到下一份工作中，只想放慢匆匆赶路的脚步，和那些过往的悠闲行人一样，感觉微风拂面的秋意，呼吸着清冷空气中若隐若现的咖啡香气。抬眼去看金黄的树叶间清澈的蓝天，却不经意捕捉到两只彩虹吸蜜鹦鹉（Rainbow Lorikeet）惊鸿一瞥的绚丽身影。偷得浮生半日闲，真好。

万岁七零后

和一帮同龄人在朋友家 K 歌，不约而同点的都是我们上大学时耳熟能详的经典，谭咏麟的《朋友》，周华健的《风雨无阻》，王杰的《一场游戏一场梦》，郑智化的《水手》，还有《飘雪》《爱与痛的边缘》《宝贝对不起》《爱与哀愁》《偏偏喜欢你》和《最远的你是我最近的爱》,太多太多,感觉一下子回到了那些难忘的青葱岁月。看着画面上我们喜爱的歌手依旧年轻的脸庞,蓦然惊觉时光流逝,我们有幸听着他们的歌成长,再和他们一起慢慢变老,多么难得。一首歌一个故事,相信每个人所喜爱的某一首歌的背后定有一段难忘的故事,令你不由自主地想起某个人,某次邂逅,某一段心痛流泪的日子,这种情绪慢慢积淀,沉到记忆的最深处,然后在你不经意再听到那首歌的时候,心中最柔软的部分就被触动了。我很喜欢我所出生的年代,尽管我们在上大学的时候都很清贫,没有手机,更不知网络,一律用自行车代步,阅览室和周末的舞厅是大家最喜欢去的地方。我们喜爱的歌旋律更为婉转动人,经久不衰,历久弥新,歌词智慧隽永,更有内涵,总是直击你的内心。我们这代人的爱情更纯粹,友情更真挚,更重承诺守信用(这里无意得罪八零九零后的弟弟妹妹们,你们也有很多我们望尘莫及的优点),而且无论生活在哪里,忠孝礼义总在心上最重要的位置。所以我想说,万岁七零后,祝愿我所有的七零后朋友健康快乐,与你们共勉!

与孩子说话

和孩子说话是一件很有趣的事,而且因为他们的理解往往和你不在一个层面上,所以回答出来的话常常造成意想不到的效果:

(一)感觉到小儿子进了我的书房,等了一会儿却没听他发出声音,于是问"予施,在做什么?"答曰:"坐沙发。"一看,他果然正襟危坐在沙发上。

(二)老公腌了一块咸肉晾在后院,小儿子看见了问我,"这是什么?"告诉他,"这是咸肉,你要不要吃?"他看了看表面上粘着几粒黑色花椒的腌肉,坚决地摇摇头,"Yuck!(恶心!)"

(三)看了电视上一个小学生因为背不出课文被老师打了 60 个耳光,大儿子深吸一口气,"天哪,要是我们班的 Michael 到中国上学,不知要被打成什么样! 他从来不交作业!"

对付孩子,有的时候也要"恐吓诈骗":

晚上家里来了客人,"人来疯"的大儿子把弟弟关在没开灯的屋子里,3 岁的弟弟够不着门把手,在房间里大哭。把他救出来之后,我严肃地提醒老大:"等你 80 岁的时候,弟弟才 72 岁,你要再欺负他,看他到时候怎么收拾你!"老大的表情一下凝重了……

和澳洲长大的中国孩子谈《红楼梦》

儿子 14 岁的朋友的书架上赫然摆着中国古典四大名著的精装本,我惊讶了,这个在精英中学入学试中考了南澳第 4 名的孩子,中文竟也这么好! 于是问他,"源靖,你看了这几本书吗?"他不好意思地笑了,"这是妈妈的朋友送给我的,我还从来没翻过。"我笑了,"噢,原来是装饰书架的。谢谢你这么坦诚。"

儿子走过来看了看,吃力地念出"红楼梦"三个字,"妈妈,《红楼梦》是讲什么的?"我一下为难了,这么一部传世巨著三言两语怎么和一个中文不怎么好的 10 来岁的孩子讲得清? 总不能告诉他这是关于贾宝玉和林黛玉的爱情故事吧? 那他肯定不会感兴趣。思考了一下,于是这么说,"讲的是几个大家族从兴盛到衰败的故事。"看着他不解的表情,进一步解释道,"就是从富有到贫穷。""噢!"他恍然大悟,紧接着说,

"还不如 the other way round"。"什么?"我没反应过来,他轻松地说,"破产谁不会呀,要是从什么都没有到富有才有意思呢,就像巴菲特!"我由衷地笑了,这种乐观积极的生活态度不是比什么都好,为什么一定要看结局悲惨的《红楼梦》呢?

孩子常常是我们的老师

"你知道吗,妈妈,土豆有 48 条染色体,比我们人类还多两条呢?"儿子从电脑上下来兴奋又沮丧地告诉我。"什么?"我大吃一惊,"我们还没有土豆复杂?""就是啊,我们是 second complex living things(第二复杂的生物)。""那第一是什么?"我备受打击。"土豆啊! 不过还不是一样被我们吃掉。"我扑哧一声笑了。

常常觉得我的两个儿子来自火星,他们或者说着我不懂的语言,或者有着令我匪夷所思的想法,然而,和这样的"火星人"对话却构成了我生活中不可或缺的快乐时光。

这就是生活

在老公店里看到一条漂亮的藕荷色围巾,很配我身上的大衣。围上走到他面前,"好不好看?"他抬起头草草瞄了一眼,"嗯,还不错。""那多少钱呢?"我妩媚地冲他一笑。"噢,30,卖给别人15。不宰白不宰!"天哪!我恨不得当场晕倒,这个不可救药的男人,你说一句甜言蜜语会死啊?!

和各国警察打交道

前两天开车的时候,在堵车的时候听到来了短信,因为正在等一个客户的回复,所以随手查看了一下。刚把手机放回去,一眼瞥见旁边车道停了一辆警车,心里有些发毛,但因为车不在行驶中,我又没打电话,所以安慰自己说没事。前面堵得太厉害,于是离开主干道进入一条小街。这时听到了警车的警笛声,倒车镜里一看,那辆警车也离开主干道跟在我后面,还亮着警灯。我开了两条街准备绕回主干道,发现警车依然跟着我,而且鸣着警笛,两旁的行人都停下来朝我这边看,我这才意识到可能是冲我来的,再看倒车镜,警察正做出让我靠边停车的手势。

满心疑惑地停下车来,一个年轻警察过来,要我出示驾照,然后问我为什么开车时要用手机。我说车并没有开动,我只是查一个很重要的短信,几秒钟而已。他说除非你停在路边,否则只要在路上,哪怕车是静止的,用手机都是违规的。而且问我为什么警车在后面也不及时停车,我说,根本不知道你们是追我来的,所以没想到要停车。说这些话的时候,因为确实不知道自己犯了错,所以我相信我的表情一定十分无辜和委屈。警察沉思了一会儿说,你开车时用手机,必须罚款,本来还要罚你没有及时停车,这回就算了。来澳洲以后,都是因为给需要在警察局录口供的当事人翻译才和警察打交道,没想到这回自己成了警察教训的对象,心里真不是滋味。但比起我在其他国家的遭遇,这次已经算是很好的了。

2000年的时候和老公去欧洲度蜜月。从法国乘坐欧洲之星列车前往意大利,因为票价不算贵,所以买的是一等车厢的票,希望晚上可以睡得舒服一点。谁知半夜里突然有人大力敲门,人声嘈杂,睡眼惺忪地起来开门,一下冲进来三四个带着枪的法国警察,要检查我们的护照,之后又仔细查看我们的每一件行李,并搜身,还让我们把所带的现金全部拿出来,说要清点,并问了一连串的问题,诸如我们去哪里,干什么,做什么职业。我都吓蒙了,不知怎么回事。骄傲的法国人都不屑于说好英文,我的法文也只够勉强买个东西,问个路,于是双方都是英文夹杂着法文乱说一气,一直折腾了大半个钟头,他们才道了再见离去,什么结论都没有,剩下我和老公面面相觑,心有余悸。

好不容易到了罗马,火车站人头涌动。老公提醒我说,意大利的贼特别多,一定要拿好包。上次他来公干的时候就在光天化日之下被偷去一件行李。正说着,两名意大利警察朝我们的方向走来,不太客气地要我们跟他们去警察局。我心想,难道是法国警方对我们有怀疑,通知意大利警方进一步调查吗?忐忑不安地到了警察局,两个警察把我们带到一个房间,关上门,又开始查护照,搜行李,搜身,点现金,盘问。因为他们的态度还算和气,英文也说得不错,我的英文也跟着流利起来,胆子也大起来。当问到我们来这里干什么的时候,就带着点怨气说,来度蜜月的,不想被你们毁了。他们两个人严峻的表情顷刻融化了,尴尬地笑着赔不是,然后向我们解释说,主要前段时间发生了 58 个中国人闷死在集装箱里的偷渡事件,所以欧洲各国对中国人防范得厉害。我们这才恍然大悟。
那起震惊世界的多佛尔惨剧竟让欧洲警察把所有来访的中国
人视作洪水猛兽,悲哀啊!

回去迪拜以后的来年,我们在一年一度的迪拜购物节租
了一个摊位,卖中国绸缎,因为阿拉伯女人喜欢用高贵丝滑的
中国绸缎做长袍。因为租金太贵,于是就和一个东北女人合
租了一个,倒也相安无事。过了几天,我们发现她在偷偷地卖
色情光盘。明知这在伊斯兰教国家是非法的,我们也不好干
涉。谁知有一天晚上,突然开来一辆警车,下来几个警察,什
么话也不说就冲进来搜查,然后抱着一箱光盘放到车上,转头
回来让我们三人都上车。我告诉他们,我们是两家,这不关我
们的事,他们根本不听解释,粗暴地让我们快上车。然后我们
在众目睽睽之下被带走了。到了警察局,我们被命令坐在昏
暗的走廊上等,然后就再无人问津。当时怀孕三个月的我又
饿又乏又害怕,一直过了午夜,好不容易被带到办公室。一进
门就看见一个一身白袍的老人威严地端坐着,一看那身雪白
挺括的白袍我就知道他的身份尊贵,因为在政府机构里穿上
好质地白袍的人都是官位很高的大人物。老人挥手让我们坐
下,一开口,纯正的英文让我刮目相看,要知道阿拉伯人的英

文基本都说得很烂,语法混乱,还带有浓重的口音。他自我介绍说是警察局局长,然后问我们为什么要卖那些不干净的东西。我立刻辩驳说,那不是我们的,我们是两家店,分摊租金的。看着他半信半疑的表情,我灵机一动说道,我是虔诚的穆斯林,一天祈祷五次,怎会卖这种亵渎真主的东西。看着他的表情和缓起来,我更有信心了,因为不想在警察局过夜,只有采取下策,利用我的性别优势,委婉地说道,"哈比比。"这句阿拉伯语里的"亲爱的"我一般很少用,因为阿拉伯语的那种咄咄逼人、居高临下的生硬和霸气甚至远远超过听起来像吵架的宁波话,所以从不屑去学,但我知道阿拉伯人对关系较为亲近的男女老幼都喜欢这样称呼,我就入乡随一次俗吧。我说,"哈比比,我从来不做违反古兰经教义的事,斋月里从不在日落之前吃东西,哪怕怀着孕都不敢破坏规矩。"他立刻问,"你怀孕了?"我说是。他什么也没说按了一个铃,进来一个仆从模样的人,他用阿拉伯语低声地吩咐几句,那个人恭敬地离开了。不一会儿,仆从进来端着一个托盘,上面是一杯香浓的阿拉伯奶茶和两片吐司。看着我不知所措的样子,他微笑着示意我吃。我感动得什么也说不出,赶紧低着头吃东西。他悠闲地坐着和我聊起天来,说他是 Sheikh,即皇室家族的,自幼在英国念书,之后就回来服务于国家。看我吃完东西了,就礼貌地站起身对我说,"哈比比,你们可以回去了。"我惊讶地说,"没事了?"他扬起眉毛,"当然没事了,他们抓错人了!"我感激地留下店铺的名片,请他和太太有空光顾,他哈哈一笑,说,"一定,我过两天带着我的太太们去看看。"早就知道有钱的阿拉伯人可以娶四个老婆,但当有一天晚上 Sheikh 真领着四个一身黑袍,只露出迷人大眼睛的太太出现在我们门口的时候我还是愣住了。更不可思议的是,这么有地位的人买东西竟然也还价。之后和一位当地朋友聊天时说起这点,他呵呵一笑说,这就是迪拜的文化,连三岁孩子去买东西都会讨价还价说"便宜一点",这无分贵贱,不关地位。呜呼!

第三篇

翻译趣事

幸福

在医院为一位诊断为乳腺癌且癌细胞转移到淋巴的中国妻子做翻译,她笑着对我说:"我一点儿都不觉得害怕",然后含笑看着她的澳洲丈夫继续说道,"他是我这辈子遇到的最好的一个男人,给了我想要的一切,所以我觉得死而无憾了"。我动容地看着她坦然满足的脸,不知该如何应答,突然发现她的丈夫正一脸困惑地看着我,期待我给他翻译,我抑制着想流泪的冲动,艰难地把这段话说给他听,话音未落,那个魁梧的大男人眼眶一下红了,他走过去,想给妻子一个拥抱,可能想到我在一旁,犹豫了一下,在她胳膊上抚摸了一下,哽咽到说了一句"傻女人",就走到墙边去,假装欣赏一幅挂着的装饰画。我忽然觉得,这个51岁长相平凡的妻子是一个多么幸福的女人。

梦想

来到福利部为一个因申请伤残津贴而需要进行工作能力评估的客户翻译,刚坐下一会儿,评估人就过来对我说,"我们的客户还没来,你再等五分钟,她再不来,我就可以签字让你走了。"然后笑着和我挤了下眼睛,我会心地点点头,我们的惯例是,客户过了约定时间15~20分钟不到,就可以签字走人,钱照样拿。我看了看表,不出意外还有五分钟就可以走了,环视了一下四周,除了不远处一对神态亲昵的白人母子在说笑,等待区只有一个带着两个孩子的妇女,看着是亚洲人,走近了试探着用中文问她,"请问是中国人吗?"看着她一脸的困惑,我放心了,八成是越南人。于是继续安心读我的书。学会识别客户是我们工作中必不可少的一个环节,否则客户被叫走了而你还不知情就算失职了。记得最荒唐的一次是在医院里,我毫不怀疑地用中文问一个百分之百中国长相的女孩子,"请问是中国人吗?"不料她干脆地用标准的中文回答我"不是",话音刚落,我们俩都愕然了,她赶紧解释,"我是香港人",我什么也没说,深深地看她一眼,看到我眼中的嘲讽和不满,她脸一红,尴尬地低下头。虽然已入了澳洲籍,可一颗中国心却是如假包换的,就像一个护短的孩子,容不得别人对自己家有丝毫不尊重或不认同。

五分钟后,评估人又出来了,走过场似地叫了一下客户的名字"弗尼娅",轮到我愣住了,怎么不是中国名字?再一看,那对白人母子已应声站了起来。评估人抱怨说,"还以为你们没来呢。"说着领我们进了她的办公室。我好奇地看着她那张欧洲人的脸,问道,"你是哪里人?""哈萨克斯坦",说的是标准的普通话。"没有中国血统吧?""没有,我父母都是哈萨克斯坦人。""那你的中文是?""我学的。"我们倒是时常会碰到长相一点也不似中国人的中俄混血,但这样的情况倒是第一次。更奇的还在后面,当评估人问她的教育程度时,她告诉我,她是花样滑冰的运动学学士。我以为我孤陋寡闻,想不到年龄大我许多的评估人也扬起了眉毛。当听说她从事花样滑冰运动二十年,任教练十七年,曾代表苏联参加 1972 年日本札幌的冬奥会,但因脚伤没拿到奖牌时,评估人惊叹地说,"我的办公室里竟坐了一位名人"。遗憾的是,热爱花样滑冰事业的弗尼娅因为英文不够好,没法在澳洲找到类似的工作,只能在意大利社区的老人院帮厨。评估人听到这里,用夸张的意大利语发表了一声感叹,我这才意识到,她是意大利裔。看着这件小小的办公室,心中不禁感慨,意大利人、中国人以及说着中文的哈萨克斯坦人,却不约而同为着更好生活的梦想来到了澳大利亚。依稀记得看过的一个故事:一个人走遍世界各地的教堂,询问如何才能打电话去天堂,可总是被告知话费极其昂贵而且还没有人打通过。他怀着最后一线希望来到了澳大利亚,忐忑地说出他的要求,神父笑着说,"当然可以,一个本地电话费就够了。"他不能置信,以为听错了,神父宽容地补充道,"因为这里就是天堂。"想到这里,我不禁莞尔。

当问到弗利娅为什么放弃钟爱的事业来到澳洲时,一直沉默不语、始终用关切的目光看着母亲的少年插话了,流利的英文带着悦耳的卷舌音,"为了我有更好的前途,妈妈放弃了一切。"他说不下去了,深深埋下头,肩膀急促地起伏着。弗利娅美丽的眼睛一下盈满了泪水,看着儿子说,"这个孩子从不出去玩,不交女朋友,不是陪着我就是刻苦学习,是全优生"。评估人从震撼中缓过神来,体贴地把面巾纸递给这对相依为命的母子,一向好哭的我再也忍不住泪水,"请也给我一张。"评估人了解地看着弗利娅,幽默地说,"我相信你一定能在这里重新找到你的梦想,做回你热爱的工作,不过现在你要暂时委屈一下,一边继续为意大利人做饭,一边提高你的英文。"弗利娅破涕为笑,上前抱住评估人,温柔地说了声谢谢,又走过来抱住我,"谢谢你,sweet heart"。那个英俊的大男孩抬起忧郁的灰色眼睛,羞涩地用中文对我说"谢谢"。这才是我工作中最好的部分,在平凡人的身上一次次体验到生活的美好和感动。

见证幸福

应客户要求去婚姻注册处为他朋友的世俗婚礼(即非宗教形式的公证结婚)做翻译。提前 10 分钟到达,却发现空荡荡的房间只有我一个人。5 分钟之后才看见身着蜜桃色裙装的新娘在女友的陪伴下气喘吁吁地跑过来。证婚人闻声走出来问,"新郎呢?""忘了戒指,回去拿了。"新娘小声解释。证婚人立即看了看表,表情严肃起来,"亲爱的,戒指是最不重要的环节了,还有 3 分钟我们就必须开始,否则婚礼只好取消。"新娘娇俏的面孔紧张得一下红了,赶紧让女友打电话,我也不由得着急起来,盯着电梯口。好在,新郎和两个男伴在最后一分钟赶到,所有人这才松了一口气。

　　证婚人(婚姻注册官)克里斯是一个头发花白面容清癯的澳洲人,穿着得体的象牙色西装,可能是每天看惯了喜悦的人们,脸上有一种自然而然的温暖和亲切。他把我和新郎新娘叫进一个小房间签署一些文件,让其他人在旁边的厅内等候。他拿起一份法定声明书,让我们分别签字(因为文件是英文,为确保其合法性,还需要由我翻译之后签上我的姓名)。轮到新郎签字的时候,看着他神情紧张的样子,克里斯微微一笑,"现在逃跑还来得及,不过门已经被我锁上了。"我们三个哈哈大笑,新郎定定神,潇洒地签上他的中文名字。之后克里斯和我走到主持婚礼的大厅,他按下录音机上的播放键,我以为听到的会是婚礼进行曲,却惊喜地发现是甲壳虫乐队的"Here comes the sun(太阳出来了)",然后看见新郎挽着新娘缓缓走进来,这样的轻快温馨的音乐,这样喜悦庄重的氛围让我心中刹那间充满祝福和感动,说是世俗婚礼,却分明给人神圣的感觉。当证婚人让这对新人在婚书上签字的时候,音乐恰到好处地转换为"From this moment on(从这一刻起)"。接着在克里斯和我的双语引领下,新郎新娘交换誓言,互戴戒指,当我跟着克里斯说出"新郎,你现在可以吻新娘了",大家一片欢呼的时候,我深深地感到,婚姻注册官是一个多么美好的职业,每天见证着这样幸福的时刻,见证着一段新生活的开始(澳洲的婚姻注册官只负责结婚的合法化,因为离婚是一律由家庭法院办理的),自己也不由自主感染了幸福。所以,当一对香港来的情侣约我下个月为他们的婚礼翻译的时候,我欣然同意了,不过也告诉他们我的顾虑,我的广东话并不是特别标准,到底是人逢喜事精神爽,他们不约而同用快乐的声音告诉我,没有任何问题,完全听得懂。走出婚姻注册处的大楼,我发觉,今天的天格外蓝。

翻译趣话

说实话,翻译这个工作虽说绝不枯燥,但也并非总是有趣,起码不像我在读翻译课程时老师所举的例子那么多姿多彩。

（一）某学生翻译一个剧本,主人公临死之前说出两个字"报仇",该学生翻译为,"he said the last two words before he died,'Revenge！'"老师评语说,"你不识数吗？至少可以写'Revenge,Revenge！'吧？"

（二）联合国大会上,演讲者讲了一则笑话,同声传译立刻意识到那个笑话翻译出来根本不好笑,于是机智地对听众说,"刚才某先生讲了一个他认为很有趣的笑话,为表示礼貌,请诸位大笑一分钟！"观众遂配合地大笑起来,演讲者十分满意。

（三）同声传译所面临的压力仅次于飞行导航员,因此每翻译二十分钟必须换人,因为已达到紧张极限。一次新闻发布会上,因为主办方的疏忽,没及时安排换人,以致那个濒临崩溃的同传忘记他的本分,单纯重复发言人的说话,人家说英语,他说英语;人家说汉语,他用汉语接着说一遍。

遭遇台湾"国语"

因为工作的关系,经常碰到来自世界各地的说国语的华人,"台湾"、越南、柬埔寨、老挝、马来西亚、新加坡、印尼,还有东帝汶。其中最难懂的要数东帝汶的,他们称之为华语,在我听来几乎是每一个声调都摆错了位置,但可爱的东帝汶同胞偏偏自我感觉最好,几次跟我说他们的华语是最正宗的,以至于我开始怀疑他们是否一直在忍耐我的普通话。毋庸置疑,台湾的国语是这里最标准和易懂的。记得我的翻译老师曾说,在中国,台湾的中文水平最高,香港最烂。这点我不敢妄加评论,不过我曾翻译过台湾的户籍誊本,也就是我们俗称的户口簿,那些文绉绉的书面语我看着都深奥难懂,比如说"户校",根本不知道指的是什么,查遍维基百科,才找到答案,就是"人口普查"之意,晕死了! 台湾的结婚证更古典,其中竟然有"看此日桃花灼灼,宜室宜家。卜他年瓜瓞绵绵,尔昌尔炽。谨以白头之约,书向鸿笺。好将红叶之盟,载明鸳谱"这样的内容! 上苍啊! 我是在翻文言文的言情小说吗? 但是平心而论,台湾对中国古典文化的传承确实比我们做得更好。

不过台湾的国语,因为受到了客家话,原住民语言及诸多外来语的影响,形成了自己独特的风格,以至于我在和台湾朋友交流的时候经常有哭笑不得的感觉。我不介意他们把信息叫做资讯,发短信称之为传简讯,自行车叫做脚踏车,蒸桑拿翻译成三温暖,大脑短路戏称为"秀逗"(short 的音译)。但我不能容忍他们把电脑软件叫做"电脑软体",让我听了毛骨悚然,同时疑惑他们是否把硬件翻译为"硬体"。我也不喜欢我的台湾朋友夸我"闷骚"(勉强可以解释为内秀),尽管他们全无恶意,我也总觉得是在骂我。我的台湾同学新买了手机,功能搞不清楚,歉意地对我说,"我和我的手机不熟。"我真想问一句,"它和你熟了之后会不会直接叫你的小名?"在一个台湾朋友家做饭,她拿出一只冻鸡放微波炉解冻,跟我说,"我要先退冰。"我笑着问,"那你准备什么时候进攻?"

寻找恩师林伟洪(Wai-Hung LAM)

前两日偶遇一个曾在西悉尼大学学翻译的学妹,问起她有没有上过著名的林伟洪老师的课,答曰没有,顿时为她感到遗憾。来自香港的林伟洪老师,年纪虽然只大我几岁,说他是澳洲中文翻译界的泰斗绝不过分。他知识渊博,才华横溢,常常寥寥数语就让人豁然开朗。上他的课根本没有人会缺课,因为是那么的珍贵有益,大家在他智慧诙谐的语言中不知不觉领会到笔译的精髓。因为他的宽厚谦逊,很多学生都爱叫他"洪哥",他淡淡一笑,不以为忤。我在毕业之后有两次遇到不解的翻译难题还去邮件请教过他,他总能给出经过认真思考之后的近乎完美的答案。可惜,因为离开了悉尼,又加之工作繁忙,有将近5年时间未和老师联系。等找出2008年的email地址再发过去却迟迟没有回音,在NAATI的网站上输入他的名字也告诉我查无此人。心中无限惶恐,真怕再也得不到林老师的消息。我能在今天勉强成为一个还算称职的翻译,离不开林老师的启迪与训导;我更希望在今后的岁月里还能时时和老师探讨切磋,在我们都深爱的翻译领域精益求精。如果能有幸再次得到老师的消息,我一定要去悉尼看望他,并在每年的新年和圣诞送上我的祝福。如果无缘再得见恩师,也永远祝福他健康平安,过着自己想要的生活。写不下去了。

（注:本文发布之时,我已有幸找到林老师,他现在悉尼的麦考瑞大学执教。真好!）

方言中国

澳洲人时常搞不清我们中国的语言,有一次我在医院翻译完正准备离开,前台那位笑容可掬的接待员叫住我,"普通话翻译,可以顺便帮个忙,问问旁边这位说泰语的女士需要什么帮助吗?"我掩饰住诧异的表情,婉转地告诉她,中国和泰国是两个不同的国家,说完全不同的语言,对于泰语,我和她一样,一个字也不懂,然后轮到她愕然并抱歉地看着我。更有一次,我的一个翻译中介急切地打电话给我,"梦尝,请问你是来自中国的哪个部分?"我告诉他,"东部偏南。"他欣喜若狂,"太好了,RRT(难民复审仲裁庭)就需要一个来自东南省份的翻译,你说福建话的,对吗?"我尴尬地告诉他,偏偏就福建话对我而言,和外语没什么两样。我要怎样才能让一个全无中国地理知识的澳洲人明白,中国一个省,甚至一个地区的境内就可能有几种相互无法沟通的语言,比如说同属南通地区,就有归于北方语系的南通话和归于吴语系的海门话;广东有粤语、客家话、潮汕话;更不要说中国八大方言就占了四种的方言最为复杂的福建了。我对福建话的了解除了那首传唱大江南北的《爱拼才会赢》之外,就只知道福建人把人叫做"狼",把吃饭叫做"驾崩",这还是拜大学时的福建籍老师所赐,他说福建人一语中的道出了人的本性。

中国的文字也同样博大精深,记得不久前妇女儿童医院要在正门以及候诊区以几十种语言写上 WELCOME,就把他们自己准备好的译文发给各个语种的翻译校对,当我看到"欢迎光临"这四个字时失笑了，我估计偌大一个医院里也只有产科贴上这几个字勉强合适。于是告诉中介，在中国，只有餐馆、酒店、商铺之类的场所才会用"欢迎光临"，医院作为不得已才光顾的地方，"欢迎"两字足已，加上"光临"只能是画蛇添足。

写了这么多，只希望澳洲，乃至世界能对中国多一点了解。记得 2008 年奥运期间，中介头一次不是为着工作打电话给我，只为充满热情地问一句"北京应当叫做 Beijing 还是 Peking?"我在法院的电梯里遇到两位身着黑色法官袍、头戴银色假发的法官，谁知在法庭上不苟言笑的他们竟然含笑地用中文招呼我说"你好!"我腼腆地一笑，心中充满难以言喻的喜悦和自豪。人们说，移民就相当于被另一个国家领养了，我觉得很贴切。养父母再富有和善，我们对和自己血脉相连的亲生父母的牵挂和眷恋都是心中永远的悸动。

新的正常

（写此文已得到当事人及其家人首肯）

阿德莱德的普通话翻译应该对照片中的女孩子不陌生，34 岁的天津姑娘程美去年来阿大攻读幼儿教育硕士，不料仅仅三个月后的 6 月 9 日就在过马路去到对面的安全岛时被疾驰而来的一辆四驱车以 70 公里的时速撞倒并从大腿和盆骨碾压过去。惊闻噩耗的父母三天办好了签证乘飞机赶到,看到上半身布满插管,右腿打着两根钢钉,头部肿胀成两倍大,且因颅压过高而颅骨被取出进行低温保存的女儿,妈妈当场晕死过去。出事的当晚,三台手术同时进行,把命悬一线的女孩儿从死亡边缘拉了回来,当她 15 天后苏醒之时,感觉恍若隔世。

在皇家医院住院期间以及在 BIRCH(BRAIN INJURY RE-HABILIATION COMMUNITY AND HOME "脑伤康复社区及家庭护理")复健期间,由于要和医疗团队、康复团队、社工、心理医生、理疗师、职业治疗师、语言治疗师、个案经理、律师等等专业人士沟通,程美父母见遍了阿德莱德所有的普通话翻译,对几乎我们每一个人姓名、籍贯都了如指掌。程妈妈每次都会流泪,一是感动于澳洲社会对一个留学生的倾力相助和真诚呵护;二是心痛曾经美丽聪慧,任环球雅思英语教员的女儿现在只能说出只言片语的英文,连做最简单的事情都要费力去思考。

关于出事的情形,我从不敢问,要不是程妈妈今天在接受心理医生疏导时说起,我可能永远不得而知,也不会心中充满感恩和震撼。就在出事前一刹那,对面马路上有一位某医院急救中心的护士刚停下车准备去旁边的店内购物,无意间瞥见步行的程美,看见这么一个长相清丽的东方女孩儿,不由欣赏地多看了两眼(这是护士后来亲口告诉程妈妈的);等她从商店出来,女孩儿已躺在血泊中,专业素养促使她第一时间飞奔过去,紧急给满脸鲜血的程美施救,帮助她呼吸。这时周围的路人全部围过来,打电话叫救护车,报警,指挥车辆绕行,帮程美捡起了被撞飞的所有个人物品,甚至还包括她的隐形眼镜。警察到来后,询问作为第一目击证人的护士,伤者是否有救,护士难过地摇摇头,说凭借她二十多年的经验,已经没有希望生还了。幸运的是,这名护士在救护车到来之前的抢救赢得了时间,再靠着所有医护人员不眠不休的努力和程美顽强的求生意志,女孩儿与死神擦肩而过。程家父母托尽认识的所有人,于一年之后辗转找到了这位护士,只为了对这位犹如天意安排下出现的救命恩人说一声谢谢。见面的一瞬间,所有人都热泪盈眶,护士紧紧抱着程美长达5分钟,歉意地说,"我当时认为她活不成了,这是我此生做得最错的一个判断!"

　　程妈妈坦言她心中最大的痛就是程美再也不能恢复成以前那样,而她今后的人生因为身体的伤残也必定是残缺的。头发花白的心理医生静静地看着她,温和的眼神中充满同情、理解和洞察人心的睿智,他轻轻地抚摸着这位伤心母亲的手背,缓缓地说,"脑伤病人永远不可能恢复到之前的正常,我们不可以回看过去,不断进行比较,而要接受今天这个新的正常。"程妈妈若有所思的脸上逐渐出现了释然的笑容,那难得的笑容和眼角的泪水把母爱诠释得那样具体,令人动容。我钦佩又感激地看了一眼心理医生,心里反复默念着"New Normal(新的正常)",多么豁达智慧的概念!当我们的人生出现变故,与其沉湎于再也回不到的过去,何不接受这个"新的正常",谁能说新的正常一定没有旧的正常精彩呢?!

汉语的魅力

　　在医院为一位等待做胃镜的病人翻译,病人躺在等候区的一张病床上,护士向他询问过敏史、既往病史,并说明做胃镜的程序,以及麻醉后注意事项,由我一项一项翻译给他听。旁边病床上的一个不太年轻的澳洲人一直在很注意地听我说话,最后竟然从躺姿转为坐姿,面对我们,专注地倾听。我看他一眼,发现他眼中毫无恶意,就没往心里去,继续往下说。刚翻译完,他忽然开口,用英文说,"翻译得很不错!"我吃惊地看向他,以为他在说笑,谁知他微微一笑,用略带外国口音的中文对我的客户说,"她翻译得很好。"病人有些吃惊地笑了,"你会说中文?"他自豪地点点头,"我经常去中国采风,我是个画家。你从中国哪个城市来?"病人犹豫了一下,说"福州。"我猜他可能觉得澳洲人对北京上海之外的中国城市都没什么概念,可我们的中国通朋友立刻接上,"知道,离厦门不太远。"我忍不住由衷地称赞他的地理知识,同时心里暗暗庆幸,还好翻译时没出什么错,否则给一个老外挑出毛病真正无地自容了。看来在这个多元文化的社会,尤其是汉语即将大行其道的年代,我们当着老外说中文还真不能肆无忌惮了,你怎么敢保证他不是一只白皮黄心的鸡蛋呢?

不同国度的人能用同一种语言沟通确实是令人向往的世界大同,尤其是如果这种语言是我们引以为自豪的汉语,而不是独领风骚数百年的英语。不过,即便不能领会汉语的意思,能听出其音律美妙的人,我也会对其另眼相看。本地一位很有名望的眼科医生就曾在我说出了大段的普通话之后诚恳地对我说,"这样悦耳的语言,我可以听一整天而不疲倦!"而时常有客户在我结束翻译时对我说,"普通话比越南话柔和多了!"这真是于我心有戚戚焉,曾在越南区住过一段时间,满耳皆是那种含糊不清,拖泥带水,有如鸭子叫般频率相同的扁平音节,和抑扬顿挫的普通话简直不可同日而语。曾读过一篇语音学的文章,凡是音调上扬的语言大都悦耳动听,法语就是典型的例子;反之,音调不断下降的语言听在不懂该语言之人的耳中就会觉得很不好听,印度语、越南语就是此类语言的代表。而在一次语言悦耳程度的问卷调查中,外国人普遍觉得普通话好听过广东话,也是这个道理。

语言中因为太多的同音字或近音字经常会造成误解。一次我因为路上堵车,工作迟到了5分钟,客户已经用断断续续的英文和评估人聊起来了。评估人看见我来了,就迫不及待地说,"请你问问她,她是歌手(singer)是吗?"我疑惑地问那位年纪已经不小的女士,"你是歌手?"想不到她比我还吃惊,"歌手?怎么会!""那你和她说过你是 singer?""对啊,我是说我 single,我都单身好几年了!"迷局这才解开,评估人抚掌大笑,说,"没有翻译就是会产生误会。"过了一会儿,当问及客户的工作经历时,她告诉我们,"我曾在机场工作。"我就如是翻译成 Airport,评估人好奇地问她在机场做什么工作时,她用手比划了一下,"就是切鸡啰!"我的脸一下红了,赶紧解释说,"对不起,她之前说的是 Chicken factory(鸡厂),不是 airport。"然后自嘲地补充说,"我们说的是同一种语言,一样会有误会。"

和语言打交道确实是其乐无穷的工作,尤其是当我陪伴着之前那位病人走进胃镜室,把在场的医生、医生助手以及麻醉师介绍给他之后准备离开之际,帅气的麻醉师微笑地叫住我,"请问再见用普通话怎么说?"我拖长音节说"再—见!"然后听见手术室里不约而同地传来一声快乐而不标准的"赛—见!"

翻译 = 工具?

翻译,其实就是人们沟通的一个工具,必须精准、有效,不掺杂个人观点和感情。这一点我早就明了。在悉尼的时候,有几个大的华人社区的福利部格外繁忙,仅靠 oncall(随叫随到)的翻译已经远远不能满足需求,就专门安排了 in – house(我们戏称为坐堂)的中文翻译在福利部坐镇一整天,以协助那些没有预约的普通话或广东话客户。和工作人员处熟了之后,他们经常就开玩笑似地说,"亲爱的,我能用你一下吗?"我就乖乖地走过去被他们用。

但工具背后毕竟是我们这些有着各式各样情绪的人,所以有的时候还是难免失控。记得记忆中最难堪的一次是毕业不久协助一个受工伤的男子在独立评估医生(既非保险公司也非伤者的医生)处进行伤残评估。医生问,"受伤后你有什么事是之前能做现在不能做的呢?"男子义愤填膺地脱口而出,"什么不能做? 不能做爱了!"正端坐着喝水的我惊得差点被呛着,虽说我是工具,可工具在这种情况下也是会尴尬的呀。当时恨不得拔腿就走,不翻了。可想到客户受伤的处境以及评估结果直接关系到他能否得到应得的赔偿,强自镇定把那句话翻出来,却发现医生连看也没看我一眼,只是点点头继续做着记录,心里暗暗松了一口气,怪自己不经世面。记得读翻译时学到那些敏感的医学词汇时,同学们都偷偷笑,不好意思说出来,老师义正词严地说,"大家都是成年人,何况以后还要从事专业工作,不需要这样扭扭捏捏。"自此我谨记这点,再微妙的场合也努力镇静自若,以至于后来每当看男科专家的病人吞吞吐吐,欲言又止地描述完症状,我都能用平淡的语气轻松地翻译出来,就像叙述的是寻常感冒一样。奇怪的是,看到我这么淡定的样子,紧张的病人往往就慢慢放松下来,最后开始滔滔不绝地把自己的病痛和忧虑一股脑儿地说出来。我这才体会到,翻译冷静客观的态度直接影响到翻译的效果,也随之意识到专业人士所应该具备的处变不惊的平常心。曾看过皮肤科医生用白皙的手指仔细触摸全身溃烂并长满疱疹的病人肌肤;金发扎成马尾戴着珍珠耳环的理疗师一次次把病人的腿高高举起,病人的光脚几乎碰着她秀丽的脸颊,只为了缓解病人的背痛。而一位天生多处残疾由澳洲政府资助来皇家医院整形的 25 岁香港女孩,因为用手臂的皮肤植在脸上,明显的色差和不同的肌理连一向礼貌的澳洲人也忍不住要同情地多看她两眼,我为她翻译近一个月都不太敢正视她,可是她所见的每个医生都会怜爱地抚摸着那张令人看了心头一紧的面容,慈爱的眼神与看自己的女儿无异。

告别女孩回到医院的大厅,我被一阵悦耳的钢琴声吸引过去,只看见投入弹琴的是一位年老的义工,旁边一位坐轮椅的老人在一旁静静聆听。一曲奏完,忍不住走过去,在他们欣然同意之下拍了照,因为看到此情此景,只觉得活着真好,健康真好,付出真好,能爱真好!

话说称谓

在中国文化中,称谓一直是一个很重要的概念。家里来了客人或亲戚,小孩子必须用正确的称谓进行招呼,才能算作礼貌。可有的时候因为人物关系的错综复杂,或牵扯到辈分,别说孩子理解不了,大人有的时候也犯难。老公的大姐比他大近20岁,她的孙子宣哲比予施小半岁,按辈分,予施是他的长辈,可到底怎么个称呼,大姐为难了。第一次视频的时候,予施看见电脑里的小不点,高兴地叫道,"是 Baby!",大姐赶紧对宣哲说,"叫表叔!"我差点晕倒,唱《红灯记》呢?于是和大姐说,"就叫予施好了,小孩子搞不清楚的。"老派的大姐认真地说,"辈分不能乱的。"

西方人就绝对懒得在称谓上伤脑筋。一个 cousin 就囊括了我们所有堂的、表的、男的、女的、比自己大的、比自己小的。他们顶多区别 first cousin(第一代堂/表亲),即兄弟姊妹的孩子,和 second cousin(第二代堂/表亲),即 first cousin 的孩子。上次一个学生写了一封声明让我给看,其中提到表姐夫,她翻译成 cousin - in - law,虽然理论上没有错,但我好像从没听老外这么说过,因为稍微复杂一点的人物关系,他们就直接称呼名字,这也避免了很多尴尬。我的邻居是一个再婚家庭,双方都是老师,男方已经退休了,女方有两个十来岁的孩子,继父和孩子们的关系很亲密,一家人其乐融融,而两个孩子就直接叫他名字 Lindsay,这在中国几乎是不可思议的。

予施幼儿园里所有老师都一律被孩子们直呼其名(只是名,不带姓氏)。看着那些走路跟跟跄跄,兜着尿不湿,一身婴儿肥的小东西理直气壮地称呼大人的名字,每次我都想笑。这也从一个层面体现了澳洲社会的平等和教育理念。因为澳洲的幼儿园不是一个传授知识的地方,而是一个照顾孩子,陪孩子玩,帮助形成最初的社会人格的所在,所以幼教工作者他们不称其为老师,而是孩子的照顾者和玩伴,孩子对他们没有畏惧和尊敬,只有依赖和亲近。一次,其中一个老师(抱歉我只能这样称呼)同我说,很多孩子都认为老师们就住在幼儿园里,是幼儿园的一部分,因此当听说老师们也有自己的家和孩子时都不能置信。

中国文化中的等级观念根深蒂固,记得我们从小学开始,班上就有班长、组长、队长、委员等等一大堆干部。嘉予上学后我曾好奇地问他,班上有没有班长,他奇怪地问我,什么是班长,我解释给他听之后他告诉我,没有。我问为什么,他回答我,因为大家都是平等的,听到一个五六岁的孩子这么说,我很受触动。工作以后确实发现,澳洲所有的工作场所,再大的政府机构,同事间上下级间全部都称呼对方名字,Mr.、Ms.(女士、先生)这些词只用在正式的信件中,日常生活中很少听到。我在悉尼大学读书的时候,有一位教高级写作的女老师十分严谨,不苟言笑,刚来澳洲不久的我每次和她说话,都要称呼她"Ms. Ellis",后来才发现班上那些澳洲同学、英国同学都语气亲昵地叫她"Kylie",而我并没有因为对她使用敬语而更得她的青睐。

但是在中国的工作场所,如果你称呼别人,尤其是职位高过你的人时没加头衔,那你真的是不想混了。回想我在南京的假日酒店工作的时候,董事长姓马,我们都要尊称他"马董",但因为他的德行并不足以服众,私下里我们就和一位上海同事一起用上海话叫他"马董",因为在上海话里,此"马董"和"马桶"同音。而新加坡来的总经理姓蒋,是一个非常苛刻难伺候的女人,所有人都怕她,提到"蒋总"就不寒而栗,于是她也得了一个外号"蒋委员长"。而之后我工作的一家法国公司就更有意思,因为是工厂,所以有很多工程师,大家都"王工，李工"这样的叫他们。法国人刚来时候不理解，怎么你们这里有这么多"工"，因为在法语里"工"与笨蛋同音！不过我们中国人也不是好惹的，于是反唇相讥，"那你们法国人好？见面就叫人笨猪（bonjour），再见还不忘骂人傻驴（Salut）！"

缩写之惑

收到 Telstra（电话公司）的账单，有 11 页之多，看得我云里雾里，还有一些不明所以的缩写，像是 MRO 之类的，于是打电话过去问，才知道 MRO 全称是 Mobile Repayment Option（手机还款选项），这哪是给客户看的？分明是内部黑话嘛！于是对客服抱怨说，"看懂你们的账单要先拿一个文凭才行。"谁知客服也很幽默，"那么我恭喜您，您已经毕业了。"

讲到英文里的缩写，我就想到一次电话翻译的情形。一个客户打电话到市议会，询问刚收到的一份账单，问为什么收他八块钱，还硬说他养了一只猫，因为他根本没有猫，只养了两只狗。我和市议会的工作人员都莫名其妙，最后才明白他能看懂一点英文，其中有一项收费叫做 CAT 1，他就以为是

"一只猫",工作人员哈哈大笑,说那是 CATEGORY 1(一类收费),客户这才恍然大悟,在电话那头不好意思地笑了。

我们读翻译的时候曾翻译过一篇有关世卫组织(WHO)的文章,结果一个特有创意的同学翻译成"谁人",老师怒极反笑,说"这个谁人什么来头? 竟然所有字母都要大写!"

更有意思的是,一个叫做申泰德的同学,姓名首字母是STD,常常被我们取笑,问他,你的名字是代表长途电话(subscriber trunk dialling)呢还是性病(sexually transmitted diseases),气得他恨不得当场改名。

前两天为一个肉类加工厂翻译一些操作规程,页脚有一行字翻译过来是"工作场所健康和安全协调员",后面还有一个缩写 MB,因为牵涉到某个具体的人,所以我以为是他名字的首字母,就没有翻。结果工厂里刚好有一位中文翻译,看了之后质问我为什么 MB 没有翻,然后才告诉我说这个不是人名,是 Murray Bridge Plant(墨累桥工厂)的缩写。我真佩服这个工厂的自信,以为世人一看这个缩写就知道非他们莫属,可事实是,如果不给我提示,我想破脑袋也想不到那上面去。

记得曾看过一篇有趣的关于中国各大银行名称缩写的恶搞释义,其中最牛的要属中国工商银行了,简称 ICBC,即"爱存不存",真正体现出大银行的气魄,深得九阴真经的精髓:他强由他强,清风拂山岗。他横由他横,明月照大江。他自狠来他自恶,我自一口真气足。

什么样的生活都可以美丽

去一位病理学教授家为他口头翻译一份在中国申请专利被拒的复审通知书。工作接下来之后就有点后悔,六页纸上写满了陌生而拗口的微生物学的术语,中文都看得吃力,何况还要翻成英文。但想着申请人的心血换来这么一个结果,如果还没有人告诉他为什么,岂不是太委屈了!耐着性子花了两个小时读完了全文,并把生词做了注解,忐忑地来到了指定地址,生怕我这样一个外行翻出来的学术文章他听不懂。

一进门就是一个朴素雅致的小院,篱笆旁一丛怒放的百合风姿绰约,我的心立刻静了下来。应门的是一个看体态和皱纹至少有80岁的老人,一双蓝灰色的眼睛却透着纯真而好奇的孩子气,我不禁笑了。他领我坐在厨房旁边的餐桌上,上面放着一摞文件和一个笔记本电脑。很多澳洲人都喜欢在自家的厨房里待客,因为弥漫着咖啡和糕点香气的厨房有一种温馨惬意、令人放松的氛围。我打量了一下四周,琳琅满目的器皿厨具摆放得极有条理,擦得锃亮,散发出美丽的金属光泽,不禁暗暗佩服女主人的善于持家。

工作开始后,进展得异常顺利。我没想到的是,这样一个行动略显迟缓的老人工作起来是如此思维敏捷,而且理解能力过人,再繁复的句子我只说一遍他就连连点头,并迅速打在电脑上,打字速度比我还快。不到一小时全部中文都转换为他电脑上的英文,我长长地出了一口气。他慈爱地一笑,耐心地把他的理论解释给我听,说拒绝的理由是因为中国专利局认为他的技术中国已经有了,其实却是不同的两个技术。我立刻问道,是不是翻译得不准确? 他微笑着点点头,"是中国专利局帮我在中国找的翻译,显然水平不如你。"听着他轻松的语气,我很难想象他从 2007 年就开始研究的技术因为翻译文本的失误而让他的努力付诸东流,他却心平气和地接受,没有一丝的不满和抱怨,只是希望他的复审文件能由我帮他翻译。我笑着说,只要不是太长,用词不是太专业,我一定尽力。他听后高兴地和我聊起他在洛杉矶和曼谷的儿女,我这才知道,他一直是一个单亲父亲,独自把两个孩子抚养成人,孩子离家后他一直独居至今。他又兴致勃勃地让我参观他的阅读室,书架上的历史书全是他作为业余爱好的读物,还指引我欣赏走廊上的一幅幅肖像画,最珍贵的是祖父留给他的一幅狩猎主题的油画,是画在木板而不是帆布上,因为是两百多年前的作品,颜色已经变得很深,但依然栩栩如生。看到一个没有女主人的家布置得如此整洁精致品位不俗,听着这样一个耄耋老人用宠辱不惊的语气娓娓谈论他的生活和爱好,我猛然发现,什么样的年龄都可以可爱,怎么样的生活都可以美丽!

迷失在地址里

记得看过一部电影叫做"*Lost in Translation*"译作《迷失东京》,其实它的字面意思应该是"迷失在翻译里",可以理解为,再高明的翻译都做不到完美表达原文的意思,多多少少总有一些意思或意味会在翻译的过程中流失。我每每翻译中国地址的时候都有这种迷失的感觉,因为经常翻译中国驾照的关系,见过太多的奇怪地名不说,中国地址的全无章法可寻真是让我大开眼界,以至于时时怀疑澳洲人到底能否看明白这些不讲道理的中国地址。这样说是因为澳洲的地址太规范了,通通由四个部分组成,即街道号码、街名、区、州缩写加邮编。你再看看中国的,省、市、区,这部分还好,下面就八仙过海,各显神通,什么大道、什么街、什么支路、什么巷、什么弄、什么小区、什么园、什么苑、什么村、什么山庄、什么花园、什么宿舍、几幢、几单元等等,如果是乡村的,就是什么县、什么镇、什么庄、什么村、什么自然村、什么组、什么大队。这个还算好的,有的既不叫街也不叫巷,叫什么埂子,简直是不按牌理出牌。南京有个地名叫司背后,我到现在还搞不清那是一个街道还是什么别的行政单位,还有叫"三步两桥"的,用拼音表示太长,整个一个不知所云,如果翻成英文还有点意思"Three steps and two bridges",就是不知道这样寄到中国的信邮差能不能顺利找到地方投递。还有叫螺丝转弯的,我真想恶作剧地就翻成"Screw Bend",管别人能不能看懂,最后还是秉着负责任的态度老老实实用拼音写成"luosizhuanwan"。还有一些更令人郁闷的地址,比如说某某市场门口,某某宿舍平房第几排,某某大楼地下(我至今都在纳闷那个人到底是什么样的居住环境),还有某某火车站旁边。这种含糊的概念直接可以媲美迪拜了。

我在迪拜生活了五年,愣是不知道我住的公寓叫什么街,因为申请来澳洲留学,表格上必须填写街道地址,我才找到房管员(迪拜每座公寓楼都有一个负责管理、打扫、洗车的房管员)，他竟然也不知道，最后找到房子的业主，他拿出锁在抽屉里的契约才在文件的角落找到我们所在的街名。这种事在迪拜一点儿也不奇怪，迪拜是世界上出了名的街道名称混乱的地方，要么干脆没有名称，要么就有好几个名称，阿拉伯人的脑子习惯性进水由此可见一斑。房子没有统一的门牌号，还有很多门牌号竟然是房主自行定的。所以在同一条街上你看到11号过后就是171号，请一定不要大惊小怪。我在迪拜的时候《哈利波特》还没写出来，否则我敢打赌一定有人会在自家门口挂上九又四分之三的门牌。

在迪拜生活久了大家都习惯记住参照物和地标性建筑，连警察指路也以这两者为依据。据说市民如果离开自己熟悉的区域，迷路的概率高达50%以上，我觉得一点也不夸张。有一次我要去给黄金市场的一个客户送货，在几十条几乎一模一样的小街中迷路了，于是站在街道路牌下面打电话给客户，结果在此地开了25年店的老板压根不知道那是什么地方，我只能无助地凭着记忆乱走，等猛然看到那家店时才发现就在短短的两条街开外。我记得我们住的地方靠近迪拜皇宫旁的环岛，皇宫的阿拉伯语叫做"巴拉迪亚"，于是每次坐出租车都告诉出租车司机去"巴拉迪亚 Roundabout",司机立刻就明白了。迪拜因为人工相当便宜,所以哪怕你只买一瓶水,一袋面包,只要打电话给附近的小超市,他们就立即派人送来,还没有送货费,唯一难办的就是指路的问题。正巧我们住的那幢公寓楼下是一个电脑商店,于是每次只要交代我们是在"巴拉迪亚 Roundabout 旁边的 Computer shop building",那些看上去并不如何聪明的小伙计们还都能迅速地找对地方,这恐怕就是他们的生存智慧了吧。

人生,真的是一种态度

今天去交通局为一个参加理论考的客户翻译,一看到她人,我的心就凉了半截,是一个看起来将近有 60 岁的女人,凭我以往的经验,这样的人考起试来是最磨人的,一道题不念上三遍是听不懂的,而且 42 道题都考完之后往往还要回头把不确定的题再让我翻译一遍,有的甚至要求每道题都再讲一遍,尽管我告诉他们,只要错 10 题之内都算通过,而全对并没有任何奖励。谁知从第一道题开始就进展得异常顺利,经常我的答案还没念完,她已经选好了。结果 20 分钟交卷,而且一题都没错。交通局的人似笑非笑地看着我说,"这也太快了吧? 你保证你题目都读完整了吗?"我奇怪地看着她说,"当然! 她准备得很充分,答题自然顺利!"客户事后告诉我,为了这场考试,她足足准备了两个月,做遍了模拟试题,不为别的,只因为在一个陌生的国家开车,必须牢记交规,这是对自己和他人的生命负责。这么多年,我为无数人翻译过理论考试,这是第一次看到有人考得这样快而出色,并且说出这样的一番话。回想那些年纪很轻,却连最简单的常识题都央求我给点提示的人,我不禁想说,人生,真的是一种态度。

　　我多次在医院里为需要置换人工关节的老人们翻译,手术过后,最常听到的抱怨就是人工关节导致的不适和疼痛,但对于关节发生退行性变化或骨关节炎严重到一定程度的人来说,人工关节是目前唯一的选择。但是上一周,我遇到一个75岁的老太太,精神抖擞,走起路来健步如飞,一问才知道,她是换了人工关节6个月之后来医生处复诊的。看着医生赞赏的表情,老太太自豪地说,"我手术之后一能动就严格按照医生和理疗师的要求锻炼,一开始是很疼,走路不自然,但现在你们看,我觉得行动没有任何阻碍。"医生欣慰地说,"我同我的每一位病人说,我们的技术和人工关节的质量都是目前世界上最好的,但手术成功只代表我这一半工作完成了,剩下的一半需要你们自己的坚持和努力。可惜,没有几个人能做到这点,他们往往因为一开始的疼痛和异物感就放弃锻炼,结果就永远感觉这个关节不是自己的。"

最近还在法律援助部门遇到一个遭遇家庭冷暴力的女人,两次见到她,脸上始终是一种畏首畏尾的表情,说话时从不敢正视别人,人也憔悴得不像话,一说话就泣不成声。这个来自中国乡村的女人嫁给比自己大十来岁的澳洲丈夫之后只过了短短两周浓情蜜意的好日子,之后就是每日无休止的谩骂、侮辱和丝毫不加掩饰的憎恶和蔑视。到后来,她做任何事都战战兢兢,越是这样,越是什么都做不好。她的描述立刻让我想起一个笑话,一个生性挑剔的丈夫总是习惯性地埋怨妻子,妻子做了荷包蛋,他说想吃白煮蛋,妻子做了白煮蛋,他又想要荷包蛋。怎么也无法取悦丈夫的妻子于是做了一个荷包蛋,一个白煮蛋给他,谁知丈夫凝视了鸡蛋几秒钟后怒斥她说,原本该做荷包蛋的鸡蛋你给白煮了,该做白煮蛋的你却做了荷包蛋!

翻译结束后,她要求搭我的车去车站,我乘机在路上劝她离开这段痛苦的婚姻,谁知她坚决不肯,原因是,持配偶签证的她在还未满足两年的居住期即放弃婚姻很可能就拿不到永居身份,如果她一无所获地回到家乡会被人耻笑死。我试着告诉她,当你连仅存的尊严都被践踏得如此不堪,如果你的每一天都活得这么不快乐,面子和签证又有什么意义?我不由想起我在医院遇到过的另一位女性,年纪和她差不多,也和她一样几乎一句英文也不会,而且也是嫁了一个澳洲丈夫,但生性乐观开朗的她即便给诊断出得了乳癌都没有掉一滴眼泪,而是像慈母安慰不懂事的孩子一样默默安抚失控的丈夫。几个月之后,我又见到了因化疗头发掉光扎了一个头巾的她,依然笑得真诚无比,脸上没有丝毫的不甘和自怜。等待就诊的时候,我听着她用断断续续的蹩脚英文和丈夫说说笑笑,我的心里顿时充满对这个女人的敬意。我第一次见到她时心里还纳闷,那个身为工程师的澳洲男人怎么会对这么一个姿色平平而且看上去有点俗不可耐的女人深情款款,此刻,我忽然明白了,这样的豁达心态连不相干的人都觉得钦佩,何况是相濡以沫的伴侣呢?人生,真的是一种态度,乏味还是精彩,痛苦忍耐或是坦然面对,全看自己如何把握。

你愿意你的孩子是那个被打的还是打人的?

　　顶着 40 度的高温来到阿德莱德青少年法庭,看着我挂着的工作牌,一个气宇轩昂的澳洲男子立刻走过来,说他是被指控的孩子及受害者的 Homestay father(寄宿家庭的家长。在澳洲留学的未成年孩子如果没有父母陪同或在当地没有合法的监护人,就必须找一个寄宿家庭,由寄宿家庭的父母承担监护人的责任)。因为中介在分配工作时并没有给我任何背景资料,所以我一头雾水状看着他。他立刻会意,解释道,我的家里住了 5 个 homestay 的学生,都是男孩,有一个中国孩子 17 岁,非常安静,不爱说话,每天除了上课就关在自己屋里做功课或是玩游戏,晚上不出来和我们一起看电视,我周末带其他孩子去踢球或者远足,他也说没兴趣,虽然安静了一点,但他的好处是从不惹是生非。家里还住了一个 16 岁的俄罗斯男孩,彬彬有礼,英文说得很漂亮,喜欢运动,经常还帮我们做饭和清洁,我和我太太都很喜欢他。但我万万没想到的是,前天放学之后,他竟然到中国孩子的房间里把他狠狠打了一顿,我又急又气,拉也拉不开,只好报警。我做 homestay 将近 20

年了，还第一次遇到这种事情！

　　宣布开庭时我看到了那个中国孩子，眼角乌青，嘴角破了，戴了一副镜片有裂痕的眼镜，样子有点胆怯，一看就是一个循规蹈矩的乖宝宝，陪他一起来的是今晨刚从堪培拉大使馆赶来的三秘。我轻声问孩子伤在哪儿了，他看着我的样子就像看见亲人一样，带着哭腔说，一颗牙打掉了，另一颗牙断了。三秘对我说，已经照过 X 光，还好脏器都未受伤，澳洲移民局已经加急批准了孩子母亲的签证，本周即可来澳。看着这个还算结实，个头不矮的孩子，我不禁想，什么样的孩子能把他打成这样？正想着，看见一个一身黑色西装的男孩走上了被告席，运动员一样的挺拔身材，栗色卷发和一双冷冷的琥珀色眼睛。法官陈述了对他的指控，即袭击致造成实际身体伤害，问他是否认罪。他平静地说，"认罪。"法官问他，"能告诉我你为什么要打李言（音译），就是和你住在一起的那个男孩?"他语气诚恳地说："当然可以，法官阁下。我的父亲是个军人，从小对我有严格的要求，体能上、学业上，还有就是一个人在外面，有什么事自己解决。我打了李言是因为他从不和我们一起玩，见面不打招呼，我和他说话他也总是爱理不理，而且我们住在 homestay，就像在自己家一样，应该分担家务，可是他吃过饭就回房间,不收拾盘子,脏衣服就放在洗衣房,自己不洗,也不说请我们帮他洗,好像这样衣服就能自己变干净似的,我们帮他洗好,他连谢谢也不说。我实在忍不住了去教训他,他只顾着自己玩游戏,看都不看我一眼,我一气之下就打了他,他竟然抱着头不反抗,我就更生气,因为他不像男人!"他那流利的表达和略带欧洲口音的悦耳英语似乎一下就打动了法官的心,因为法官的表情慢慢变得柔和起来,认真地问他,"那你父亲有没有告诉你,遇到看不顺眼的事情就要动手呢?"他沉思片刻说:"没有,因为我们做错事,父亲也会打我们。但是我知道我一时冲动打了李言,对他造成了痛苦和伤害,我非常后悔,我愿意当着法官阁下和 homestay father 的面,请求李言的原谅。李言,对不起!"当我把这段话翻译给李言听的时候,李言忍不住哭了起来,就像一个被大人冤枉之后又得到谅解的孩子,他抽泣着小声对我说,"我不是对他爱理不理,而是觉得自己英文不好,不好意思多说话,怕他们笑话我。还有,妈妈从来不让我做家务,而且妈妈告诉我,每周的房租 240 澳元,什么都包了,让我什么都别管,安心学习。"

听了这些,我无语了,中国孩子无辜被打,我很心痛,但被打的理由却让我说不出的痛心。我不知道一些父母千辛万苦节衣缩食送孩子出来读书的初衷是什么,如果仅仅是为了把书读好,不屑于了解当地文化,不去与人沟通交往,不明白分担责任,遇到暴力不会反抗,这样的留学又有什么意义?

这个社会并不完美

虽然我没有遭遇过歧视,不代表这个社会就没有歧视;虽然我没有受到过不公正的对待,也不代表其他人也都能这么幸运。这就是我今天来到 Holden Hill 地方法院的体会。

我翻译的客户,一个四十岁左右、长相文静的女子,持学生创业移民签证来澳,买了一个一直都在赔钱的小加油站,以期得到永久居留,5 年未获批准。更糟的是,为了分担费用,她把车库租给了一个无赖的澳洲人开了车行,这个人拖欠一年多的房租水电不说,还经常找茬生事,把车堵在车道上,用她听不懂的各种脏话骂她,甚至在她开车准备出去的时候冲过来拔下她的车钥匙,扔得远远的找不到,凡此种种。警察来了也睁只眼闭只眼,因为警察常找这个人修车。

我以为她是以民事纠纷受害者的身份上法庭,出乎意料的是,一开庭,她被法警要求坐在被告席上。当我告诉她这是

被告席时,她瞪圆了眼睛不明所以。原来,因为她三番五次去
索要房租,结果被那个无赖倒打一耙,说她威胁他,以至于警
察立案,并起诉她恐吓,由法官下达了一个禁足令,禁止她去
上班,以免威胁到受保护的原告,同时,她也不得直接或间接
地和对方联系。可悲的是,她虽然知道有禁足令这回事,可却
一直没明白,自己是受委屈的一方,怎么在法庭上却成了恶
人。她的律师请求法官取消禁足令,因为她在不能上班的这
两个月不得不多雇佣一个员工,产生了一笔可观的开支。可
她的运气真的不好,当天的法官是我这么多年来头一次见到
的一个满脸厌倦神色,眼神极其冷漠的法官。她自始至终没
有看被告一眼,当律师陈述理由说,请撤回禁令,允许我的当
事人回去工作时,她不耐烦地问了一句,她是什么职务? 律师
回答说,director(相当于总经理)。法官不紧不慢地说,我知
道很多 director 并不需要每天去上班。随后她突然休庭,说要
去查法典,扔下一法庭的人等了足足十分钟,之后拿着一摞资
料回来,继续无视大家存在地皱着眉头翻着资料,法庭里弥漫
着令人尴尬的沉寂,陪坐在被告席的我更是如坐针毡。好不
容易,法官抬起头来,不带任何表情地说,我不能撤销禁令,因
为我查了法案,不赋予我这样的权利。律师吃惊地看着她,连

作为公诉方出庭的女警察也诧异地抬起头来。女警察看了一脸悲伤神色的被告一眼,出乎意料地站起来说,"如果公诉方同意撤销禁足令可以吗? 因为我愿意帮助我的朋友了结这个案子。"说着指了指律师。有必要解释一下,在法庭上,对立的律师或公诉方在论辩时都称呼对手为"我的朋友"。可是这个不近情理的冷酷法官依然说,"那也不行,我没有这样的权限,法案是这么写的。"律师说,"可以让我翻翻法案吗?"法官说,"行,你拿去看吧,反正我没有找到相关条例。你看过之后下午 2:15 再回来开庭。"我不可思议地看着这个不熟悉法典、没有专业素养、缺乏同情心兼被热昏头的法官,心里充满了不忿和对被告的同情。

下午开庭之后,律师指出,有三个条款都提到说,法官有权利撤销已下达的禁令。结果,法官淡淡地看他一眼,说,"我还是认为不妥,因为这条禁令是前一位法官下达的,他一定有充足的理由做出这个决定,我不便撤销。"即便对澳洲法律的了解只是皮毛,我也能明白这个理由绝对站不住脚,何况吃法律饭的律师。果然,律师立刻举出好几个案例,证明法官完全可以撤销前任法官所下达的禁令。谁知法官说,"我需要再考虑考虑,你们下周一下午过来吧,我周末要去乡村度假,周一赶不回来,到时我打电话到法庭告诉你我的决定。"被告无奈地告诉我,她自从把库房租出去之后已经得了抑郁症,而且所付出的律师费都可以再买一个店了,但是她不准备放弃,等这个案子了结之后,她准备告那个无赖屡屡刁难她和辱骂她,还要告那些不公正的警察。我佩服她的勇气,也衷心地希望她好运。我深知这个社会不完美,这个世界上也没有完全公正的体制,我只能希望暂时处于逆境的人不要沉沦,因为你怎么知道山重水复过后不会迎来柳暗花明?

一个上了报纸头条的男孩

我在康复中心的理疗室见到了我的客户,一个 22 岁的台湾男孩。接近 30 度的天气,他的汗衫里面穿着医院里石膏色的连体紧身压力服(pressure suit),他很安静地坐在理疗室的床上看着我和理疗师走来。我惊讶地发现,在他周围运动的都是一些缺胳膊断腿年纪很大的病人,一眼看去,他是唯一一个四肢健全的人了,唯一有点怪异的就是他整个左上臂呈现出奇怪的紫红色。等我为他翻译完,我才意识到,我面前这个年轻的男孩经历了常人难以想象的劫难。

　　友翔（音译）告诉我,在台湾服完兵役后,打了一年的餐馆工就以打工度假签证来到了澳洲,因为据他说,澳洲挣钱比"台湾"容易得太多了。在距阿德莱德90公里的墨累桥的肉类加工厂工作了半年之后,主管在两个多月前突然派他去器具消毒间工作。当时整个工作间只有他一个人,却一不留神滑倒,掉进了装满85～100摄氏度热水和化学品的消毒池中,整个下半身泡在腐蚀性的热水中长达两三分钟,他才凭着顽强的求生意志爬了出来。被人发现后,紧急送往附近的墨累桥医院,医院一边立即用清水冲洗他,一边叫救护直升机,因为地区医院缺乏高端的医疗设备。半个小时后,救护机到达,在载着他飞往皇家阿德莱德医院的过程中就不停地给他注射麻醉,以便一落地就可以施行手术。友翔告诉我,当打到最后一针麻醉的时候,他感觉他就要离开这个人世了,然后就什么都不知道了。醒来之后已经动完了第一台手术躺在了病房里（他先后共做了七次植皮手术）。他立刻往下看看,双腿还在,没被截肢。于是开心地做了一个"V"的手势说"Yeah!"结果他说,"台湾的网友看了都怪我!""为什么?"我不解地问。"你知道台湾的壹周刊和苹果日报吗?"他转而问我。"听说过,好像是专门写八卦消息的吧?"他笑笑点点头,"他们不知怎样得到了消息,把我登上了头条,有我的真名和照片。更可气的是,竟然还画了一副我怎样走着走着就掉进消毒池里的漫画。不光如此,他们还歪曲事实,说澳洲要我自己支付救护直升机的费用5万澳币,合140万新台币。其实根本就是免费的。于是不了解真相的网友责怪我说,"你还高兴得起来?"

看着他谈笑风生地和我说话,我真的想不到这两个月他曾忍受了怎样的痛楚。两条腿、脚踝和双脚的表皮、真皮和皮下组织全部深度烧伤,于是整形外科医生用了他左上臂和前胸后背以及臀部的皮肤植在这些受损的位置。因为植皮最多只能取到真皮层一半位置的皮肤,而真皮层是负责皮肤的张力和弹性的,所以被植皮的位置弹性很不好,他走起路来动作十分僵硬。他一脸向往地对我说,"不知道我以后还能不能做运动,我虽然不是运动员,但我的百米短跑成绩是11秒(嘉予告诉我这是一九四几年时的世界纪录水平,不知是不是准确的)。"友翔的妈妈已经赶来澳洲照顾他,住在市区的一个旅店里,每天坐出租车过来看他。我问他,"妈妈看到你的样子,哭了没?"他淡淡笑着,"没有,因为我很乐观,妈妈也就没那么担心了。每天早上起来,我看见自己能动,再看看这个病区里很多比我样子更惨的人,我觉得自己很幸运。"我看着他依然稚气的脸,心里酸酸的,想哭。因为他自始至终除了提了一句医院的饭菜不好吃,而妈妈住的旅馆没有厨房,没法煮菜给他送来之外,没有一句报怨雇主、报怨天气(24 小时穿着紧身服是什么感觉?)、报怨命运的话。面对这样一个充满阳光的年轻生命,我觉得我的任何同情和眼泪都是多余的,我只承诺他,如果不嫌弃我的手艺比不上他的妈妈,我愿意经常给他做一些中餐送来。他憨憨地笑着连连说不嫌弃,我的心也因为这样对自己同胞的守望相助慢慢地快乐起来。

一篇无法发到微信上的文字

因为找错了诊室,我迟到了 5 分钟。只看见一个五官端正但脸色灰暗的中年女子正用还不错的英文和医生诉说她的心情,说到复杂的情绪时她卡了壳儿,无声地转向我,她眼里厌倦的神情和脸上掩饰不住的落寞让我暗暗吃惊。在她断断续续的叙述中,我得知,苏珊毕业于国内名牌大学的经济学专业,在澳洲学完了护理之后考上了注册护士,并顺理成章地进入了阿德莱德一家著名的公立医院。事业顺心的她紧接着动员老公辞去了国内很好的工作来到澳洲。不料一天开车停在铁路道口时她被后面的车撞了一下，车一下子冲到了铁轨旁边，而道口的闸也恰好此时在后面落下，退无可退的她眼睁睁看着火车紧贴着她的车呼啸而过，惊恐万分，险些晕过去。事后，她被路人手忙脚乱地拉出来，到医院做了各项检查，所幸除了腰部在撞击之下有些酸痛之外，身体和头部没有任何可见的淤青和伤痕。脑 CT 检查结果也完全正常。可是，当时看来有惊无险的一场意外却彻底改变了苏珊的生活。因为自觉惊吓过度，她休假了一年半，以至于医院最终和她解约。之后她向多家医院投了简历，却如石沉大海，她这才意识到也许不该把意外受伤这回事写进履历。澳洲的雇主都不愿意雇佣受过伤的人，因为一旦日后发生工伤，责任很难界定，有时甚至要养雇员一辈子。于是她改写了履历向弗林德斯医院递交申请，果然这回对方很感兴趣，接连打了三次电话向她了解情况，可是发现她已有一年多没有工作时立刻冷淡下来，因为护士这个岗位的特殊性，他们只招收目前正在从事这一行的人，而且注册护士如果一年内不去更新注册就失去从业资格。苏珊再也没想到因为自己的精神脆弱而产生了这么严重的后果。雪上加霜的是，因为要偿还房屋贷款，英文不好的老公只能一周七天在一家中餐馆做厨房杂工，压力之大可想而知。

而苏珊自出了那次意外之后再也不愿出门,不但和以前朋友断绝了联系,不敢开车,家务她也觉得无法胜任,每天仅仅负责洗碗而已。由于老公下班之后还要承担繁重的家务和照顾女儿,自然心情不快,于是两人之间的问题也越来越多。

尽管苏珊大脑没有受伤,可不知是心理作用还是长期封闭生活的影响,自称之前记忆力极佳的她变得十分健忘,她告诉医生,现在即使医院要她工作,她也不敢,因为怕发错药。医生决定考考她的记忆力,于是问她,澳洲现任总理是谁,苏珊想了半天告诉我,是一个男的,可能叫罗什么伯特。医生接着问她,是否知道中国的总理是谁,她思考了几分钟,肯定地说是习近平,然后期待地看着我们,医生问我她回答得对吗,我无奈地说,她说的是国家主席的名字。医生还不死心,问她美国总统是谁,苏珊说,是一个黑人,就再无下文。

看着苏珊和医生道别后缓缓转身走开,略显蹒跚的步态和微微佝偻的背影,我的心里全然不是滋味。医生的结论和前面所有检查结果一样,苏珊的身体没有任何问题,可苏珊坚持认为自己的身体不对劲了,于是她认为自己全身这儿痛那儿痛,连大脑都不再好好工作。她在家庭医生推荐下曾见过无数次心理医生,他们都无一例外地开导她,尽量忘掉那次意

外,自己走出来,可是一个执意不肯自己走出来的人再高明的
医生都无可奈何,最后只能不再见她。

看到苏珊,不知为什么我想起了曾在医院里见到的一个
老人。第一次见他是在一个大热天,他要做核磁共振,刚检查
完,他就急急忙忙地穿上毛线背心和厚厚的外套,看他吃力的
样子,我忍不住过去帮他,并提醒他,不用穿这么多,外面很
热。他虚弱地笑了笑,对我说,"我知道,但我胃癌刚动过手
术,怕冷。"我一惊,看着他消瘦苍白的面容,确实是大病初愈
的样子,于是问道,"家人没陪你过来?"他又笑了笑,"就一个
身体还不如我的老伴儿,我没让她来。"我心里不忍,说,"那
你住哪儿,我开车送你回去吧。"他慈爱地看看我,说,"姑娘,
不麻烦了,我自己坐 bus 惯了,你去忙吧。"然后和我挥挥手,
急急地走了,好像怕我执意送他一样。过了半年我在另一家
医院的骨科陪一个坐轮椅的老太太复诊,她因为骨质疏松摔
断了腿。我看了看推轮椅的老人,清瘦的模样,很面熟,就问
他,"我们在哪儿见过吧?"他微微一笑说,"你一进来我就认
出你了,姑娘,上次就是你给我翻译的啊。"我猛然想起来,欲
言又止地说,"那你身体怎么样了?"因为实在没有勇气提到
那个癌字。他倒毫不介意,"你说我的胃癌吗? 好了!"啊! 我

又惊又喜,"真的吗?"他爽朗地笑着说,"真的,刚做过检查,医生说完全没发现癌细胞!""那你是做了放疗和化疗吗?"他摆摆手,"都没有。我本来是听了医生建议想做治疗的,结果不巧老伴在给我做饭时滑倒,骨折了,我们儿女也不在身边,哪能够两个人都住院? 所以我想了想,算了,不治了,就安心照顾她吧,结果每天忙忙碌碌下来身体反倒好起来,你说是不是天意?"看着这对相濡以沫的老人,我心里充满感恩,我很难想象一个刚动完大手术的老人如何照顾卧床的妻子,但我看到,因为他心无旁骛的悉心照顾,竟然也让自己体内的病魔不战而败。我说不出他和苏珊的故事有什么联系,我只是隐隐觉得,一个人如果太执著于自己的喜怒哀乐,太在意自己的挫折和不幸,往往会病由心生;相反,如果用豁达的心态坦然接受生活所给予的考验,不自怜不埋怨,做好自己该做的本分,可能下一个路口就会峰回路转。正如成功从不会光顾没有准备的人,奇迹亦不会降临在对自己对未来不抱有希望的人。

冷面热心女医生

　　我在几年前见到南澳心脏专科门诊（SA Heart）的冯医生之前就听一个病人又敬又怕地同我说起她,说这个来自香港的心脏科专家冷酷得不近人情,以前曾迟到 15 分钟就马上被取消约见,而且从来不会笑,但尽管如此,找她看病的人依然络绎不绝。听了这样的描述,我的好奇心一下就被勾起来了,毕竟,南澳的华人专科医生凤毛麟角,更别说心脏科了,看着那么多澳洲人都一脸期待地等着约见一位华人女医生,觉得与有荣焉。一看到她本人,我愣住了,瘦瘦黑黑,个子小小,男孩式的短发,戴眼镜,不施脂粉,上身一件绛红色的看不出款式的长袖衬衫,下面一条略显肥大的裤子,哪有一点年薪几十万的专科医生的风采? 她冷冷地看了病人和我一眼,示意我们进来。一坐下来就询问病人最近在吃什么药,当听说病人在回国期间听了中国医生的建议换了药,就毫不留情地开始教训她,她的声音清脆悦耳,英文说得干脆利落,丝毫没有香港人说英语通常会有的拖泥带水感觉。她说她开的这些药都是经过深思熟虑,并在过去一年内根据病人的身体反应逐步调整才确定下来的用药方案,她从来只给病人开最适合他们症状的药,她依据的只是自己的专业知识、临床经验和病人的病情,药的价格贵贱和她没有丝毫关系,因为她开贵药也得不到一毛钱好处。病人半信半疑地听着,直到冯医生拿出病人在就诊前半小时做的超声心电图的报告,指出各项结果都不如半年前的水平理想,病人这才流露出懊恼的神情。

在整个看病过程中,冯医生的脸上始终没有表情,更没有一句寒暄,要不是一年多前的一件事,我真要以为她是师从古墓派的。那次我是第二次为同一个女性患者翻译,但我在诊室外面见到候诊的病人时并没把她认出来,就没打招呼,直到进去后冯医生问起她身体的情况,我才想起了一个月前曾给她翻译过。冯医生问起她服用的一种药的用量,她说她一次吃一粒,冯医生猛然抬起头来说,一粒?怎么会?我上次不是嘱咐你一次吃半粒的吗?难怪你刚才抱怨说头晕,你把药吃错了!我原封不动地把这段话翻译给病人听,谁知她腾地一下站起来,指着我说,"上次不就是你翻译的,我记得清清楚楚你告诉我吃一粒!"我愣住了,因为我相信自己做了这么多年翻译,不会犯这种低级错误,尤其是在用药方面我一向说得很仔细。但事隔这么久,说过的话我无法证明,她看我不说话,更认为是我的错，声音越发高了，"你这个翻译有什么了不起，今天看见我还不理不睬！"我哭笑不得地看着她，心里说，大姐，我要说你长得没有特点，没把你认出来，你会不会更不依不饶？冯医生奇怪地看着我们，问我发生了什么事，因为她的国语不是很好。我解释给她听，她听完，立刻用手向病人做了个暂停的姿势，不紧不慢地说，"她上次翻译得没错，是你自己记错了。我的国语虽然不好，但这些都听得懂，我记得很清楚，她没说错，你当时自己应该用笔记下来。"那个病人脸一下红了，但只一秒钟的工夫，她又指着我，"别的翻译都会替我把要吃什么药写下来，你为什么不写？这是你的工作。"我还没说话，冯医生看不过去了，"这不是她的工作，她是翻译，不是你的秘书！"恼羞成怒的病人转向她的丈夫说，"你看，她给我翻译错了，医生还和她串通一气，我头晕得快死了！"她丈夫二话不说站起来，气势汹汹地对我说，"你叫什么名字，你害我老婆吃错药了，你要负责任！我这就去告你，你信不信？你等着！"我不知所措，也没办法和这样的人理论，强忍着不哭出来。冯医生一言不发走过来，小小的个子比我矮半头，她拍拍我肩膀，手上很有劲，轻声说，你不用理会他们，今天不是你的错，如果他们投诉到你的中介，我随时给你写支持信。然后转过身对他们说,今天就到此为止,我下面还有别的病人,请回吧,今天不收你们的诊费。

因为发生了这样的事,我和中介说明了情况,有一年多没再接 SA Heart 的工作。今天因为一个临时的预约找到我,我只好硬着头皮去了,心里祈祷别再遇到那两口子。还好,今天的病人是一个男人,他告诉我,我明天就要回国,你待会儿别告诉冯医生,她知道了又要骂我,她最烦我两边跑,说影响治疗。不过,她这个人虽然厉害,心地真好,上次回国时我的药吃完了,就给她打电话,结果她那天正好休假不在,我就算了,想不到第二天她打电话到昆明给我,第一句话就问我是不是身体不舒服,然后立刻开了药方让我太太过来取药给我寄去,对病人真心的好。正聊着,冯医生出来了,一见我,难得地展开一个笑容,像老朋友似地走过来说,"好久不见,自从上次那个'事件'你还好吗?"我也笑了,佩服她的好记性,说,"我今天来的路上还担心会是同一个病人,因为忘了她叫什么名字。"她走近我,轻声说,"我告诉你,她叫 XX,下次如果是她,你就不要接。上次让你受委屈了。"我含笑地看着她那身经典的绛红色衬衫和素面朝天的脸,仿佛感受到了她冷若冰霜的外表下一颗真诚执著、淡泊名利、富有同情心和正义感的医者仁心。

格雷的婚礼

"7"是澳洲人所喜欢的幸运数字,所以我在今天应邀为我的老客户和朋友格雷和她的未婚妻(深圳姑娘林敏)作婚礼翻译。格雷的父亲是苏格兰人,二战时的轰炸机飞行员,母亲是德国人,一位很有才气的瓷器画家,而格雷本人从阿德莱德大学毕业后就赴牛津攻读了国际关系学博士。因为童年时父母关系一直处于争吵中,出于对婚姻的恐惧,现年56岁的格雷一直没有结婚,但又因为对中国文化的喜爱,他在网上认识了比他小19岁的离异母亲林敏。很多西方人对中国的了解实在是少得可怜,连研究国际关系的格雷也不例外。林敏告诉我,格雷第一次去中国的时候,听说深圳有1 400万人口,简直吓坏了,他问林敏,"我去了深圳,有站的地方吗?"到了林敏的家里,他非常警觉地去查看每个窗户,生怕有什么流弹击中他这个来自西方的外国人。林敏说,格雷是一个自负并且自视怀才不遇的学者,并不是很好相处,但非常单纯,充满诚意,对她14岁的儿子接纳得很好,初次见面不久就给林敏的父亲写了一封三千字的信介绍自己,言辞质朴恳切,林敏就是这样被打动,于是辞去了深圳一所中学美术老师的工作,带上儿子来到格雷位于阿德莱德郊区的 5.5 公顷的农场,照顾他的 300 棵树、40 只鸡、6 只鹅和 2 只猫。

看得出来,格雷对这桩婚姻十分看重,他特地借用了市区朋友的房子精心布置,并请了证婚人来此为他主持婚礼。这是我第一次在政府的婚姻注册处以外的地方进行婚礼翻译,温馨浪漫的氛围令人感动。有音乐、鲜花、香槟,还有证婚人诚挚的婚姻祝福。博学的格雷还特地选了一段希伯来文的祝福语请他的好友在最后诵读。

"愿你们一起做梦,共同成长,愿你们看到很多次日出,聆听雨声,品味特别的时刻并重新发现彼此"。

祝福有情人终成眷属。

因为爱情

见面 11 天就求婚,结婚后只一同生活两周便天各一方,在之后的两年半都没再见过面。这样的跨国婚姻,有太多理由让移民局拒签妻子的配偶签证。更何况双方是这样的背景:丈夫幼年遭父亲遗弃,母亲频繁再嫁,读完 10 年级便辍学,职业是餐馆的临时帮厨;妻子是浙江一间制衣厂的女工,离异,带一个女儿,英文极其有限。我在来仲裁庭之前,也推测这必是一场一方为钱一方为绿卡的假结婚。可当我看到复审申请人 Josh 的那一刻,却开始下意识质疑我之前的判断。这是一个脸上有着温暖笑容的澳洲年轻人,整洁的灰衬衫上恰当地配着一条粉色条纹领带,肩上斜挎着一个印着"为人民服务"几个红字的帆布包,他小心地搀扶着年迈的祖父母在旁听席就座,然后友善地冲我一笑,"How are you?"我笑着回他一个问候,看着他有些局促地坐下来等着开始,问了一句,"紧张吗?"他不好意思地点点头,然后赶紧给自己倒了一杯水喝掉,回过头问他的祖父母,"要喝水吗?"祖母看看他,含笑说,"不要,要啤酒。"我扑哧一声笑出来,Josh 好像顿时放松了,像看着小孩一样温柔地对祖母说,"Maybe after(结束之后吧)。"我看看那个满头银发的慈爱祖母,她俏皮地向我眨了眨那双善解人意的眼睛。

因为太多人利用假结婚来获取澳洲永久居留权,澳洲移民局对跨国婚姻,尤其是双方缺乏共同语言的跨国婚姻审核极严。在复审听证的两个半小时里,仲裁人准备了 100 多个问题问这对婚姻的真实性受到考验的异国夫妻。所幸的是,

Josh和她的中国妻子努努（Josh对她的昵称）不是网上认识的，而是经由努努在澳洲的亲戚的介绍，这给他们婚姻的可信度增加了几分。经过两个月的短信和邮件（借助谷歌翻译）往来，他们决定在香港见面，而就在见面后的第11天，两人决定结婚。两周之后，当时失业的Josh不得不回到澳洲找工作。但因为缺乏良好的教育背景和技能，只能在餐馆打杂，收入也不稳定，经济拮据迫使他们在分开之后的两年多都无法见面。Josh诚实地告诉仲裁人，因为一周只被安排工作15小时，自己又不善于存钱，在银行里存款最多，足有1 400块的那次，他托人给努努带去了1 000澳币和一双鞋。

　　不过仲裁人最关心的问题是，两个没有共同语言的人如何能进行有意义的深层交流。Josh想了想，说，"Try, error, then find another way（尝试，犯错，然后寻找一种方式）。"说实话，听着一个只读过10年书的人说出这样得体的话，我有些惊讶。而更让我惊讶的是Josh的妻子。仲裁人把电话打到中国，问了她很多问题之后，突然停下来，向我做了一个不用翻译的手势，然后让Josh和他妻子说话，Josh腼腆地问，"你今天过得好吗？""欣欣（努努的女儿）放学了吗？""妈妈（努努的母亲）今天有跳舞和打麻将吗？"电话那头的努努一直笑着说"Yes."看着 Josh 询问的眼神,仲裁人微微一笑说,"继续!就当我们不存在。"等他们又聊了几句之后,仲裁人把同样的问题问向努努,"我无意冒犯,但我想知道,你们只能进行简单的对话,如何进行有意义的交流?"努努沉默了一分钟,再开口时声音里透着哽咽,"Josh 自小失去父爱,没有家庭温暖,我也来自单亲家庭,现在又一个人带着孩子,很艰难,Josh 是个简单善良的人,和我一样喜欢简单的生活,对我非常好,尽管我的英文不好,他在这两年坚持每天给我打电话,就是问我今天过得好不好。我盼望能够过来照顾他,给我们彼此一个家,在我心里最幸福的画面就是,我在厨房做饭,他在客厅看电视。"我翻译完之后,Josh 抽出一张纸巾捂住了脸,身后的祖母也在窸窸窣窣地擦眼泪。仲裁人抬起头来向我的方向看了一眼,眼里有淡淡的笑意。我相信,仲裁人和我一样,在见过太多功利的、欺骗的,充斥家暴的跨国婚姻后希望能偶尔见证一个真实的、纯粹的,只是因为爱情的婚姻。这一刻,我愿意相信爱情,相信这样朴素的爱情是真挚的,而真挚的爱情可能真的不需要太多言语。因为爱情,我祝福他们。

澳洲华人世界的租房纠纷

住宅租赁仲裁庭,房东是中国人,老移民,房客是中国人,留学生。中国人之间的官司打到外国的土地上,仲裁庭的澳洲人已经见怪不怪了。在澳洲租房之前都会给租户一张详尽的"Inspection Sheet(物业核查清单)",初来乍到的新租客往往都会忽视这几张纸,可到了退房的时候才发现,当初交的押金(通常为2~4周的房租)能不能全数退回全看这个,因为退房之前房东会再做一次检查,并按照清单上的项目逐条核对,没有清洁到位或破损的地方都可以从押金里扣。

今天我在仲裁庭遇到的就是这个情况,租户没做任何清洁就退房了,房主发现之后要求打扫,于是租户请了华人的清洁公司大概地打扫了一下,清洁公司因为要避税的原因连收据都没开,而且因为活儿干得不认真,地毯没吸尘,浴缸未清洗,窗户上有蜘蛛网,炉台冰箱都很油腻,院子里杂草也没除,于是房东提出扣500澳元押金,理由是,她的父母花了25个小时彻底清洁,每小时20澳元,这是因为房客的未能履约造成,所以劳务费用应由他承担。房客觉得漫天要价,一气之下告到仲裁庭。仲裁人到底很有经验,先问明了房子是 1984 年建的,算有些年头了,另外又仔细看了核查清单,发现租房前的房屋和家具的状态基本都是"Fair(尚可)",于是告诉双方说,首先房客的清洁做得不彻底,对房东造成损失,应该进行适当赔偿;其次,尽管根据法律房东有权索要高达 20 澳元每小时的劳务费用,但考虑到房屋的初始状态并非太好,再加上磨损折旧,收取 25 小时劳务费过分了,因此要求房客自己给个价,房客说实在不知道该赔多少,仲裁人就建议说,你看一半能不能接受?房客没想到这么少,马上点头,结果房东不干,说少于 20 小时不行。尽管显然同情房客的仲裁人警告房东说,这个价格过了,如果走到听审这一步也不会得到批准的,但房客一则年轻毫无经验,二来怕麻烦不想再继续上庭,最后选择同意,一场调解才算结束。

看多了这种场面,我还是有些感慨。国内来的留学生不了解澳洲的法律和常规做法不说,自理能力和为人着想的意识着实欠缺,干干净净房子租给你,还人家一个猪窝,末了还懵懵懂懂很无辜,认为老移民欺生;而且严重缺乏自我保护意识,所以才会花钱请了清洁公司又不知道索要发票。而一些老移民在国外打拼那么多年,还是改不了锱铢必较的算计本性,对自己同胞没有狠只有更狠,也令人心寒。而华人的一些清洁公司,虽然沟通起来方便,要价也便宜,但工作的认真细致程度也令人担忧,碰上讲究一点的房东或中介,这样的清洁水准就是明摆着等人来扣押金的。

好了,写到这里,我算是把所有人都得罪了!

偶遇

在皇家医院肿瘤科的候诊区见到了我的客户,向她自我介绍说,我是她的翻译。她挑剔地打量了一下我,傲慢地说,"刚入行的吧? 以前从没见过你。"听她的口气八成是一个三天两头跑医院的老病号了,他们因为每次看病都预约翻译,所以见过的翻译往往比我还多。我见怪不怪地看看她,"不算刚入行,也做了好些年了。""噢!"她立刻同情地看我一眼,"你们中介大概很少给你工作,生活够吧?"她怜悯的眼光让我感觉我下一分钟就要流落街头了,于是只好笑笑,拿起一本书决定中止这段谈话。她还是不罢休,"哎,你们有个很资深的翻译你听过吧? 叫施梦尝的?"我惊讶又好笑地抬起头来,"听过啊,我就是的!"她立刻发出一阵夸张的笑声,"哎呀呀! 不好意思,真没想到,就是你呀!"我放下书,顿时觉得她可爱起来,毕竟这种戏剧性的场面实在少见。生活真是处处有惊喜啊!

Vince 的婚礼

因为配偶签证的申请费明年一月一日起将上涨 50%,很多原打算明年结婚的人全部赶到今年年底把婚结了,婚姻注册处已经排满了,所以持牌照的证婚人生意立刻火爆起来。意大利老移民 Vince 在单身二十年后与来阿德莱德探亲的香港女子 Helen 一见钟情,原打算明年 1 月 5 号结婚,为了省下申请费,也特地请了私人的证婚人在今天在家里为他们举行了婚礼。看了老照片才发现,今年 73 岁的 Vince 年轻时是那么英俊,如今英俊不再,可意大利男人骨子里的浪漫却丝毫未减,他曾在 Helen 过生日的时候快递一束玫瑰到香港,要知道他所住的是政府的公房、每周租金仅 100 澳元的廉租房,可粗茶淡饭的日子丝毫不影响浪漫! Vince 至今仍保留着儿子婴儿时穿的第一双鞋。在这样深情和浪漫的男人面前,语言的障碍、年龄的差距和文化的隔阂已经显得不那么重要,至少现在如此。看着他们两人相视一笑时的温馨，我也为之感动，人生不长，幸福很短，有了浪漫的瞬间，会心的微笑就有了实实在在的爱情和简简单单的快乐。祝福有情人终成眷属！

和律师针锋相对

我在唐人街一家小餐馆的楼上穿过阴暗狭窄的走廊找到了这间律师办公室，门上的名字显示律师是个越南人。进门之后，两个人站起来和我打招呼，一个是政府负责工伤赔偿的调查员，一个是被调查的包工头，还有一个人坐在椅子上没起身，面无表情地看着我，看样子就是那个有着越南名字的律师了，事后听他用广东话讲电话才知道这是一个越南华侨。调查员告诉我，因为一个工人受了工伤，所以今天要调查当初雇用他的那个包工头，而这个律师就是包工头的律师。话还未说完，律师不耐烦地看我一眼，对调查人说，我之前遇到过的翻译都很差劲，翻译起来错误百出，所以，等下你问过我当事人问题，做笔录的时候，不能把她的翻译作为依据，如果我说翻译得行了，你才记下来，如果我说翻得不对，你就按照我告诉你的内容记录。调查人奇怪地看看他说，"你以前的经历不代表今天的翻译就不好,不如我们先开始,看看她翻译得如何再说?"然后转过来问我,"你觉得这样可以吗?"我看了律师一眼,对调查人说,"我是一个专业翻译,是独立的,也是中立的,而且忠实原意是我的职责,我从来没有遇到过我的工作被人逐字逐句检查,然后由他决定我的翻译是否可用。"调查人赶紧说,"对,你是专业翻译,我在面谈的时候一定记录你翻译的原话,如果律师先生有不同意见,我在记录的后面另行说明,你看这样可以接受吗?"我点点头,注意到那个律师狠狠地瞪了我一眼。

　　长达两小时的面谈开始了,律师在纸上用中文记录他当事人的回答,调查人在随身带来的电脑上录入我的翻译。知道有一个人在随时等着挑我的刺,所以我十二分用心地斟酌每个用词,整个面谈过程中他没有质疑过我一次。全部问题问完之后,调查人把记录打印出来给律师一份过目,同时给我一份,让我再翻回中文读给被调查人听,看是否和他当初的回答全部吻合。我在复述的过程中,对方一直频频点头,表示没有异议。这时律师抬起头来,指着文件用浓浓广东口音的英文说,第八条我不同意,我的当事人的原文明明是"给",她没有翻译成"give",而用的是"offer(给予)"。调查人不解地问道,"这两个词在这里意思难道不一样吗?有关系吗?"律师傲慢地说,"当然有!这两个词在法律上意思是有区别的。她为什么不忠实我当事人的原话?必须把这条改掉!"调查人耸耸肩,"说实话,我看不出这个词对这句话的意思有什么影响,说的都是他给赔偿申请人工作的事情。不过,如果你执意要改,我问问翻译的意思。"我说,"我没意见,这两个词在这里的意思本来就没区别,我不懂他为什么要小题大做。"律师一下火了,"你自己翻得不对,还这样跟我说话!"我也火了,"你的职业是抠字眼,我的职业是在另一个语言中找到尽可能意思相近的词,我懂我在做什么,你不能用你的标准要求我。"他指着我,"你以为你是谁?粗鲁!没有教养!你怎么敢这样和我说话!"我看着他,"我为什么不敢!你不是律师吗?你到法庭告我啊!到了法庭,我的英文说得也比你好!""你还敢让我到法庭告你!没有教养的中国人!"调查人严厉地说,"律师先生,注意你的语言!"恼羞成怒的律师对调查人说,"今天到此为止,你看看她什么态度!"调查人问,"你确信不再继续了?"他恨恨地说,"不继续了,我根本没有得到尊重!"我已经走到门口,回过头对他说,"是你不尊重我,不尊重我的工作。我为许多律师、大律师工作过,你是最难相处的一个!"

调查人站起来,收拾好文件和我一起下了楼。到了楼下,我递给她一张名片,说,"我很遗憾,今天的工作没有做完,你如果要向我的中介投诉,这是我的名字。"他诧异地接过名片,"我为什么要投诉你?不是你的问题,是他挑起事端的!你今天没有做错。忘记不开心的事吧,工作结束了,下次有机会再见。"我本来打算拼着被投诉也要出一口气,不光为自己,也为以前被那个嚣张律师刁难的中国翻译同行,现在好了,不但不被投诉,我还是正义的一方,真是好得不能再好了!

你的世界我无法理解,就像你也不理解我的世界

我来到司法特派员(Police Ombudsman)办公室,接待处没有工作人员,只有一个头发花白的中国女性正在会客区的沙发上埋头写着什么,看见我挂着的工作牌之后,指指旁边的沙发说,"你是翻译?坐吧!"我听话地坐下来,因为她的语气里似乎有不容置疑的威严。过了一会儿,特派员出来了,请我们进了会议室,从档案夹里取出一封中文写的信说,"徐女士,我们收到你写的信了,遗憾的是,看不懂你写的是什么,所以今天请你过来面谈,听听你要投诉警察什么。"徐女士的脸色一下变了，"这么久，你们都没有找人给你们看看这封信？你们也太不像话了！"特派员脾气很好地把信递给我，看着她，用征询的语气问，"要不，我现在让翻译读给我听？"徐女士愤愤地说，"看来我今天真是白来了！这三言两语哪能说得清楚！"我接过信，大致看了看，整整五页 A4 纸，小小的字写得密密麻麻，看起来将近有四千字。我冲特派员点点头，告诉她，如果不是逐字逐句地翻译的话，一个小时应该可以念得完。特派员拿出纸笔，做好准备记录的样子。

可是，我错误地估计了此信的复杂程度。乍看前面两句，写的只是普通的邻里纠纷，可突然笔锋一转，在写到邻居蓄意制造噪音和臭气干扰她的生活的时候，天空突然出现了巡逻飞机，于是邻居的干扰骤然停止。虽然困惑，我还是继续往下念，当我按照自己对"巡逻飞机"的理解说出"巡逻直升机"这个词的时候，谁知英文基础还不错的徐女士突然叫出来，"不是直升机！是国防部的军用飞机！"我和特派员都是一愣，直觉告诉我有什么不对劲，我于是飞快地往下看信，看到这么几段话，"国防部利用我的邻居迫害我，监视我，向我们家喷射毒气和化学粉末。国防部指示他停止他就停止，国防部的飞机还经常来轰炸我的家。""我报了警，警察不但不帮我，还把我送到精神病院,我在中国做了 19 年的药剂师,从来没有发错过药,结果,这里的警察和医生串通一气,非说我有精神分裂症,从此我生活在极度的黑暗中!"我意识到,我们这次面对的不是寻常的客户,于是轻声对特派员说,我能和你到外面私下说两句话吗?特派员会意地和我走出来,我告诉她,根据信上的意思,徐女士是精神分裂症患者。特派员恍然大悟地点点头,对我说,我知道该怎样做了。我们走回会议室,徐女士立刻用警惕的语气问我,"你刚刚出去和她说什么了?"我没想到她会这样问,看到她凌厉无比的眼神,竟一时间有点紧张,于是低声说,"我告诉她,你信上有一些字我看不懂。"她声音立刻高了八度,"你是看繁体字的是不是? 我的简体字你看不懂对吧? 你是哪里来的?"在她咄咄逼人的语气下面,我只有硬着头皮说谎,"我小时候在香港念书的。"她气愤地一拍桌子,"我说呢! 我一再强调,让他们找一个 Mandarin interpreter(普通话翻译),结果把你找来了!"我都觉得有点对不起她了,赶紧解释,"你放心,我普通话听得懂的,就是看有点吃力。"她的气稍微平了一点,指着特派员对我说,"你告诉她,国防部迫害我,指使我的邻居从气窗偷偷潜入我家,在我的床上撒尿,我报警,让警察来查查这是谁的 DNA,结果警察二话没说,把我送进精神病院,而我是一个完全正常的人!我现在要求,让他们安排一个警衔高的警官和我对话,而且这个对话必须是在平等的基础上进行,也就是说,要听我把话说完,不能我还没说两句就把我送到精神病院。"特派员一边频频点头,认真地做着记录,一边和气地对她说,"首先,我们不是警察的上司,我们只能调查警察是否是按照法律办事,看他们把你送到精神病院是不是有充分的理由。我们会尽量要求一个高级警官给你打电话听听你的诉求,但是不能保证他们一定照办。"执著的徐女士拿出一大摞她拍摄的证明邻居向她施放毒气和化学品的照片给特派员,还列出几十个车牌号,说是国防部盯梢跟踪她的车辆,特派员委婉地转移话题,说已经得到了足够的信息,会着手进行调查,一定会给她一个答复,请她耐心地回去等信。徐女士收拾好文件,再三地对我们说谢谢,神情里流露出孩子似的满足。我走到阳光很好的大街上,想到像徐女士这样的人和他们充满幻想力的精神世界以及他们想象中的绝不乏味的人生,我忽然觉得,他们未尝是不快乐的,而我们,在他们看来,很可能才是不正常的一群人。想到这里,我真的凌乱了。

我的非洲同行

我在医院等我的客户到来的时候,前台接待处来了两个黑人,一个是顶着一头小卷卷的瘦高的年轻男人,另一个是顶着同样小卷卷的中年女子,我注意地看了她一眼,因为发现她也挂着一个翻译的工作牌。然后我就听见她和接待员说,她不能给这个病人翻译,因为路上碰见之后才发现,今天要翻译的病人是她儿子,这违反了翻译的"利益冲突"原则(即为了避免利益冲突,翻译应保持中立,不可以给自己的亲戚朋友翻译。)接待员立刻给中介打电话,结果中介的回答更绝,"这个病人是说 Lingala 语(林加拉语,非洲小语种),而这个翻译是南澳唯一一个 Lingala 语的翻译,我们可不知道他们是母子。"接待员挂了电话,踌躇半天,拨了一个电话给老板,"Boss,we have a Catch 22 here!"我差点笑出声来,在医院上演"第 22 条军规"!既不能违反"利益冲突"政策,又不能剥夺病人听懂的权利,何况,这个需要做胃镜的病人已经从昨天午夜起就没再进食了,难道就什么也不做让他再空着肚子回去?其实所谓的"利益冲突"通常指的是在法庭和需要签署法律文件的场合要避免的情况,而医院对这点并没有严格要求,因为医院从不反对会说英文的家属或朋友帮病人翻译。所以,如果翻译自己不提出这个问题,医院根本不会强调这一点,也不会陷于今天的两难境地。

话说回来,非洲小语种的翻译,从来都是让中介头疼的一群人,他们有着奇特的思维方式和特殊的时间观念。中介的老板曾在一次聊天中和我诉苦说,不少来自非洲小国家的翻译完全没有时间概念。有一个翻译,约了他两点的工作,结果四点钟他才不急不忙到了医院,而其间给他打电话竟然都是关机。据医院说,无助的医生尝试了他所能想到的所有方式与病人沟通:比划,画图和摆了一桌子的人体器官模型,最后可怜的病人总算大概猜明白自己出了什么问题。而这个翻译事后还质问中介为什么这次工作的报酬没有打在工资单上。在他们看来,今天的工作,我今天到了就行了,几点到并不重要!

接待员的老板毕竟比接待员多一些阅历,她的指令是,让病人的妈妈今天给病人翻译,而且医院会支付她今天的翻译费用。下次这个病人复诊的时候,医院会从别的州找电话翻译。真难为了老实认真的澳洲人了!

时间,真的不算什么

我在康复中心遇到的这个 22 岁的台湾男孩,年初刚持工作度假签证来到阿德莱德,却在今年 4 月底的一起因超速引起的连环车祸中造成 C7 和 T3 椎骨完全受损,不但要终身坐轮椅,而且腰部以下皮肤丧失触感,脸部也动了手术,两只眼睛现在看起来分得很开,鼻子短了一截,以致脸上始终是一副惊讶的表情,看着在他身后推着轮椅的漂亮女朋友,我想像他在出事前一定是个很英俊的青年。

时常听到人们抱怨澳洲公立医疗体系做事拖沓,轮候时间长,这确实不假,但是在此背后我们不应忽视的是,他们对病人方方面面的周详考虑,细致入微之处甚至连家属和病人自己都未必能想到。我今天参加的这个康复进展沟通会议,与会的有八个专业医护人员和一名律师,他们称之为康复团队,从主治医生、护士、理疗师、职业治疗师到社工和轮椅培训教练,还有一位来自 Lifetime Support Authority(终生支持服务机构)的顾问。轮椅教练本身就是一个坐轮椅的老人,年纪看上去至少有七十岁了,但他每天会陪着病人练习各种轮椅操作技巧,上下坡操控,训练他的肩部肌肉以便于长时间推动轮椅,还在周末陪着他去市区的中央市场采购,练习在人多的地方如何安全行进,也是为了满足病人为自己制定的一个目标:即使坐着轮椅,也可以为家人煮一餐饭。终生支持服务机构为康复所需的各种设备申请拨款;并提到,如果病人在康复后希望继续驾车,可以提供车辆的改装,即把刹车和油门改装成如摩托车一样手控的,这样病人就可以避免因搭乘公交和出租车所引起的不便。而且,既然称之为终生支持服务,他们会在病人出院后联系台湾当地的康复机构,为病人安排转院,并承担他在台湾的康复费用,前提是,"台湾"所发生的康复费用不高于澳洲的康复费用标准。为了打破会议的严肃气氛,她还补充了一句,这给了她一个很好的理由可以去一次台湾。

散会后,我在和病人和家属道别时可以清楚感到他们由衷的触动和感激,还有掩饰不住的苦涩。漫长的康复之路和终生被困于一张轮椅,对于一个年轻旺盛的生命来说是说不尽的无奈和残忍。车祸猛于虎!人生很短也很长,因此,我们可以稍稍放慢赶路的步伐,更不必要为了匆匆赶路而丢失了更加宝贵的东西,和自由和生命相比,时间,真的不算什么。

第四篇
童真童趣

童稚趣语

（一）大儿子嘉予5岁时,曾带他到过一个很冷清的公园,他脱口而出,"这里真是一片荒唐啊!"(注:他是想说荒凉。)

（二）外婆的朋友打来电话,是嘉予接的,没能听明白对方说的是什么,他礼貌地说道,"对不起,你讲话太潦草了。"

（三）去 childcare 接 3 岁的小儿子予施,问他,"今天和谁玩的?"他不带任何表情地答,"玩 Mathew,玩 Cowen。"

（四）每次一上车,予施都会问,"我们走什么呢?"两次以后,我恍然大悟,他是想说,"我们到哪里去?"

（五）嘉予刷牙没到一分钟就刷好了,看到我质疑的眼神,他赶紧解释,"妈妈,我现在刷得模糊一点,晚上会仔细刷的。"

（六）小儿子刚出生几个月,常常会在睡梦中突然大哭,大儿子了解地说,"他肯定是梦到这个世界上一滴奶都没有了。"

（七）大儿子放学回来,刚喊了一声妈妈,小儿子在第一时间飞奔过来,一边连连嚷道:"等一下,等一下",然后勇敢地挡在我的面前,理直气壮地说,"这是我的妈妈!"

小儿趣事

老二已经三岁多了,话还说不清楚,一句"烤面包机"教了十几遍,说出来还是"烤慢糕机",我无奈地和老公说,"怎么办呢? 短短四个字都说不好。"老公轻声说,"他刚才倒是说了一句完整话,可惜我不喜欢听。""噢? 是什么?"我一下振作起来。"他说,爸爸,你这个笨蛋!"我无语了。

麦琪

到朋友家做客,一进门就看见朋友四岁的小女儿麦琪灿烂的笑脸。听着她用软软的童音一声声地叫我阿姨,见面不到一分钟就信赖地牵着我的手参观她的衣橱,把她钟爱的四季衣服都献宝似的一件件拿给我看,絮絮地说着如何喜爱这个颜色那个样式,并拿出一件美丽的桃红色小裙子,告诉我这多么衬她脖子上的那条项链。又忙不迭地向我展示五个美艳的芭比娃娃,并以可爱无比的骄傲神情告诉我,这都是她生的。看着这个第一次见面的小女孩眼中那份毫无保留的信任与坦诚,以及小小稚气的脸庞上流露出来的与生俱来的温柔,身为两子之母的我心中竟有一种受宠若惊的感动。一直很喜欢麦琪这个名字,源于多年前读过的一篇感人的小说《麦琪的礼物》,今天遇到这样一个天使般的小麦琪,不由自主地觉得亲近。那种明快和纯净的气质让人觉得这世界就是这么简单、快乐而美好。临走时,麦琪郑重地和我约定,在她10岁生日那天送她一副粉色的花朵形状的耳环。我怎么会忘记这样一个美丽的约定? 但还是认真地在日记本上写下:2019年4月2日,麦琪的礼物。

一场由盐水鸭引发的对话

　　来做客的朋友问及盐水鸭的做法,告诉他们关键是烹制的过程中不能煮,而是在要沸不沸的水中烫熟。闻听此言,嘉予出言道,"那不是很残忍?!"没好气地看看他,"拜托,这鸭子买来已经是死的,哪来的残忍? 现在在这儿假仁慈,上次是谁把5只蚂蚁放在塑料袋里再绑在氢气球上飞上天的?"他不好意思地笑了。"还有,夏天时是谁制造了院子里蚂蚁王国的水灾,淹死了上百只蚂蚁?""妈妈,杀死蚂蚁,动物保护组织都不会管的,我们走路不是都会踩死蚂蚁的吗?""踩死是意外,你那是谋杀!""是大屠杀。"他居然纠正我。"那我们打死苍蝇是不是也不应该?""苍蝇是害虫啊,蚂蚁又没妨碍你。""蚂蚁侵犯了我们的隐私。""隐私?"我哭笑不得,"他们看见你换衣了?""Trespassing(侵入私人领地)。"我无言以对,这个伶牙俐齿的孩子。

予施看世界

周末我在家里赶一份工作,看见予施悠闲地躺在沙发上看着卡通片,忍不住对他说,我真希望我也是七岁。他走过来认真地看着我,妈妈,那你星期一到星期五要去上学,不过课间休息和午饭时可以玩一会儿。放学后你还要去课后托儿。而且,二年级的数学很难的,你知道 60 乘 60 等于多少吗?1 200! 所以,你还不如回到一岁,那你什么都不用干! 真有道理! 慢着,60 乘 60 等于多少?

予施想在 eBay 上买一个陀螺,告诉我说,要 $ 39。我说,用你的压岁钱买。他从他的钱盒子里拿出一张一百澳币,让我找钱给他,然后表情就变成这样了。我问,你怎么了? 他眼睛眨了眨,挤出一滴眼泪,"I'm not rich in Australia any more."(我在澳洲已经不再富有了。)我看着他,真想不到,竟然有一个澳洲富豪,曾经离我那么近! 没看懂我的表情,心态很好的他转而过来安慰我,"不过,我在中国还很有钱!""噢? 你有多少人民币?"他骄傲地伸出一只手,"五百!"

予施这周演讲的题目:如果我可以生活在世界上的任何

地方,那将是……我原以为他会说"澳洲"或"阿德莱德",看了他的演讲稿,答案竟然是:中国!"我喜欢中国,因为我可以吃我喜爱的食物,如肉包子和火锅。我还可以在冬天的时候在雪地里玩耍。我喜欢中国还因为,快递三天就到了,也可能只要两天,或甚至第二天。"我想说的是,吃火锅、玩雪、收快递,这也是我向往的生活!

童真

　　开车经过消防总队,酷爱消防车的小儿子兴奋地叫道,"好多 fire truck,妈妈看,好多 fire truck!"我正忙着听大儿子和我说学校的事情,顾不上应和他,小儿子急了,执著地叫着,"妈妈,好多 fire truck!"声音里渐渐带着哭腔,最后终于大哭起来,一边倔强地重复着"好多 fire truck!"我啼笑皆非地回头问他,"是不是要买?"发现我终于在意他了,他抹了一下眼泪,大大抽泣了一下,然后明理地说,"太大了。"

永远不要长大

　　上周末带儿子去看 2010 年荣登北美票房冠军的卡通片《卑鄙的我》(Despicable Me)的续集,其中有一段场景非常可爱,领养了三个女儿的神偷格鲁正在为 12 岁的大女儿和男孩子发短信而烦恼,4 岁的小女儿却天真地看着养父的秃头,一脸向往地说"它是这么光滑,有的时候看着它,我会想象有一只小鸡从里面跳出来,唧唧叫。"格鲁溺爱地看着女儿说,"永远不要长大。"是啊,我也时常有这样的想法,尤其是关切地问起儿子今天学校有什么趣事,11 岁的大男孩略显不耐烦地说"nothing, please leave me alone, Mum"(什么也没有,请让我一个人待着,妈妈)的时候,我就不禁怀念那个牙牙学语、蹒跚学步、总是走到哪里跟到哪里的小小男孩。难怪老二生出来之后,老公喜不自禁地说,"太好了,又可以玩八年",言下之意,那个已经长到八岁的大儿子已经不好玩了。昨天,小儿子要求晚上和爸爸一起睡的时候语出惊人,"予施睡爸爸,予施睡觉爸爸",老公没正形地和他说,"不行,爸爸睡觉哥哥"。我忍无可忍地走过去,"拜托你和他好好说话,要不然他说话永远都这么乱七八糟。"老公不好意思地看看我,我突然明白了,没错,他迟早会正确成熟地说话,可今天这样的语言在不久的将来就再也不会从他稚嫩的小嘴中冒出来了。所以当他再次说"妈妈,白色喝奶"时我头一次没有去纠正他,而是在心里细细地品味这可爱珍贵的一刻。宝贝,永远不要长大!

痛并快乐着

好容易忙完案头的工作,一身倦意地走到客厅,一眼看到小儿子已经擅自卸下了尿不湿光着腿趴在地上专心致志地在玩他的汽车,再一看,尿不湿扔在地上,旁边一小摊可疑的水迹,怀着一丝侥幸我问他,"予施,这是水吗?"他走过来认真地看了看,肯定地告诉我:"不是,这是尿尿!"天哪,我的新地毯!强忍着怒气,我努力循循善诱:"予施,尿尿应该在哪里?"他指指地上,理直气壮地说"地毯。""不对,应该在厕所。"我试着纠正他,他不为所动地看看我,坚持道"地毯!"没有精神再去教育他,我无可奈何地奋力擦洗着地毯,突然耳边传来他含混不清的欢快歌声"choo choo chuga ala re red car",我仔细听了几遍才反应过来应该是 Wiggles(澳洲有名的儿童音乐组合)的"Toot Toot Chuga Chuga Big Red Car",不知怎么,这语无伦次莫名其妙的音节和没心没肺的单纯快乐一下感染了我,瞬间驱散了我的疲惫和沮丧,我凝视着他玩着汽车的专注神情,再也忍不住嘴边的笑意,并由着这笑意一层层漾到心里。这就是所谓的痛并快乐着吧?

开心语录

朋友把结婚纪念日的礼物秀在微信上,猛然想起,下个月我们的结婚纪念日也到了,于是跟老公说,"哎,结婚 12 周年纪念,准备送我什么礼物?""12 年啊?"他若有所思起来,"哦,有了,我送你一打你最喜欢的,"他眉开眼笑地说,"什么,钻戒吗?"我打趣道。"牡蛎!"

看着天放晴了,和大儿子说,"嘉予,不下雨了,我们出去转转吧?"他看看外面,"算了,妈妈,别出去了,我想做宅男。""啊?那陪弟弟出去玩玩总可以吧?""不用,弟弟做宅小孩!"

可是,宅小孩并不打算宅在家里,他最喜欢的事就是去图书馆借卡通碟片。我还没留神,他已经穿好鞋子戴上帽子走过来,"妈妈,碟子(意指图书馆)开门了,予施借 Diego(卡通片中小男孩的名字)碟子,妈妈借广告碟子。"敢情他认为我们大人平时看的都是广告啊。

遭遇零零后和壹零后

在车上等红灯,过往的行人中有一个染着一头红发的年轻澳洲女孩,异常丰满的身材着实引人注目,还没说什么,11岁的儿子已经语出惊人,"Mum, she must have done some breast implant, the breast looks unnaturally big!"(妈妈,她一定做了隆胸手术,胸部大的不正常!)我惊讶地看着他那张稚气的脸,一时不知怎么作答。好一会儿才语气平静地问他,"你是怎么知道的呢?""well, we learnt from sex education."(我们的性教育课上教的。)看来,我们这些接受传统教育长大的中国父母在开明甚至另类的澳洲教育面前真的要拿出应有的理性和智慧。

3岁的予施在我的手机上玩拼图游戏,冷不丁地问我,"妈妈,予施名字怎么写的? Y,然后呢?"我又惊又喜,这个一向不爱学习的小家伙今天怎么开窍了? 要知道,教他数数,数到33,他就会抗拒说,"不要 thirty‑three!"唯一会背的一首唐诗他念起来必定是"举头望明月,低头施梦尝"。忍不住好奇地过去看看他在玩什么,却见屏幕上显示的是 App Store 里购买之前的密码输入! 这些 E 时代的孩子啊!

喜羊羊的一家

　　一直觉得国产动画片里最烂的就是《喜羊羊与灰太狼》了,成人化的语言,还又臭又长,但因为予施在没有别的节目可看的情况下愿意凑合着看,我也对里面的角色有了一点了解,于是开玩笑似地问他,"予施是什么羊羊呢?"他表情很认真地开始思考,然后告诉我,"予施是蓝色美羊羊!"他一定是认为美羊羊漂亮,但又觉得粉红色的美羊羊不符合他的形象,所以创造了这么一个新的人物。这引起了我的兴趣,接着问他,"那哥哥是什么羊羊?"他脱口而出"不是,哥哥是灰太狼!"嘉予和我听了大笑,看来总是欺负他的哥哥在他心里已经不是什么好人了。嘉予兴致勃勃地看着他,"予施,那爸爸是什么? 懒羊羊对不对?"予施皱起眉头想了想,"爸爸是村长!"我扑哧一声笑了,村长是里面最老成持重一本正经的一只羊,把老公比作他真是再恰当不过了。我期待地盯着他,

"那妈妈呢?"他不假思索地蹦出两个字,"老婆!"我们全部笑倒在地上。

孩子是吾师

好友刚满周岁的女儿昨晚突然会走路了,为她欣喜的同时不禁想到了 11 岁的儿子嘉予。印象中他学会走路仿佛也就是昨天的事,可不经意间他已经齐我肩膀高了。我还记得他一岁半时我们住在迪拜,有一次我把他抱进公寓的电梯里才发现没拿包,转身出去才意识到嘉予一个人在里面,而电梯已经关上门下去了,然后就听见电梯井里传来他带着哭腔的大叫"施梦尝!"我又惊怕又想笑,因为之前我们从没听他叫过我的名字。

我又记得他 5 岁 4 个月时上学的第一天,回家后我问他"学校好玩吗?"他不急不慢地走近我,"妈妈,我告诉你",我立刻停下手中的事情洗耳恭听,"我一个字都没听懂。"第二天我悄悄到了学校,正好看见他们在外面上体育课,小朋友坐在地上围成一圈,老师在中间讲解一个游戏要领,孩子们有的兴奋有的笑,只有小小的嘉予低着头摆弄着旁边地上的杂草,一脸的落寞。当时我的心里五味杂陈，因为想让他说好中文，一直坚持没有教他英语，也不知道我是否做错了。值得欣慰的是，他的中文现在已经好到可以随时用成语反驳我（尽管有时用的似是而非），而不少英语单词的发音我还需要请教他。

弟弟出生以后，一下失落的他做了很多淘气的事想方设法引起我们注意，我至今记得他在三个月的予施的尿不湿里塞了四个冰块，予施哭个不停，不明所以的我一抱之下才发现他的小屁股又凉又硬。以为他不爱弟弟，所以试探着问他，"如果弟弟长大学习不好，找不到好工作怎么办？"他沉思了一下回答我，"那我就帮他租个房子，再买一辆二手车给他。"我当时感动得想立刻拥抱他。

因为他要学转魔方，我找来了公式苦练以后教给他，当我还需要死记硬背公式来恢复六面的时候，他已经可以在 40 秒之内就轻松完成，最快的一次竟然只用了 17 秒 6。

因为他着迷恐龙，以前对恐龙一无所知的我现在可以教给予施三叠纪有始盗龙，侏罗纪有雷龙、双冠龙和蛇颈龙，而慢龙和似鸡龙生活在白垩纪。

喜欢世界地理的我从没试过好好画世界地图，而嘉予 8 岁时已经可以徒手勾勒出准确度很高的世界地图轮廓以及其中的主要国家,还用橡皮泥拼出过整个美国,各个州的形状惟妙惟肖。

嘉予告诉我,人的身体是由星尘(star dust)构成的,所以我们确实是宇宙的一部分。他说,iMac 桌面上那个美丽的星系是我们的邻居,叫做仙女系星座,俗称 M31,在光污染很少的小镇上肉眼即可看见。我答应他九月的假期来临就一起去看。

嘉予还告诉我墨西哥有一种土著语就要消失了,因为全世界仅有两个人会说这种语言,而这两个人还拒绝和对方说话。

我可爱的儿子!

糖果的魅力

我并不是一个 dessert person,再好吃的蛋糕甜点也只是浅尝辄止。在迪拜的时候,老公的好几个客户都是世界知名的冰淇淋企业,每次去拜访,厂家都慷慨地拿出造型可爱色彩诱人的各款冰淇淋招待我们,我充其量只是礼节性地品尝一下味道,根本兴奋不起来。可是两个孩子偏偏对甜食情有独钟,巧克力三个字对他们来说永远具有魔力,我知道,一块 Kit Kat Crunchy 就会令总爱和我唱反调的嘉予说出"You're the best Mum ever!"而如果问予施放学后想去哪里,他必定扬起一根小指头指着 Woolworths 的方向说,"去沃斯沃斯,买巧克力!"

牙医曾对我说,每天吃一点甜食对牙齿最不好,不如每周指定一天,让孩子索性吃个够。我听从他的建议,把巧克力藏了起来,希望在甜食日再拿出来。可不怕贼偷,就怕贼惦记,就连予施都发现了巧克力藏身之地,我有好几次看见他搬个椅子准确地到那个橱柜下,再把椅子放回去,然后无辜地拿着一块巧克力给我说,"请妈妈打开"。而嘉予竟然能在连续几天被我发现偷吃巧克力之后的次日还欢呼着说,"Yeah! 今天是甜食日!"

从辅导班回来,我在嘉予房间发现一盒泡泡糖和一盒 Tiny tangy crunchy candy(果味糖粒),不等我问,他就兴奋地告诉我,是用学校里得的 Merit Points(奖励积分)换的。看他用辛苦一学期挣来的 800 个积分换了这么两盒糖,心里替他不值,可看到他喜悦的表情又不忍扫他的兴。毕竟,不能用成人心目中的世俗价值来衡量孩子此刻那份无价的快乐。

予施起床后,我亲着他粉嫩的小脸说,"嗯,这个是巧克力味道的!"他立刻开心地回应,指着眼睛说,"这个是 QQ 糖味道的,"又指指鼻子,"这个是 Jelly bean 味道的",最后指着小嘴说,"这是三个 lollipop(棒棒糖)味道的!"我好笑地亲了一下有着三个棒棒糖味道的小嘴,心里充满了甜蜜。

这一刻,就让牙医见鬼去吧!

嘉予的弓箭生意

嘉予用一支圆珠笔和一根橡皮筋做成的弓箭,多次试验表明,射程可达 15 米。在学校和辅导班展示过以后已得到 8 张订单,售价 2 澳元一个。嘉予告诉我,笔 0.4 元一支,橡皮筋 2 元一大包,因此可以忽略不计,爸爸需要用螺丝刀在笔中间钻个洞,劳务费 0.5 元。因此每只弓箭利润 1.1 元,如果客户需要额外的箭,加收 0.5 元一支。目前已有四位客户各付定金 0.5 元,已被卖家买成薯片吃掉。如果未付定金的客户反悔,也不足为虑,因为据说该产品有不少潜在客户,不愁销路。

不要和陌生人说话,宝贝!

午后突然接到好友短信,只有一个"Hello",觉得很奇怪,因为我们一向是以中文交流的,于是回了一个"Hi"过去,看看他想干什么。对方发过来一句"Who are you?"我一愣,随即明白了,我们上周才通过话,他不可能短短几天工夫就患了失忆症,一定是和我有过一面之缘的他10岁的女儿在用他的手机发短信玩儿。这么一想,我就很肯定地回答她,"I'm your daddy's friend."然后准确地把她的名字报了出来。小女孩惊讶地回复我,"你怎么知道,你会读别人的思想吗?"我被她的天真逗乐了,我倒想!可我还没掌握女巫的本领。于是故作吃惊地回答她,"这你也知道? 这可是我的秘密。"小女孩开心地发过来一串笑声,毫无戒备地和我像老朋友一样聊起天来。

和她道了再见之后,我忽然担心起来,在这个人心叵测的世界上,这样容易地相信别人,对一个差不多算作陌生人的成人全无戒心,可爱得让人心疼,也单纯得令人担心。尽管和美国和其他西方国家相比,澳洲15岁以下的儿童被陌生人诱拐的数字是最低的,但对国家来说是一个数字,对一个家庭来说就是全部。所以,一定不要和陌生人说话,宝贝!

下午嘉予独自在院子里打篮球,没一会儿就沮丧地跑进来,"妈妈,刚才有个四十多岁的男人一直在门外看着我,还跟我说话,他戴着帽子,留着小胡子,看了我足足有 10 分钟,一定是一个 pedophile(恋童癖者)。"刚要斥责他用词过分,把人想得太坏,转而一想,防人之心不可无,倒也未必是坏事。于是问他,"你怎么知道这个词的?""健康课教的啊!""那如果一旦在路上碰上可疑的人你知道该怎么做吗?"他不假思索地说,"迅速走到马路的对面,去一个公众场所,如果附近没有,就赶紧找一个看起来相对安全的人家,敲门进去求助。""噢,会不会自投罗网,敲了坏人的门?"我感兴趣地问。"老师说,一般不会,随便走进一个人家也比自己一个人乱走要安全。"我赞许地点点头,澳洲儿童被诱拐或绑架的犯罪率低,实用而有效的相关学校教育功不可没。作为孩子自己,切记,不要和陌生人说话,因为学会保护自己,是你们在这个世界上生存下去最重要的技能。

不要和陌生人说话,宝贝!

跟着孩子去旅行

到了澳洲之后,我也开始喜欢度假了,因为发现周围的澳洲人哪怕只有三天的长周末都爱举家出游,以至于我们有几次没有预订酒店就贸贸然跑去一个自认为没什么人会光顾的小镇,却发现仅有的两三家酒店全部客满,而不得不在黑夜里驱车赶往下一个小镇。而每两个学期之间为时两周的学校假期更是很多工作的父母选择休假的时间,以便带孩子出去旅行。嘉予经常会告诉我们,班上的谁谁谁和父母去昆士兰度假去了,谁去了达尔文,谁去了斐济,谁去了美国,谁去了克罗地亚,有的时候甚至还不是假期。可见对澳洲人来说,行万里路似乎比读万卷书更为重要。

喜爱观星的嘉予一直要求我们假期带他去一个光污染较少的小镇去看星星,他渴望看到在大城市很难一见的大熊星座和仙女座星系。于是我们就让他决定去哪里,并由他制定一个详细的旅行计划,前提是必须开车半天即可到达,而且只住一个晚上。他得了指令,先是在手机上下载了一个叫做"Dark Sky(黑暗的夜空)"的软件,可以直观地看出哪些地方光污染比较轻。他说最理想的地点是袋鼠岛,可惜因为我们只能待一个晚上,时间不够,于是退而求其次,选定了南澳北部的小镇 Port Augusta,三百多公里,不到四个小时即可到达,介于约克半岛和艾尔半岛之间,一路上还可以看到绵延 430公里的弗林德斯山脉。得到我们的认可之后,他就上网去查资料,不到半个小时便交给我一份打印好的时间精确到每半小时的行程表,包括何时加油,何时入住,一日三餐时间及景点参观和市中心游览等等,末尾还有一句"Please enjoy your stay with Ben Holidays Inc!"(尽请享受 Ben 假日公司的安排!)我蓦然发现,平日做事极没有条理的嘉予做出的安排竟然是基本合理,而且几乎可以算是井井有条的。更有意思的是,出发的前一个晚上,他已经早早把他的物品装在自己的背包里,包括两套换洗衣服,三双袜子,还有睡觉时用的眼罩和耳塞。他还细心地提醒外婆带上一个插座转换器,否则国内的两眼手机充电器在酒店里无法使用。然后就开始催促我们每一个人收拾行李,发现我们仍在做着自己的事情,没把他的话当一回事,他开始着急了,在电脑上找出一段视频,坚持要我看,我一看,是一段表现澳洲人如何有条不紊地筹划度假与飞机起飞前两小时还没起床的毫无计划的欧洲人对比的视频。看着他急得都要哭出来的表情,我心里想笑,到底还是沉不住气的孩子。等我把箱子理好,他马上递过来一张贴纸要我贴在箱子上,上面写着 GAC – PAC(Galway Ave. Carport – Port Augusta Carport,即从我们家的车库到 Port Augusta 的酒店车库),下一行是 Ben Carlines(Ben 汽车旅行公司)。我笑着问他,为什么是手写的,人家航空公司都是打印出来的标签。他不好意思地说,"我这是小公司嘛。"

第二天早上,妈妈装作大惊失色地说她走不了了,嘉予急忙问怎么了。妈妈说,发给她贴在行李上的条子不见了,恐怕不让上车。嘉予安慰她说,"没事,我在电脑上给你登记过了,有你的记录。"看来虽是小公司,管理倒是现代化的。

正如嘉予所计划的,我们这次去了 Port Augusta 的 Outback Centre,看到了介绍当地历史、发展和内陆文化的图片和实物,去了旱地植物园,在他提议的具有当地风味的餐厅吃了饭。遗憾的是,光污染比我们想象的要严重,虽然夜里带上天文望远镜去了较暗的地方,观测效果还是不理想。而且他原先计划的在游艇上看弗林德斯山脉日落景象的半日游也因为游艇公司取消了这个项目而未能成行。但总的来说他制定的计划是切实可行的,而且他对沿途地名和路线比我们都熟悉,并且像导游一样告诉我们路边的一片水泽是池塘还是盐水湖,哪个方位可以看到林肯港,草地上的砖房是一百多年前矿业发展后牧羊人遗弃的房子等等,都说明了他事先认真地做了功课。

坐在副驾驶位子上的嘉予还不时地陪爸爸聊天,给他递水。看着这个比在家里成熟懂事有担当的孩子,我深深体会到,为什么澳洲人喜欢带孩子旅行,因为旅行中同舟共济的感觉最能考验一个人的品质,也能让一个孩子迅速地长成大人。回想起这么多年都是我们带着孩子去旅行,去我们想去的地方,但从这次开始,我们体会到了跟着孩子去旅行的更大乐趣,孩子因为我们的信任和对他的依赖努力表现得独立坚强可以信赖,而我们有幸得以用孩子的眼光和视角去品味这个世界。真好!

跟着孩子去旅行吧!

善良

嘉予学校的篮球队在和另外一个学校比赛时,对方队里一个表现一直很抢眼的女孩儿突然重重摔倒,正在奋力奔跑的孩子们立刻停住脚步,围了过去。女孩儿坐在地上,痛得流眼泪,却见对手队里的一个男孩毫不犹豫地走上前,友爱地轻拍她的肩膀。这一幕让我感动,当我回去后叙述给妈妈听时,嘉予插话道,"妈妈,这是应该的,这就是 Sportsmanship(运动员精神)。"就在今天,我偶然看到一则体育新闻,在沙特联赛的一场比赛中,守门员的鞋带开了,他因为害怕对方突袭而不敢脱下手套系鞋带,这时,对方前锋立刻走过来帮他系好鞋带。不料,主裁判认为守门员持球时间过长,竟然判给对方一个禁区内的间接任意球,当守门员抱头自责时,对方主动将这个位置极好的任意球踢出底线,观众全体起立鼓掌。这就是运动员精神,不是我们听得麻木的"友谊第一,比赛第二",而是一种自发的本真的善良。这种善良所带来的令人感动的瞬间让你觉得这个孤独的星球其实很温暖,每天繁忙琐碎的生活可以很温馨。

今晨,初为人母的好友因为一岁多的女儿和小伙伴分享糖果时遭遇到粗鲁和霸道而心痛,于是发来了一段文字:"我们的职责不是去锻炼孩子面对残酷无情的世界;而是通过正确教养他们,让这个世界将来能少一点残酷和无情。"我始终相信,人之初,性本善;我也始终认为,不能因为他人的恶意和害怕受到伤害而放弃善良。我至今还记得嘉予两岁时,我当他的面打死了桌上一只小虫子,他哭着脸看着我,半天冒出一句话:"妈妈! 虫虫也有妈妈!"我想笑却发现笑不出来,震惊于那份无原则的众生平等的善良,因为我仿佛真的看到,那只虫子的妈妈在家里等它回来。善良之所以让我们磨炼得几乎刀枪不入的心变得柔软易感,就是因为它原本就深藏在每个人的心里,就因为他人的善良会激发你心里那份孩童一般充满同情、不猜疑不伪装的真性情。我们不需要变得铁石心肠来应对这个似乎人心险恶的世界,我们更不要教我们的孩子总是用防范敌意的态度未雨绸缪地冷眼看这个世界,因为他们应该知道,要心怀善意,心存善良地走自己的人生,当善良无法解开某些隔阂和障碍时,再尝试其他手段,而不是首先摒弃善良。

策划一场蚂蚁的外太空之旅

因为得到一个氦气球,嘉予就计划着把几只蚂蚁送上外太空,尽管他从网上得知氦气球所能达到的最大高度是 32 公里,而外太空开始于地球表面以上约 960 公里,他还是决定一试。我早已习惯了他以科学研究和发明为借口的各种恶作剧和胡搞,也就不以为意。心存幻想的他首先开始"招募"蚂蚁志愿者,并写了一张纸条放在院子里,工作条件如下:

无法返回

没有酬劳

没有蚂蚁脱衣舞表演(也就是说没有娱乐)

报名处在 1/2 144 Galway Ave.

他告诉我二分之一指的是我们家的院子。

不到 5 分钟他兴冲冲地回来了,说招到了六名蚂蚁。这种打着招募的旗号行征兵之实的政客手段让我无言以对。可是因为前一天得到的氦气球漏气了,他就软磨硬泡地拉着我去了 party shop 要花 20 澳元买一罐氦气,到了之后他也傻眼了,发现一罐氦气卖 320 澳元,还要收 50 澳元的押金。好在店员告诉他,可以给我们充 5 个氦气球,12 澳元,他才转忧为喜,挑了三个白色的,予施要了两个黄色的。

回到家之后嘉予用了一个予施的气球试飞,结果予施看着越飞越远的气球大哭不已,我只好让嘉予还一个白色的给予施,予施不依不饶,非要黄色。我灵机一动,让嘉予在气球上画上予施最喜欢的小外星人 minion,予施这才破涕为笑。

嘉予用纸做了一个画着澳洲国旗的探测器,并把蚂蚁装在中间垫了棉花的小纸盒里,说为了防震。还拿了一瓶啤酒,说要在放飞之前砸碎,因为这是以前轮船出海之前的传统,被我坚决制止。一切准备好之后,他让爸爸开始录像,以便放在You-Tube 上面。

他原先的计划是在气球上装一个 GPS 定位系统和一个可以自动打开的降落伞,因为资金不到位,最后只能在探测器的翼上写上我的电话号码,以至于这两天我一直期待着陌生的电话打来,告诉我蚂蚁勇士的下落。

我的儿子是奇葩

嘉予参加南澳最好的公立中学精英班的入学考试,在 500多个报名考试的 Gifted students(杰出学生)中排名 101,听到这个数字的一瞬间,我哭笑不得,因为该校只招收前 100 个学生。不过负责招生的老师告诉我,每年都会有一些考取的学生最后选择上私立学校,而 Ben 又是轮候名单上的第一个,所以入学基本不是问题。话虽这么说,这个匪夷所思的名次还是让我郁闷了很久,因为学校的老师一直认为 Ben 的水平完全可以进前 30 名。但是细想之下,我们都知道考试是怎么回事,不一定每个孩子都能在考试时发挥出最理想的状态。所以我试着用轻松的语气把这个数字告诉嘉予,他愣了几秒钟,然后出乎我意料地掉了几滴眼泪。我正想着该怎么安慰他,却发现他的表情已经慢慢愉悦起来,"妈妈,你知道吗?Jobs dropped out of college, and Bill Gates dropped out of Harvard. (乔布斯从大学退学,比尔盖茨也没念完哈佛。)(天知道,我从没和他说过这个!)所以这样看来,我这个 101 名不算太糟,而且我想了一下,有可能我前面有 90 个人都是同样的分数并列呢?"我不可思议地看着这个有着可爱的打不垮的阿 Q 精神的孩子,从心里笑出声来,如果我命中注定不能成为第一名孩子的母亲,就让我心甘情愿地当这个快乐孩子的妈妈,并陪他一起没心没肺地长大吧!

100 岁的母亲节

把自制的母亲节卡片递给我之后,嘉予说,"妈妈,等你 100 岁那年的母亲节,我就把你的大脑取出来放在一个机器人里,这样你的所有器官都不会生病或衰竭,你也就不会死了。"我扑哧笑出来，"我才不要，变成机器人，没法穿漂亮衣服，不会死又有什么意义？""不是的！"他急急地说服我，"现在已经研制出一种和人类很像的机器人，你那些衣服还是可以穿的。"说着他翻出书上的图片示意我。我低头看看跟了我几十年的身体，突然留恋起来。看我没有表示，他又补充道，"而且你还不用吃饭！"我不由自主停下筷子，想到有一天我可以不用吃而活着，先是觉得轻松，再一想从此与美食无缘，却要遥遥无期地活下去，还有比这更悲凉的未来吗？"你要是不愿意，我也可以把你变成灯塔水母，养在我的缸里！"嘉予兴奋地告诉我，"什么？"我以为耳朵出错了，"我干吗要变成一只水母？""妈妈你不知道，灯塔水母是世界上唯一不死的生物，只要没有 predator（猎食者）。"看来他还是出于一片孝心！我在好笑之余竟然有些感动，"但这是不可能做到的，人怎么变成水母？""可能的。"他非常自信，"只要改变你的基因就可以。人类从马车时代到火箭时代只用了 50 年。""是吗？"我有点动摇了，"那我变成水母之后，你还会叫我妈妈吗？"他好笑地看着我，"你都不知道你是水母！水母没有大脑，只有神经系统。"我彻底无语了。看我崩溃的样子，他开始安慰我，"要不，我把你变成一只乌龟，可以活 150 年。而且乌龟的头虽然小,还是有大脑的,所以你知道你是乌龟。"

祝所有妈妈母亲节快乐,善待自己的身体,尽情享用美食,因为你不知哪一天,我们古怪精灵的孩子会把我们变成某种不死的奇怪生物。

玩朋友

好友说要带两岁的女儿到我们家来,于是我对予施说,"一会儿有一个叫 Claire 的小女孩要来和你玩。"他看看我,"是 Maggie 吗(朋友的小女儿)?"我说,"不是 Maggie。"他有点失望,"我想玩 Maggie!"我忍着笑,"Maggie 今天可能有别的事情。"他撇了下嘴,"她没时间玩我啊?"想了想,他问我,"How about Mia(另一个朋友的小女儿)?"我说,"Mia 今天也不过来。"他有点难过地告诉我,"Mia 不想玩我,她玩 big boys(大男孩)。"天!我多么想告诉他,和朋友玩和玩朋友是多么不同的两个概念!

我和中文有个误会

我在上大学的时候,学校曾安排我们几个中文系的学生给一组留学生辅导中文,我所辅导的学生是个澳洲人(当时还不知道自己会和澳洲有这么深的渊源)。话说回来,辅导了两个月后,他在新年时放鞭炮炸疼了手,就很委屈地用自信的中文告诉我,"我的手,很大的感冒!"我当时笑得前仰后合,而且很不厚道地告诉他,"你的手不是感冒,是犯心脏病了!"现在发现,笑得太早,因为,几乎每天,我都要面对儿子们扔给我的层出不穷的与中文之间的误会。

老大问我,"妈妈,能给我找一条大的绳子吗? 我要做手工。"我问,"你的意思是长的绳子?""不,是厚的绳子!""那叫粗,不是厚!""Whatever(随你怎么说好了,反正就是 thick)"他还有些不耐烦。随后又叫,"妈妈,能给我一个老虎夹子吗?"我忍着笑看着他,"你是想要老鼠夹子还是老虎钳子?"他愣了一会儿,有点不好意思,"哎呀,都差不多啦!"

正在吃早餐麦片的老二这时候喊我,"吃完了,我要再吃一遍!"然后把碗递给我,我一字一句地告诉他,"这是再要一碗,不是再吃一遍。"他似懂非懂地看看我,"妈妈,我们今天能去阿姨家玩吗?""为什么要去阿姨家?""因为她们家有一个猫,我喜欢。""予施,是一只猫,不是一个猫。""噢!"然后他自作聪明地指着鱼缸说,"我们家有一只鱼!""不对,应该是一条鱼!"(该死的汉语量词,简直无道理可讲!)"妈妈,明天我见到了一个 lizard(蜥蜴),在我和我的朋友玩的时候。"我小心翼翼地问,"是 yesterday? 昨天?"他点点头,"我吃完了,我想吃颠行。""你想吃什么?"我已经开始抓狂了。"颠行!就是 dessert!(甜点)"老天!"予施,那叫点心!"我算彻底领略了,外国人学汉语的词不达意、量词乱用、状语后置,还有四声不分,他们两个学了个十足十,看来他们和中文的误会,这辈子是要难解难分了。

P后 记
ostscript

前两天山东省新上任的省长龚正先生来南澳访问,我作为南澳投资和贸易部长史毅德(Martin Hamilton – Smith)阁下的翻译随行参观了每年一届的皇家阿德莱德农展会。当我们观看了剪羊毛之后,龚省长感慨地说,"记得小时候经常唱的一首歌就是澳洲民歌《剪羊毛》"。这句话一下触动了我的记忆,脑子里自然而然就荡漾起那熟悉的旋律:洁白的羊毛像丝绵,锋利的剪子咔嚓响。唱那首歌时,澳洲于我就像一个遥远的梦,当时再也不会想到,我会在多年之后,不知不觉走进了这片蓝天白云、绿草羊群的梦里。

虽说十年弹指一瞬间,可是个中波折说来也是纸短话长。我在申请移民澳洲的过程中经历了两次移民政策的大变化。第一次变化让我原先只打算一年的研究生学习延长到两年,我不得不再花费近两万元澳币的学费又攻读了一个悉尼大学的专业传播硕士学位。意想不到的是我在高级写作课的表现令老师和全班的英国、美国和澳洲同学刮目相看,我用不是母语的英文写出来的文章赢得了全班如雷的掌声。第二次移民涨分,促使我从悉尼搬家到 1400 公里之外的阿德莱德,因为只有居住、工作于被界定为边远地区的阿德莱德,我才能得到州政府担保的 10 分。幸运的是,阿德莱德是一个住下了就让人不想离开的城市,我目睹这个城市从冷冷清清的唐人街到如今的满耳乡音。今天走在市中心,一抬头就是中英双语的醒目条幅:南澳接轨全球。在我们华人看来,其潜台词就是:接轨中国,就接轨了全世界。

我去年在澳洲的黄金海岸度假时,遇到一群欧洲游客,当知道我是中国人之后,其中一个人脱口而出"You must be very rich(你一定非常富有)"。我笑了笑,没打算反驳,脑子里想到的却是 2000 年去欧洲旅游时,在"欧洲之星"列车的一等车厢中被法国警察半夜搜查讯问的经历,原因也只是因为:你是中国人,所以很可能是偷渡客。

我在澳洲当翻译这十多年,目睹了澳洲的变迁和我身后的祖国的悄然变化。正如英文学得越多,我越感慨中文的博大精深,离家越远,对故乡的思念、祝福和牵挂唯有更加真挚和刻骨铭心。

2017 年 9 月 9 日于阿德莱德